KINLEY MACGREGOR

PIRATE DE MON CŒUR

Traduit de l'américain par Daniel Garcia

J'AI LU
POUR elle

Titre original :
Master of Seduction
An Avon Book

Pour Ken, qui me porte. Je t'aime toujours.

1

Journal intime de lady Ashton, 1775

Black Jack est le plus redoutable pirate qui ait jamais écumé les mers. Aucun marin sensé, qui tient à la vie, ne se risquerait à prononcer son nom à voix haute.

On raconte qu'apercevoir son bateau, c'est apercevoir sa propre mort, car Black Jack ne fait jamais de quartiers et il n'éprouve aucune pitié. Quand il a repéré sa proie, il la poursuit jusqu'à ce qu'elle tombe dans ses griffes.

Mais Jack Rhys n'est pas seulement un pirate de légende, c'est aussi un homme pourvu d'autres talents.

Ce soir, j'ai eu la chance de le découvrir sous sa face la plus secrète. Je peux certifier qu'il est un rare spécimen de virilité. Je n'ai aucune honte à avouer que j'aimerais l'avoir rien que pour moi. Malheureusement, Black Jack n'est pas homme à se laisser domestiquer par une femme.

Tant pis, j'en ai pris mon parti. Je n'aurai passé qu'une nuit dans les bras de ce maître en séduction, et je m'en souviendrai toute ma vie. L'espace de quelques heures, j'aurai connu toute la félicité qu'une femme peut espérer connaître sur terre.

Adieu, Jack Rhys, toi qu'aucun homme ne pourra jamais supplanter. Que ton destin te préserve de la potence !

Charleston, Caroline du Sud, 1780

Ce soir, enfin, elle triomphait.

Lorelei Duprée souriait de contentement, tandis que Justin Wallingford la faisait valser au milieu de la foule des invités. Après toutes ces années pendant lesquelles elle l'avait attendu, certaine qu'il était l'homme de sa vie, il avait fini par se déclarer.

Et cela n'était pas passé inaperçu !

Sanglé dans son uniforme impeccable d'officier de l'armée britannique, Justin avait frappé son verre avec son monocle pour obtenir l'attention générale, avant de demander sa main devant toute la bonne société de Charleston.

Quelle soirée inoubliable ! Lorelei en chérirait le souvenir jusqu'à son dernier souffle.

La musique cessa. Alors qu'elle quittait la piste de danse au bras de Justin, elle croisa le regard satisfait de son père. Agé d'une soixantaine d'années, Charles Duprée, l'un des notables les plus respectés de Charleston, banquier de son état, affichait encore de très beaux restes de sa beauté passée. Avec sa jaquette bleu nuit brodée d'or et sa perruque poudrée coiffée à la dernière mode, il était même diablement séduisant.

— Je vais nous chercher un verre de punch, annonça Justin avant de s'éloigner.

Lorelei rejoignit son père.

— Tu as l'air béat, lui dit-elle, pour le taquiner.

Il sourit.

— Et toi, mon ange, répliqua-t-il en lui embrassant la main, tu es aussi belle que l'était ta mère.

La jeune femme rougit du compliment.

Charles garda un moment sa main dans la sienne. Ce n'était pas la première fois qu'il se comportait ainsi depuis le début de la soirée, comme s'il redoutait que l'annonce du mariage les éloigne l'un de l'autre. Pour sa part, Lorelei ne se faisait aucun souci à ce sujet : rien ne pourrait jamais la séparer de son père adoré.

— Comment se fait-il que Justin ne danse plus avec toi ? demanda-t-il.

— Il est allé nous chercher des rafraîchissements, et je suis heureuse de cette pause : mes pauvres orteils avaient besoin d'un peu de répit !

Charles éclata de rire. Justin ne manquait pas de qualités, mais il était de notoriété publique qu'il ne maîtrisait pas vraiment l'art de la danse.

— Excuse-moi, papa, reprit Lorelei. Je vais te laisser. J'aperçois Amanda, Annabel et Martha qui vont sur le balcon, je voudrais leur parler.

— Fais comme tu l'entends, ma chérie, répliqua Charles, ainsi qu'il avait l'habitude de répondre aux souhaits de sa fille, quels qu'ils soient.

Lori l'embrassa sur la joue, puis se fraya un chemin parmi les invités pour rejoindre ses amies.

L'air nocturne embaumait du parfum des magnolias en fleur. Lori, Martha, Amanda et Annabel s'isolèrent dans un coin du balcon qui longeait le premier étage de la maison. La musique qui à présent ne leur parvenait plus qu'assourdie était remplacée par le chant des criquets et des grenouilles.

Rondouillarde, dotée d'un naturel enjoué, Annabel était fille de juge. À l'opposé, Martha, la plus ancienne amie de Lori, était grande et mince, avec de beaux yeux marron. Quant à la ravissante Amanda, toujours tirée à quatre épingles, elle était soit la meilleure amie soit la pire ennemie de Lori. Tout dépendait de leur humeur du moment.

— Oh, Lori ! s'exclama Annabel. Tu as tellement de chance que Justin ait jeté son dévolu sur toi !

— Oui, confirma Martha. C'est le plus bel homme de la soirée.

Lori hocha la tête. Justin était effectivement très bel homme : grand, bien bâti, des épaules larges et des yeux d'un bleu irrésistible... Lori le connaissait depuis l'enfance et ne pouvait rêver plus bel avenir que de partager sa vie avec lui.

Amanda agita son éventail de soie rose.

— Prends garde à toi, Lori ! dit-elle. Ma mère m'a assuré qu'au bout d'un mois de mariage, les maris commençaient à se lasser de leurs épouses et se mettaient en quête de nouvelles conquêtes. Que feras-tu, lorsque Justin ne réagira plus à tes charmes ?

Lori éclata de rire.

— Justin, ne plus réagir à mes charmes ? Tu plaisantes ! Je ne connais aucun homme dont je ne serais pas capable de me faire obéir au doigt et à l'œil.

Amanda leva les yeux au ciel.

— Tu as décidément une bien haute opinion de toi-même, « mademoiselle » Duprée.

Lori comprit qu'Amanda faisait une allusion à peine voilée à ses origines, certes moins impeccables que le lignage de Justin. Tout le monde savait, dans la région, que la mère de Lori avait été une enfant illégitime.

N'étant pas du genre à se laisser insulter, même subtilement, Lori toisa son interlocutrice.

— Au risque de te paraître arrogante, « lady » Amanda, je prétends savoir comment m'y prendre avec les hommes.

— Ah bon ? répliqua Amanda vaguement moqueuse. Dans ce cas, sois assez généreuse pour nous faire partager ton secret.

Impatientes elles aussi d'écouter la réponse, Annabel et Martha cessèrent de s'éventer.

Lori sourit d'un air entendu, avant de laisser tomber :

— Le secret, c'est qu'il faut traiter les hommes comme on traite les chiens.

Annabel sursauta.

— Tu compares les hommes à des chiens ?

Lori porta un doigt à ses lèvres pour signifier à son amie de parler moins fort. Quelqu'un pouvait les entendre.

— Tu veux nous faire croire que tu traites vraiment les hommes comme des chiens ? répéta Annabel, plus bas cette fois.

— Exactement, confirma Lori. Le meilleur moyen de rendre un homme fidèle et loyal, c'est de le choyer et de le dresser comme on le ferait pour un toutou de compagnie.

— Qui t'a enseigné cela ? voulut savoir Martha.

— Ma mère m'a confié son secret quand j'avais douze ans, expliqua Lori. Elle-même le tenait de sa propre mère. Et ça marche ! Je vous assure que ce procédé ne m'a toujours valu que des succès.

— Ma mère prétend que la mauvaise humeur et les bouderies sont encore ce qu'il y a de mieux pour plier un homme à nos volontés, la contredit Amanda.

Lori préféra ne pas rappeler que, de notoriété publique, le père d'Amanda entretenait deux maîtresses en ville. Elle n'était pas aussi cruelle que son amie et ne tenait pas à l'embarrasser publiquement.

— Très bien, répliqua-t-elle. Use de ta méthode, je continuerai à me servir de la mienne.

Martha hocha la tête, pensive.

— J'aimerais en savoir plus sur la façon dont tu t'y prends, dit-elle. Tu es quand même la seule à avoir réussi à conquérir Justin Wallingford.

— C'est vrai, acquiesça Annabel.

Lori s'assura qu'il n'y avait personne alentour puis invita ses amies à se rapprocher.

— Rappelez-vous ce qu'on nous expliquait à propos des chiens lorsque nous étions enfants. Ne leur montrez jamais que vous avez peur d'eux : ils s'en aperçoivent et en jouent. Eh bien, c'est pareil avec les hommes. Ils savent tout de suite quand une femme a peur d'eux, et ils en profitent pour abuser de leur pouvoir sur elle.

— Admettons... mais certains sont vicieux de nature, objecta Martha.

— Exactement comme certains chiens ! renchérit Annabel, ravie de filer la métaphore.

Lori hocha la tête.

— Et comme avec les chiens, il faut établir, dès le début, qui est le maître.

— Tout le monde sait bien que ce sont les hommes qui commandent et qu'il n'est pas question qu'il en soit jamais autrement ! s'esclaffa Amanda.

— Je ne suis pas de cet avis, rétorqua Lori. Pourquoi devrions-nous trouver cela naturel ?

Annabel écarquilla les yeux, Martha en resta bouche bée et Amanda s'éventa avec impatience.

— Tu parles sérieusement, Lori ? murmura Annabel. Tu voudrais que ce soient les femmes qui commandent ?

Martha faillit s'étrangler.

— Je n'ai jamais rien entendu d'aussi choquant ! lâcha-t-elle.

— Qui gouverne la maisonnée ? demanda Lori, ignorant sa remarque.

— Nous, bien sûr, répondirent Martha et Annabel de concert.

— Et qui s'assure que le mari est bien nourri, bien vêtu et toutes ces choses ?

Cette fois, les deux amies échangèrent un regard intrigué.

— La femme, toujours elle, assena Lori. Une bonne épouse veille à ce que son mari ne manque jamais de rien, exactement comme lorsqu'elle s'occupe de son petit toutou préféré.

Annabel fronça les sourcils.

— Je suppose que tu as raison...

— Merci, répliqua Lori. Maintenant, un autre conseil : si vous voulez que les hommes vous écoutent, ne criez surtout pas, chuchotez. Ils prêtent toujours l'oreille à quelqu'un qui leur parle doucement. N'oubliez jamais de les récompenser quand ils se plient à vos désirs, toujours comme avec les chiens. De cette manière, ils auront envie de recommencer.

— Tout cela est ridicule ! trancha Amanda. Justin tomberait de haut, s'il t'entendait parler ainsi. Pour ma part, j'en ai assez supporté, ajouta-t-elle avant de replier son éventail d'un coup sec et de repartir vers la salle de bal.

Lori s'obligea à chasser sa rancœur.

— Peu importe ce qu'elle pense. Je vous assure qu'aucun homme ne m'a jamais résisté. Je les connais tellement bien que je pourrais écrire un livre de conseils à leur propos.

Annabel laissa échapper un soupir théâtral.

— Si seulement, moi aussi, je savais m'y prendre avec les hommes...

— Et moi donc ! renchérit Martha. Je me sens tellement gauche, dès que l'un d'eux s'approche de moi !

En disant cela, elle jeta un coup d'œil par-dessus l'épaule de Lori et s'empourpra soudain.

Lori se retourna. Justin venait à leur rencontre, deux verres de punch à la main. Malgré la pénombre du balcon, on voyait qu'il semblait interloqué – sinon choqué.

— Excuse-moi, dirent Martha et Annabel d'une même voix, en s'éclipsant prestement.

Justin posa les deux verres sur la rambarde du balcon.

— Alors, comme ça, je suis un chien ?

Une lueur d'amusement brillait dans ses prunelles bleues. Loin d'être mortifiée, Lori éclata de rire.

— Allez, Médor, assieds-toi, dit-elle en tapotant le banc à côté d'elle.

Justin s'assit obligeamment sur le banc puis il sourit de toutes ses dents.

Lorelei hocha la tête.

— C'est bien. Tu es un gentil toutou.

Justin l'attira dans ses bras.

— Embrasse-moi, sorcière.

Elle secoua la tête.

— Pas question.

Justin la relâcha à contrecœur.

— Pourquoi non ?

— Je te rappelle qu'il y a un bal dans la maison. Quelqu'un pourrait nous voir.

Il prit une mèche de cheveux de la jeune femme entre ses doigts.

— Tu as pratiquement causé un scandale en ne portant pas de perruque ce soir, fit-il observer.

Lori s'écarta, pour libérer sa mèche.

— C'est la nouvelle mode, répliqua-t-elle, sur la défensive. J'ai lu que plus personne ne portera de perruque d'ici à l'année prochaine.

— Ne te mets pas en colère. Je trouve tes cheveux très beaux.

— Merci.

Elle prit son verre et but une gorgée de punch.

Justin resta silencieux un moment avant de demander, si bas que Lori dut tendre l'oreille :

— Alors, tu as réfléchi ? Tu veux bien m'aider à attraper le pirate ?

Lori serra son verre dans ses doigts. Ainsi, c'était ce qu'il avait en tête depuis tout à l'heure ! Son stupide pari avec Roger Tilden, pour savoir lequel serait capable de capturer le redoutable Black Jack Rhys... Du point de vue de Lori, c'était un pari totalement fou, mais Justin ne lui avait pas demandé ce qu'elle en pensait.

Cela dit, il n'était pas question qu'elle laisse passer l'occasion de participer à une telle expédition.

— As-tu besoin de me poser la question ? J'adore l'aventure !

Les traits de Justin se détendirent.

— Alors, ce sera demain soir. J'ai déjà tout arrangé avec le tavernier. Nous dirons à ton père que je t'emmène au théâtre.

Lori voulut prendre un air sévère, mais elle sentait que la petite lueur d'excitation qui devait briller dans ses prunelles la trahissait.

— Comment pouvais-tu être certain que je participerais à ton plan insensé ?

— Comme tu l'as toi-même dit, je connais ton goût pour l'aventure. Je savais aussi que, comme d'habitude, tu ne me faisais attendre que pour mieux me tourmenter.

La voix de Charles Duprée les interrompit soudain.

— Lori ? Justin ? les appela-t-il d'un ton autoritaire. Ne croyez-vous pas qu'il serait grand temps que vous reveniez à l'intérieur ?

Lori referma son éventail et prit le bras que Justin lui offrait pour regagner la salle de bal. À la grande consternation de la jeune femme, Justin l'entraîna sur la piste. Le temps d'une valse qui lui parut interminable, elle dut à nouveau endurer de se faire piétiner les orteils.

Dès que la musique cessa, elle envoya son cavalier chercher un autre verre de punch.

Morgan Drake était venu au bal en compagnie d'une célébrité. Tous les invités présents à la réception – et plus particulièrement les officiers de la marine britannique qui pourchassaient Black Jack Rhys sur toutes les mers – auraient été sidérés d'apprendre que leur pire ennemi se trouvait parmi eux. Mais Jack aimait flirter avec le danger ; il défiait chaque jour la mort en riant.

Combien de fois Morgan ne l'avait-il pas vu fréquenter des fêtes comme celle-ci et discuter avec quelques-uns de ces militaires qui avaient juré de capturer le pirate ?

Ce qui évitait à Jack d'être reconnu, c'est qu'il ne ressemblait pas du tout à l'image qu'on pouvait se faire de lui. Dans le grand monde, Jack Rhys arborait la même arrogance et la même élégance que n'importe quel membre de la bonne société. À croire qu'il en avait fait partie.

Il raillait souvent Morgan de lui conserver son amitié, comme si Black Jack Rhys, le pirate qu'on disait sans cœur, ne pouvait pas avoir d'amis !

Cependant, pour Morgan il ne faisait aucun doute que Jack Rhys avait un cœur, malgré tous les efforts qu'il déployait pour faire croire le contraire. Il le connaissait depuis trop longtemps et l'avait trop souvent vu agir en parfaite contradiction avec ses propos, pour ne pas savoir à quoi s'en tenir à ce sujet.

Un laquais chargé d'un plateau de rafraîchissements passa à leur portée. Morgan prit un verre de sherry et attendit que le domestique se soit éloigné pour demander à son ami :

— Quel nom de scène comptes-tu employer, ce soir ?

— Comte Arnaulf de Hapsburg, répondit Jack.

Morgan sourit. C'était l'un de ses pseudonymes favoris. Le comte de Hapsburg était supposé avoir des origines allemandes, ce qui ne posait aucun problème à Jack : il parlait parfaitement l'allemand – ainsi que diverses autres langues, du reste.

— Très bien, « comte ». Je vais te laisser te trouver une compagne pour la nuit.

Jack observait les invités.

Morgan suivit son regard et aperçut une jeune rousse qui s'éventait au milieu d'un groupe de matrones. Contrairement aux autres femmes, elle ne portait pas de perruque, ce qui était de toute évidence chez elle une manière d'affirmer son indépendance.

— Je n'aurais pas pensé que c'était ton genre, dit-il.

Jack haussa les sourcils.

— Et depuis quand connais-tu mon genre de femmes ? rétorqua-t-il.

Morgan ne se laissa pas impressionner. Il savait très bien que Jack n'avait jamais séduit une vierge et qu'il ne commencerait pas ce soir. Tout au plus proposerait-il une danse à la jeune fille, échangerait même quelques mots avec elle, mais il quitterait la réception au bras d'une veuve affamée.

— Bonne chasse, lui dit Morgan qui venait de repérer l'espion anglais qu'il devait rencontrer au cours de la soirée. Je te vois demain matin sur mon bateau ?

Les yeux toujours rivés sur la jeune femme, Jack hocha la tête.

L'inconnue portait une robe de soie jaune pâle, dont le décolleté laissait entrevoir deux beaux seins à la peau laiteuse que Jack aurait bien aimé caresser.

Elle avait un cou magnifique. Long, racé...

Jack avait toujours admiré la gorge des femmes. De son point de vue, c'était l'une des parties les plus érotiques du corps féminin.

La jeune femme abandonna le groupe des matrones pour rejoindre deux couples. Elle semblait sur le qui-vive, comme une colombe qui tenterait d'échapper à quelque animal sauvage et se cherchait un refuge.

Jack se fit la réflexion que Morgan avait raison : cette fille n'était pas son genre. Du moins, pas son genre habituel. Il aimait les femmes grandes, minces, à la beauté sculpturale.

Quoique séduisante, elle ne possédait pas cette beauté classique qui tournait d'ordinaire la tête aux hommes. Et si Jack avait deviné juste, son visage devait être constellé de taches de rousseur que son léger maquillage ne parvenait pas à dissimuler complètement.

Cependant, cette jeune femme l'intriguait, l'attirait. Elle avait des cheveux d'un roux profond, tirant sur l'acajou et surtout, elle semblait irradier une chaleur et une joie de vivre communicatives.

À force de la contempler, Jack se faisait l'effet d'être une fleur desséchée qui recevrait son premier rayon de soleil après un interminable hiver. C'était une étrange sensation – qu'il éprouvait pour la première fois.

Et il se surprit à se demander quelle pouvait bien être la couleur des prunelles de l'inconnue...

Lori avait passé la demi-heure précédente à éviter soigneusement toute nouvelle danse avec Justin. Au cours de leur mariage, les occasions de lui piétiner les orteils ne lui manqueraient pas. Mais dans l'immédiat, mieux valait qu'elle garde ses pieds intacts si elle voulait pouvoir le suivre le lendemain soir dans son expédition.

En voyant son fiancé la chercher du regard, elle se fit toute petite et s'approcha de lady Whitney, la mère d'Amanda, qui bavardait avec Mme Darcy, une riche douairière.

— Quelque chose ne va pas, ma chère ? lui demanda lady Whitney, soucieuse.

— Je me sens un peu étourdie, répondit Lori pour justifier son étrange comportement.

Mme Darcy lui étreignit le bras en signe de sympathie.

— Je vous comprends, ma petite. Moi-même, je suis au bord de l'évanouissement. Je n'aurais pas dû laisser ma femme de chambre serrer autant mon corset. Avec tout ce monde, il fait une chaleur étouffante.

Lady Whitney fit signe à sa fille de les rejoindre. Puis, dès qu'Amanda fut là, elle s'adressa à Lori :

— Pouvez-vous demander à votre père d'arranger une présentation entre Amanda et le comte de Hapsburg ?

— Le comte comment ? dirent ensemble Lori et Amanda.

— Le comte Arnaulf de Hapsburg, expliqua Mme Darcy en prenant des airs de conspiratrice. Enfin, jeunes filles, vous n'allez pas me dire que vous ne l'avez pas remarqué ?

— Je ne me souviens pas qu'un comte de Hapsburg figurait sur la liste des invités, objecta Lori en se demandant de qui il pouvait bien s'agir.

— Eh bien, quelqu'un l'aura amené avec lui, trancha Mme Darcy, dont la voix trahissait l'excitation. On raconte qu'il est lié à la famille royale autrichienne !

Lady Whitney hocha la tête.

— Ça ne m'étonne pas. On voit tout de suite qu'il est de haute naissance.

Lori et Amanda échangèrent des regards intrigués.

Au même instant, un murmure de voix féminines se fit entendre près d'elles.

— Le comte de Hapsburg vient par ici ! s'exclama une femme. Donnez-moi mes sels !

— Il se cherche une cavalière, annonça une autre.

— Pourvu que ce soit moi... implora une troisième.

Lori aurait voulu apercevoir le mystérieux comte, mais les trois femmes, avec leurs imposantes perruques, lui bouchaient la vue.

— Il vient demander une valse à mon Amanda, décréta lady Whitney, sûre d'elle. Pince-toi les joues pour leur donner des couleurs, ma chérie. Et pour l'amour du ciel, tiens-toi droite !

Tandis que Lori cherchait toujours le mystérieux comte dans la foule, elle croisa le regard de Justin. Celui-ci lui sourit, rassuré, et marcha droit sur elle.

Zut ! pesta intérieurement la jeune femme, qui voulait à tout prix échapper à un nouveau massacre de ses orteils.

— Excusez-moi, dit-elle à ses compagnes en s'éloignant vivement pour trouver un autre refuge.

Alors qu'elle jetait un coup d'œil derrière elle pour voir où était Justin, elle heurta un mur.

En fait, ce n'était pas un mur, réalisa-t-elle en s'y agrippant pour ne pas perdre l'équilibre. C'était une poitrine d'homme, large comme un arbre et dure comme le roc. Et cette poitrine était revêtue d'un habit parfaitement coupé.

Lori laissa son regard remonter jusqu'au col de la chemise, puis jusqu'à...

Dieu du ciel !

Deux prunelles couleur d'acier trempé brillaient dans un visage presque trop beau pour être réel : on aurait dit celui d'une statue grecque. Cependant, si les traits étaient parfaits, le regard acéré évoquait un dangereux prédateur, prêt à fondre sur sa proie pour la dévorer.

L'inconnu sourit et Lori sentit ses jambes trembler sous elle.

— Pardonnez-moi, mademoiselle, dit-il d'une voix teintée d'un léger accent étranger.

Lori aurait voulu répondre mais, pour la première fois de sa vie, elle resta sans voix.

— J'espère que je ne vous ai pas fait mal ? ajouta-t-il.

Elle lui rendit son sourire

— Non, pas du tout, réussit-elle finalement à articuler. C'est moi qui suis maladroite.

Il éclata de rire.

— Ne vous gênez pas pour vous jeter dans mes bras chaque fois que vous en éprouverez le besoin !

— Ah ! te voilà, Lori ! s'exclama Justin qui venait de les rejoindre.

Il dévisagea l'étranger d'un air peu aimable. C'est alors que Lori se rendit compte qu'elle se cramponnait toujours à la veste du mystérieux inconnu.

— Je ne pense pas vous connaître, monsieur, ajouta Justin d'une voix glaciale.

— Comte Arnaulf de Hapsburg, se présenta l'étranger.

Puis il se tourna vers Lori :

— Et vous, mademoiselle ?

Lori sentait que Justin enrageait de jalousie, mais il était trop bien éduqué pour perdre ses bonnes manières. Il répondit à sa place.

— Permettez-moi de vous présenter ma... fiancée, Mlle Lorelei Duprée.

Il avait insisté à dessein sur le mot « fiancée ». Soudain mal à l'aise, Lori esquissa une révérence devant le comte.

Arnaulf s'empara de sa main. Ses longs doigts parfaitement manucurés étaient à l'évidence ceux d'un gentleman ; pourtant, le cal de ses paumes démentait son titre nobiliaire.

Il lui baisa la main. Le contact de ses lèvres sur ses doigts fit frissonner Lori qui eut l'impression que son sang se mettait à circuler plus vite.

— Je suis ravi de vous rencontrer, mademoiselle, dit-il de sa voix grave et sensuelle, qui évoquait tout à la fois le tonnerre et du miel chaud.

Comme il ne lâchait pas sa main, Justin claqua des talons pour attirer son attention.

— Je suis le lieutenant Justin Wallingford.

Le comte lâcha aussitôt la main de Lori et une lueur étrange brilla fugitivement dans ses prunelles. La jeune femme aurait juré que c'était de la haine. Elle se trompait forcément.

— Vous êtes donc le fils cadet de Gabriel Wallingford ?

Justin se rengorgea.

— Vous connaissez mon père ?

Le comte esquissa un sourire de pure politesse.

— Il se trouve que oui. C'est un... vieil ami.

Lori aurait parié que ces paroles cachaient un sous-entendu.

Le comte examina la foule du regard.

— Est-il ici ce soir ?

Justin secoua la tête.

— Non. Son bateau n'est pas attendu au port avant la semaine prochaine.

La déception se lut brièvement sur le visage du comte.

— Dommage ! dit-il avant de reporter son attention sur Lori : Je vois que l'orchestre s'apprête à jouer un nouveau morceau. Me ferez-vous l'honneur de cette danse, mademoiselle Duprée ?

— Lori déteste danser, assura Justin avant que la jeune femme ait pu dire quoi que ce soit.

Le comte l'ignora.

— Mademoiselle ? reprit-il en lui offrant son bras.

— Avec plaisir, lâcha Lori sans même réfléchir.

À en juger par la mine de Justin, ce n'était pas la réponse qu'elle aurait dû donner. Tant pis ! Elle saurait bien se débrouiller pour se faire pardonner dès demain. Comme d'habitude.

Elle prit le bras du comte et le suivit sur la piste. L'orchestre attaqua aussitôt une valse.

Dans les bras puissants de son cavalier, Lori se sentait bizarrement intimidée, comme une débutante à son premier bal. Il dansait à la perfection, mais avec une force contenue évoquant un lion en cage qui chercherait à s'échapper à la première occasion.

Son allure détonait avec celle des autres danseurs. Bien sûr, sa peau bronzée tranchait sur les visages blêmes des dandies à la mode, mais il y avait autre chose. Cet homme véhiculait un mystère – un mystère bien gardé, qu'il semblait vouloir cacher à sa cavalière.

Était-il un espion patriote ou un agent double, au service de l'Angleterre ?

— Etes-vous depuis longtemps en Amérique ? demanda-t-elle.

— Je n'ai jamais été longtemps nulle part.

— Même dans votre pays d'origine ?

Il sourit.

— Disons que ces derniers temps, je ne suis jamais resté longtemps nulle part, précisa-t-il.

Sa réponse ne fit que renforcer les interrogations de Lori à son sujet.

— Me permettez-vous de vous demander qui vous a invité à cette fête ?

Il sourit encore.

— Je n'ai guère envie de m'étendre sur moi, mademoiselle. Parlez-moi plutôt de vous.

Lori fronça les sourcils.

— Que voulez-vous savoir ?

— Eh bien, par exemple, expliquez-moi comment une jeune fille aussi ravissante que vous a pu se fiancer à un Anglais à mine de papier mâché ?

— Justin n'a pas une mine de papier mâché, rétorqua-t-elle en contenant difficilement sa colère.

Arnaulf observa quelques instants Justin, qui se tenait au bord de la piste et suivait tous leurs mouvements.

— Il n'est pas fait pour vous.

Lori connaissait les artifices de la séduction masculine ; déprécier la concurrence était l'un d'eux. Elle décida donc de prendre le comte à son propre jeu.

— Quel genre d'homme me suggéreriez-vous, dans ce cas ? demanda-t-elle. Vous, peut-être ?

Le regard de son cavalier s'assombrit et elle le sentit se raidir.

— Pardonnez-moi, mademoiselle. J'ai sans doute été trop loin, répliqua-t-il.

Là-dessus, il mit fin à la valse et planta Lori sur la piste de danse. Interloquée, elle le regarda s'éloigner sans comprendre. Il n'était pas supposé agir ainsi, lui tourner le dos au beau milieu d'une valse !

Cet homme était décidément bien étrange...

Justin la rejoignit.

— Quelque chose ne va pas ?

Lori secoua la tête. Elle ne pouvait décemment pas lui expliquer que, l'espace de quelques instants, elle avait été attirée par un autre homme...

2

Le lendemain soir, Lori et Justin se lancèrent dans l'expédition qu'ils avaient projetée.

La taverne du port où ils se tenaient en embuscade empestait la fumée et la saleté. De toute évidence, les clients qui la fréquentaient ne prenaient pas souvent de bains. Déguisée en serveuse pour la circonstance, Lori n'avait jamais été confrontée à une odeur aussi pestilentielle. Le pire, toutefois, était les avances vulgaires qu'elle subissait chaque fois qu'elle s'approchait d'un groupe de marins dans l'espoir de les entendre parler de Jack Rhys.

La situation avait de quoi donner la chair de poule. L'un de ces hommes, après tout, pouvait très bien être le pirate dont la rumeur prétendait qu'il avait tué plus d'hommes que la peste qui avait ravagé Charleston quelques années plus tôt.

C'était peut-être, par exemple, ce type dans la cinquantaine, accoudé au bar, et qui la contemplait depuis tout à l'heure. Ou ce jeune homme, assis près du feu, une chope de bière à la main. Ou encore ce client solitaire, dans le coin là-bas, qui semblait surveiller la porte...

À quoi pouvait bien ressembler Black Jack Rhys ? se demandait Lori. Était-il grand ou trapu ? Brun ou blond ?

Sa brutalité se lisait-elle sur son visage ?

Probablement... mais ce n'était pas sûr non plus.

Lori rejoignit une table où étaient assis quatre hommes. Elle déposa une pinte de bière devant chacun d'eux.

— Ce sera tout, les gars ? demanda-t-elle en affectant le parler rugueux des serveuses. Ou voulez-vous que je vous apporte aussi à manger ?

Un des hommes lorgna ses reins.

— Je crois que je croquerais bien un morceau de cette viande, pour ce qui me concerne !

D'un pas de côté, Lori évita la main que l'homme portait déjà à ses fesses.

— Mon gars, ce morceau de viande-là te donnerait une indigestion, crois-moi. Sans parler de la gifle que tu prendrais si tes mains s'aventuraient trop près.

Les trois autres clients de la table s'esclaffèrent.

— Fais gaffe, Danny ! intervint le plus âgé, un homme dans la soixantaine. M'est avis qu'elle ne plaisante pas.

Lori coinça son plateau sous son coude.

— Et si c'est pas moi qui te flanque la correction que tu mérites, c'est que mon amoureux derrière le bar s'en sera chargé à ma place.

Les quatre hommes se tournèrent pour regarder Karl, le tavernier, qui remontait de la réserve en portant un tonneau de rhum sur l'épaule. Il le jucha sur une étagère comme s'il ne pesait pas plus qu'un ballot de plumes. Bien qu'à peine plus grand que Lori, Karl était taillé comme un chêne, et quiconque fréquentait assidûment le Sanglier Couronné connaissait le tempérament colérique du patron.

— Tu sors avec ce monstre ? railla le plus jeune consommateur de la table. Je ne te crois pas.

Lori se tourna à son tour vers le bar.

— Eh, Karl ! cria-t-elle pour couvrir le bruit des conversations. Qui c'est, ton amoureuse ?

Le visage d'ours du tavernier esquissa un semblant de sourire.

— C'est toi, bien sûr, ma Lori chérie.

Lori reporta son attention sur la tablée.

— Alors, t'as toujours envie de me croquer ? demanda-t-elle au marin.

Pour toute réponse, celui-ci plongea le nez dans sa pinte de bière.

Satisfaite, Lori s'éloigna vers une autre table.

Elle croisa le regard furieux de Justin, qui semblait lui reprocher de flirter avec les clients. Lui-même avait troqué son habituel uniforme britannique contre une veste de grosse toile et un pantalon assorti. Mais, quoique vêtu en homme du peuple, et bien qu'ayant omis sciemment de se raser ce matin pour paraître plus rustique, il gardait le maintien rigide et hautain d'un fils de lord. Sachant que sa posture risquait de le trahir, il essayait régulièrement d'adopter une attitude plus relâchée, mais le naturel reprenait vite le dessus...

Lori s'approcha de lui.

— Une autre pinte de bière, mon gars ? lui proposa-t-elle.

Il secoua la tête.

— Tu n'as toujours rien pu apprendre sur Black Jack ? demanda-t-il à voix basse.

Lori prétexta de passer un coup de chiffon sur la table pour se pencher vers lui.

— Non. J'ai repéré quelques pirates dans l'assistance, mais aucun n'est Black Jack.

Justin coula un regard vers les deux compagnons assis à sa table. C'étaient des hommes à lui, qui avaient ordre de conduire Lori en lieu sûr dès que Black Jack se montrerait.

— Sois prudente, murmura-t-il.

La jeune femme remit son chiffon dans la poche de son tablier.

— Ne t'inquiète pas. Entre toi, tes hommes et Karl, que veux-tu qu'il m'arrive ?

Justin lui saisit le bras.

— Lori, ce n'est plus un de ces jeux auxquels nous nous amusions quand nous étions enfants. Black Jack n'hésiterait pas à te tuer, s'il en éprouvait l'envie.

Lori tira sur son bras pour se libérer.

— Il faudrait d'abord qu'il m'attrape. Je lui souhaite bonne chance.

Justin soupira et se décida à la relâcher.

Au même instant, la porte de la taverne s'ouvrit une fois de plus, apportant comme toujours une bienfaisante bouffée d'air frais.

Lori tournait le dos au nouvel arrivant. Elle n'eut même pas le temps de l'entendre s'approcher qu'il l'avait déjà saisie à la taille pour la pousser dans un recoin.

— Hé, hé ! qu'est-ce que je vois là ? T'es nouvelle, ma belle ?

— Lâchez-moi ! ordonna Lori de cette voix impérieuse qui avait toujours eu raison des hommes.

Son assaillant l'ignora et commença à lui palper les seins.

— Joli, joli... Je pourrais te payer grassement, tu sais, poupée.

Toujours dans l'impossibilité de voir son agresseur, Lori tourna des yeux terrifiés vers Justin. Celui-ci s'était levé de table et semblait prêt à intervenir, mais l'un de ses compagnons le retint par le bras et lui fit signe de se rasseoir.

Il se laissa retomber sur son banc.

Le lâche ! Comment pouvait-il accepter de se soumettre à quelqu'un qu'il employait ? Ah ! il ne perdait rien pour attendre ! Elle se promit de lui dire deux mots quand tout cela serait terminé.

En attendant, il fallait donc qu'elle se débarrasse seule de ce type. N'écoutant que son instinct, elle lui donna un violent coup de talon sur le pied.

L'homme laissa échapper un juron bien senti et la relâcha aussitôt.

Lori en profita pour courir vers la porte qui venait juste de se rouvrir mais, avant qu'elle n'ait pu l'atteindre, son agresseur la rattrapa. Cette fois, il lui saisit le bras pour l'obliger à se retourner et lui faire face.

C'était un grand blond, massif, aux cheveux sales et au visage patibulaire. Il la plaqua contre le mur et se remit à la palper avec ses grosses mains.

— Je vous ai dit de me lâcher ! répéta Lori tout en se débattant comme un beau diable.

Mais l'autre était trop fort.

— La dame t'a demandé quelque chose, intervint soudain une voix menaçante. À mon avis, tu devrais lui obéir.

Lori crut avoir rêvé. Cette voix lui était familière.

Elle tourna la tête et... son cœur manqua un battement.

La première chose qu'elle vit, ce fut deux prunelles d'un gris sombre qui luisaient comme de l'acier. Deux prunelles à l'éclat métallique qui n'appartenaient qu'à un seul homme : le comte Arnaulf de Hapsburg.

Cette fois, il portait une simple chemise de lin, ouverte au col, sur un pantalon de toile. Ses longs cheveux blonds flottaient sur sa nuque et la lame d'un sabre brillait à sa ceinture.

Il posa une main sur l'épaule de l'agresseur.

— Tu ne m'as pas entendu ?

— Cette histoire est entre moi et la fille.

— La fille ne veut pas de toi. Tu devrais la féliciter de son bon goût, répliqua-t-il avec un sourire ironique. Maintenant, si tu ne la relâches pas tout de suite, cette histoire sera entre toi et moi.

Il attendit que son adversaire se décide, mais aucune compassion ne se lisait dans son regard.

Finalement, la brute relâcha Lori.

— Excusez-moi, mam'selle, dit-il. Je ne voulais pas vous faire de mal.

Là-dessus, il s'empressa de s'éclipser.

Soulagée, Lori put enfin dévisager le comte.

— Qu'est-il arrivé à votre accent ? demanda-t-elle. Vous l'avez perdu ?

Le comte parut étonné.

— Pardon ? De quoi parlez-vous ?

— Et pourquoi êtes-vous habillé ainsi ? insista Lori.

Il la regarda bizarrement, comme s'il s'interrogeait sur sa santé mentale.

— Désolé. Vous devez me confondre avec quelqu'un d'autre.

Lori connaissait la ruse. Justin l'avait déjà utilisée contre elle le jour où elle l'avait surpris dans les bras de Sophie Polke en tentant de lui faire croire qu'elle avait des visions. Les hommes recouraient toujours aux mensonges les plus éhontés lorsqu'ils avaient quelque chose à cacher.

Soudain, elle eut comme une illumination, une certitude dans chaque fibre de son être...

Cet homme était Black Jack Rhys ! Elle n'aurait su expliquer pourquoi ni comment, mais elle le savait, elle en était certaine.

Et elle avait dansé avec lui !

Comprenant que le meilleur moyen de se tirer d'affaire était d'entrer dans son jeu, elle décida de s'excuser.

— Oh ! vous avez raison, dit-elle en prenant un air contrit. Je... je me suis trompée. Merci, en tout cas, de m'avoir aidée.

Jack la suivit des yeux et la vit rejoindre prestement son Anglais à mine de papier mâché, comme si Satan en personne la poursuivait. Elle avait souscrit à son mensonge, certes, mais il avait bien compris qu'elle l'avait reconnu.

L'heure était grave, songea-t-il en pestant intérieurement. Il était venu au Sanglier couronné pour s'entretenir avec Morgan et un espion patriote qui voulait leur confier le soin de faire franchir une cargaison d'armes au blocus britannique. Seuls ces deux hommes savaient que Black Jack serait ici ce soir.

Alors, lequel des deux était un traître ?

En fait, la réponse était évidente. Même si beaucoup de pseudo amis n'avaient pas hésité à le trahir au cours des dernières années, Jack savait pouvoir compter sur Morgan. Il n'agirait jamais contre l'honneur.

L'espion, en revanche, n'avait pas de ces scrupules.

Ce qui signifiait que Morgan était tombé dans un piège... Jack soupira. Une fois de plus, il allait devoir tirer son ami du danger.

Morgan et l'espion étaient installés à une table non loin du bar. Jack marcha droit sur eux.

— Ah, te voilà ! s'exclama Morgan en levant les yeux de son verre.

Ignorant son salut, Jack décocha un direct dans la mâchoire de l'espion.

L'homme tomba de sa chaise sans un cri.

Morgan leva les sourcils.

— Qu'a-t-il fait ?

Jack plaqua ses deux mains sur la table et dévisagea Morgan :

— Je pense que c'est lui qui a trahi notre présence ici ce soir. Me serais-je trompé ?

Morgan écarquilla les yeux.

— Mais de quoi parles-tu, à la fin ?

Satisfait de la réaction de son ami, qui prouvait sa sincérité, Jack se détendit.

— Nous sommes tombés dans un piège, expliqua-t-il.

Lori se tourna vers Justin avec une expression triomphante.

— C'est lui ! C'est Black Jack ! Il vient de boxer un type sans raison apparente.

— Tu te fais des idées, Lori. Le type en question a dû séduire sa femme.

Elle secoua la tête.

— Je te dis que c'est lui ! Enfin, Justin, tu l'as forcément reconnu... Il était au bal, hier soir, à se faire passer pour le comte de Hapsburg. Je suis sûre qu'en réalité il était là pour espionner...

— Lori, s'il te plaît, la coupa patiemment Justin. Ne te laisse pas entraîner par ton imagination. Cet homme ne ressemble absolument pas au comte. Ce n'est qu'un pauvre marin entré ici pour boire un verre. Le comte était plus grand, et n'avait pas du tout le même maintien. Et puis, réfléchis : pourquoi Black Jack viendrait-il en aide à une fille de joie ?

— Pardon ? répliqua Lori avec indignation. Je suis déguisée en serveuse, pas en catin !

— Tu sais très bien ce que je veux dire.

Lori ravala sa fureur.

— Tu veux des preuves ? Eh bien, je vais t'en donner.

Elle se tourna vers la table où le comte s'était assis et cria :

— Eh ! Jack Rhys !

Aucune réaction.

— Tu vois, dit Justin. Il n'a même pas cillé. Je te dis que ce n'est pas lui.

Lori ne partageait pas cet avis. Il n'avait pas cillé, en effet, mais tous les clients de la taverne avaient regardé dans la direction du pirate. Cela constituait à ses yeux une preuve bien suffisante.

— Arrête-le, suggéra-t-elle à Justin. Et si je me suis trompée, tu le relâcheras.

— Si tu t'es trompée, je me serai surtout ridiculisé.

— Qu'allons-nous faire ? demanda Morgan qui n'en menait pas large mais s'efforçait de paraître détendu.

— Tu vas sortir d'ici le plus naturellement possible, répliqua Jack. Comme si de rien n'était.

Désignant l'espion toujours groggy à leurs pieds, il ajouta :

— Tant qu'il ne se sera pas réveillé, nous ne craignons rien : personne ici ne sait qui tu es.

— Et toi ?

— Ne t'inquiète pas pour moi.

— Jack...

— Ce n'est pas la première fois que je me tirerai d'un mauvais pas comme celui-là. Ne discute pas et va te mettre en sûreté.

Bien qu'à contrecœur, Morgan obtempéra.

Après le départ de son ami, Jack risqua un regard vers la table où Lori discutait toujours avec l'Anglais.

La situation, qu'il n'eut pas de peine à deviner, l'amusa.

Son « fiancé » l'avait amenée ici pour lui faire voir Jack Rhys. Mais comme elle avait percé la première son identité, il ne voulait bien sûr pas croire que Jack et le comte ne faisaient qu'un seul et même homme.

Que faisait-elle avec ce crétin, bon sang ?

Ah ! les femmes... Il ne les comprendrait décidément jamais.

Jack savait qu'il aurait dû quitter les lieux avant que Justin ne finisse par comprendre qui il était, mais il prenait trop de plaisir à cette petite comédie pour l'abandonner déjà. De toute manière, celui ou celle capable de lui tendre un piège où il se laisserait enfermer n'était pas encore né.

Seule une femme nue dans un lit pouvait éventuellement le distraire un moment et lui faire oublier le danger qui rôdait autour de lui. À condition, bien sûr, que cette femme lui plaise.

Or, Lorelei Duprée lui plaisait beaucoup.

Jack la détailla d'un œil appréciateur. La jupe de serveuse de la jeune femme lui tombait à mi-mollet, ce qui laissait admirer ses chevilles délicates. Il se demanda si elle avait sur tout le corps les mêmes taches de rousseur que celles qui lui mangeaient les joues.

Elle se retourna tout en parlant et leurs regards se croisèrent. Le temps parut s'arrêter et Jack eut l'impression d'être frappé par la grâce.

Son regard avait quelque chose de magique ! Ses prunelles semblaient receler un pouvoir qu'il n'avait encore jamais rencontré chez une femme.

Jack n'avait plus qu'une envie, désormais : se lever, traverser la salle, prendre Lori dans ses bras et l'emmener hors d'ici, dans un endroit où il pourrait lui faire l'amour toute la nuit.

C'est alors qu'il prit sa décision.

Au début, il avait pensé la tenir à l'écart de tout ceci. Mais puisque Justin lui-même voulait la mêler à l'histoire, il n'avait plus de raison d'avoir des scrupules. Après tout, c'était la deuxième fois que le destin lui faisait croiser le chemin de la jeune femme ; cela voulait sans doute bien dire quelque chose.

Justin se leva soudain de table et marcha droit sur Jack.

— Excusez-moi de vous déranger, monsieur, commença-t-il en coulant un regard supérieur vers Lori, mais auriez-vous l'amabilité de répondre à une question : êtes-vous Jack Rhys ?

— Oui, lieutenant, répondit Jack tout sourire. Vous m'avez trouvé. La question, maintenant, est de savoir si vous pourrez m'attraper.

Justin porta la main à son épée.

— C'est lui, les gars ! cria-t-il. Emparez-vous de lui !

Jack fut rapide comme l'éclair : il bondit de son siège et poussa Justin de côté. Au même moment, les deux hommes attablés tout à l'heure avec Justin conduisaient déjà Lori vers la sortie.

Bien déterminé à s'emparer de la jeune femme, Jack dégaina son sabre et s'élança à leur suite.

Deux autres solides gaillards se matérialisèrent en travers de son chemin, lui bloquant le passage. Jack leur rit au nez. Pensaient-ils vraiment le stopper, alors que des flottes entières, armées contre lui, n'avaient jamais pu le capturer ?

Black Jack Rhys ne se laissait pas prendre aussi facilement !

En deux coups de sabre, il désarma ses adversaires et reprit sa course. Il déboucha dans la rue juste au moment où les deux hommes faisaient monter Lori dans une voiture découverte. L'un des deux se retourna et dégaina son épée.

Jack s'esclaffa encore. Cet idiot s'imaginait-il protéger la jeune femme ? Nul adversaire n'avait encore jamais empêché Jack Rhys de s'emparer de ce qu'il convoitait.

À peine commençait-il à croiser le fer avec son adversaire qu'une détonation retentit. Jack sentit une violente douleur lui vriller l'épaule droite ; il jeta un coup d'œil derrière lui et vit Justin qui brandissait un pistolet encore fumant.

Jack se faufila derrière la voiture pour évaluer les dégâts. Du sang maculait déjà sa chemise, mais la balle avait été déviée par l'omoplate. Quoique douloureuse, la blessure était donc sans danger.

En revanche, elle l'avait rendu fou de rage. Personne, jusqu'ici, n'avait pu se vanter d'avoir fait couler le sang de Black Jack Rhys. Un tel geste méritait vengeance !

Il gagna l'avant de la voiture, jeta à terre le garde assis à côté de Lori et prit sa place. Avant que la jeune femme ait pu comprendre ce qui se passait, il s'était déjà emparé des rênes et donnait aux chevaux le signal du départ.

La voiture prit très vite de la vitesse. Pétrifiée, Lori regardait Jack sans réagir.

— Lori ! cria Justin dans leur dos.

Elle retrouva enfin sa voix pour demander :

— Que faites-vous ?

— Je crois que c'est très clair, milady. Black Jack Rhys vous kidnappe.

3

Le cœur de Lori battait à tout rompre, mais elle n'arrivait pas à avoir aussi peur qu'elle l'aurait dû. Plus elle regardait Jack Rhys, et plus elle trouvait qu'il prenait la situation avec humour. Ses prunelles brillaient d'une excitation taquine. Loin de ressembler au tueur implacable que décrivait sa légende, il donnait plutôt l'impression d'être un collégien se livrant à un bon tour.

— Que comptez-vous faire de moi ?

Il se tourna vers elle, espiègle et séducteur.

— Croyez-le ou non, et je suis sûr que vous ne le croirez pas, mais je n'ai aucune intention de vous faire du mal.

Lori s'esclaffa.

— Pourquoi devrais-je croire que le pirate le plus recherché du pays m'aurait enlevée pour ne pas me faire de mal ? Je suppose que vous vous moquez de moi. Ou que vous me prenez pour une idiote.

Or, Lori n'était ni idiote ni naïve et il était grand temps qu'elle fausse compagnie à son ravisseur.

Alors qu'elle s'apprêtait à sauter de la voiture, il l'attrapa par le bras et la plaqua contre lui.

— Vous voyez : je vous avais dit que vous ne me croiriez pas !

De sa main libre, Lori le gifla.

Le regard du pirate s'assombrit dangereusement.

— Ne refaites pas cela, dit-il d'un ton menaçant.

Jugeant inutile de provoquer davantage sa fureur, elle s'immobilisa.

— Vous ne voudriez tout de même pas que je vous laisse me kidnapper sans réagir ?

— Précisément, si.

— Alors, c'est que vous n'avez pas dû connaître beaucoup de femmes.

— J'en ai connu assez, répliqua-t-il, d'une voix qui sonnait étrangement vide.

— En tout cas, elles ne vous ont pas appris les bonnes manières.

— Je suis un pirate, lui rappela-t-il sèchement. Ne comptez pas sur moi pour vous déclamer des poèmes.

Lori se raidit, vexée.

— Hier soir, vous n'étiez pas un pirate. Vous m'avez montré que vous pouviez vous conduire en gentleman.

— Sans doute. Mais vous-même n'étiez pas déguisée en fille de joie et...

— N'en dites pas davantage, merci ! s'exclama-t-elle, furieuse de se faire insulter pour la deuxième fois depuis le début de la soirée.

Il sourit.

— Désolé, mademoiselle Duprée. Je ne voulais pas mettre en doute votre innocence.

Les craintes de Lori redoublèrent.

— C'est pour cela que vous m'avez enlevée ? Pour me ravir mon innocence ?

Il lui décocha un regard noir.

— Sachez que je n'ai aucune intention de vous violer.

— Alors, pourquoi me kidnapper ?

— Pourquoi pas ? répliqua-t-il avec un sourire désarmant. Vous étiez là. Moi aussi. Et milord Mine-de-Papier-Mâché également. L'occasion m'a paru trop belle.

La voiture filait dans les rues en cahotant. Lori se cramponna à son siège.

— L'occasion de quoi ?

Jack attendit d'avoir engagé la voiture sur la route menant au port. Puis, d'un regard en arrière, il s'assura que personne ne les suivait avant de répondre :

— L'occasion de jouer.

Parlait-il sérieusement ou bien était-il fou ?

— Jouer ? répéta Lori, indignée. Mais jouer à quoi ?

— Disons que je vais me servir de vous comme d'un appât.

Seigneur ! Ne pouvait-il pas répondre simplement à une question simple ?

— Je ne comprends pas...

— Je m'en doute. De toute manière, je ne tiens pas à ce que vous compreniez. Sachez seulement que vous serez mon invitée pendant quelque temps.

Lori voyait maintenant les entrepôts du port se découper devant eux. Elle n'avait certainement pas l'intention de laisser Jack Rhys l'embarquer sur un bateau : trop d'histoires épouvantables couraient sur ce qui arrivait aux infortunées prisonnières des pirates !

— Merci de l'invitation, mais je vais la décliner.

Il s'esclaffa, comme s'il trouvait la réponse très amusante.

— J'ai peur de devoir insister.

Lori ne répondit plus rien et se mit à guetter l'instant propice. Dès que l'attelage ralentit, elle bondit de son siège et sauta à terre. Elle tomba lourdement sur le sol mais se releva aussitôt et se mit à courir à toutes jambes dans l'espoir d'atteindre le dédale des ruelles qui sillonnaient les entrepôts avant que son ravisseur ne la rattrape.

Malheureusement, elle n'en eut pas le loisir.

Jack la saisit par le bras alors qu'elle n'avait pas fait dix mètres. Emportés par leur élan, ils perdirent l'équilibre. Jack roula sur lui-même afin d'amortir la chute et se retrouva au sol, Lori dans ses bras. Alors qu'elle tentait de se libérer, il resserra son étreinte et la plaqua contre son torse pour l'immobiliser.

Comprenant que cela ne servirait à rien, elle cessa de se débattre. À présent que Jack la tenait à sa merci, elle se mit à redouter la suite.

À son grand soulagement, cependant, il la relâcha et la laissa se relever avant de l'imiter. Puis, sans lui laisser le temps de faire un mouvement de plus, il la souleva et la jucha sur son épaule comme un vulgaire sac de farine.

— Comme je vous l'ai déjà expliqué, je suis obligé d'insister pour que vous soyez mon invitée, dit-il.

— Reposez-moi par terre ! protesta Lori, au comble de la fureur.

— Je n'ai pas du tout envie de passer mon temps à vous courir après, répliqua-t-il.

Alors qu'elle s'apprêtait à lui marteler le dos de coups de poing, elle remarqua la tache sur sa chemise.

Du sang !

— Si vous ravivez ma blessure, la prévint Jack au même moment, je vous promets de vous faire donner le fouet.

Tout d'abord tentée d'ignorer sa mise en garde, elle jugea qu'il serait finalement plus sage de se calmer. Cet homme, après tout, était réputé pour sa cruauté sanguinaire. Mieux valait ne pas le provoquer outre mesure.

Exactement comme elle l'avait craint, son ravisseur l'emmenait vers un navire amarré au port.

— Jack ! cria soudain une voix depuis le pont du bateau. Te voilà enfin...

L'homme marqua sa stupéfaction quand Jack monta à bord avec son fardeau :

— Bon sang ! Mais qu'as-tu encore fait, cette fois ? demanda-t-il.

Ignorant sa question, Jack traversa le pont sous le regard éberlué de l'équipage et descendit l'échelle menant au pont inférieur.

Toujours pas remis de sa surprise, l'homme qui les avait accueillis lui emboîta le pas.

Les lanternes accrochées aux parois de la coursive diffusaient assez de lumière pour que Lori puisse à présent mesurer la gravité de la blessure de Jack. Elle se rappela alors avoir entendu un coup de feu quelques secondes avant que son ravisseur ne s'empare des rênes de la voiture.

L'homme qui les suivait était très beau et devait être âgé d'environ vingt-cinq ans. Cheveux noirs, yeux marron, il avait à peu près la même taille que Jack. Lori se souvint de l'avoir aperçu, un peu plus tôt, au Sanglier couronné.

— C'est la fille qui était au bal hier soir ? demanda-t-il.

— Oui, répondit Jack.

— Que fais-tu avec elle, bon sang ? s'impatienta l'homme. Tu ne vas quand même pas te mettre à kidnapper des héritières, Jack ! Ou alors, c'est que tu es devenu fou.

Jack s'esclaffa.

— C'est ce qu'il paraît, oui.

— Dites-lui de me libérer ! implora Lori en s'adressant au beau jeune homme. S'il vous plaît...

Le jeune homme ouvrit la bouche pour parler et se ravisa en voyant quelqu'un venir à leur rencontre.

— Tarik ! s'exclama Jack. Dis aux hommes de lever l'ancre. Nous partons tout de suite.

— Oui, capitaine.

Lori se contorsionna pour voir le nouvel arrivant, mais tout ce qu'elle parvint à faire, c'est se cogner la tête à l'une des lanternes.

— Tenez-vous tranquille ! lui intima Jack. Vous allez vous blesser.

Elle aurait voulu l'étrangler.

— Et, Tarik... ajouta Jack, je suis probablement poursuivi. S'ils arrivent jusqu'ici, fais ce que tu dois faire. Mais essaie de ne tuer personne.

— Bien, capitaine.

Le dénommé Tarik s'éclipsa sans que Lori ait pu voir son visage.

— Lâchez-moi ! répéta-t-elle, doutant du succès de sa requête, mais décidée à se battre jusqu'au bout.

Le beau jeune homme vint à son secours.

— Tu devrais la relâcher, Jack. Elle ne t'apportera que des ennuis.

Pour toute réponse, Jack se contenta de ricaner.

L'inconnu, tout à coup, semblait avoir autant envie que Lori d'étrangler Jack.

— Essayez de lui faire entendre raison, plaida-t-elle en voyant qu'il ne partageait pas l'inconscience du pirate.

— Arrête cette farce, Jack. Et laisse-la rentrer chez elle.

Jack ignora la requête de son compagnon.

— « Frappe, Macduff. Et maudit soit le premier qui implorera grâce ! » se contenta-t-il de répondre.

Lori en resta médusée. Shakespeare ! Ce diable de pirate était capable de citer Shakespeare dans le texte !

— Très amusant, Jack, fit valoir le jeune homme. Je te rappelle que quelques minutes après avoir prononcé ces paroles, Macbeth se faisait tuer par Macduff.

Jack ne dit rien. Il ouvrit une porte, entra dans une vaste cabine et finalement relâcha Lori. Aussitôt, elle courut vers la porte.

— Stop ! cria Jack d'une voix si tonitruante qu'instinctivement elle obéit.

Il vint se planter devant elle.

— Je commence à être fatigué de vous courir après, milady. Si vous vous entêtez à vouloir fuir cette cabine, je serai obligé d'employer la manière forte.

Lori se souvint des rumeurs qui couraient sur son compte. Quiconque défiait Black Jack Rhys le faisait au péril de sa vie.

— Je préfère encore être tuée que violée ! répondit-elle cependant.

Jack leva les yeux au plafond avant de se tourner vers son compagnon :

— Peux-tu lui expliquer que le viol ne figure pas sur la liste de mes crimes ?

— Le kidnapping non plus, jusqu'à ce soir, répondit l'autre.

Jack le fusilla du regard.

— Tu ne m'aides pas beaucoup, dit-il.

Puis, reportant son attention sur Lori, il ajouta :

— Vous resterez enfermée ici jusqu'à ce que nous ayons gagné le large. En attendant, je ne saurais trop vous conseiller de rester assise ou même de vous allonger par terre.

— M'allonger par terre ? répéta Lori interloquée.

— Oui. À moins que vous ne préfériez que votre tête soit emportée par un boulet de canon anglais.

Elle écarquilla les yeux.

— C'est une plaisanterie ?

Comme il ne répondait pas, elle se tourna vers le jeune homme :

— Il plaisante ?

— Non. Les Anglais vont essayer de nous empêcher de sortir du port. L'un de leurs boulets pourrait traverser la cloison de cette cabine.

Jack tira un trousseau de clés de sa poche.

— Ne vous inquiétez pas, dit-il, avec un semblant de sourire. Si le bateau commence à couler, je vous promets de venir vous chercher.

Lori était trop stupéfaite pour répliquer. Ce n'est qu'après le départ des deux hommes qu'elle se reprit et se rua sur la porte.

— Ouvrez-moi ! cria-t-elle. Vous n'avez pas le droit de me retenir prisonnière !

Mais c'était peine perdue. Jack avait soigneusement verrouillé et s'éloignait avec son compagnon.

Accablée par ce qui lui arrivait, elle ferma les yeux. Son destin venait d'être scellé : jamais elle ne sortirait vivante de cette épreuve.

— Jack, je sais que tu...

— Écoute-moi, Morgan, le coupa Jack alors qu'ils regagnaient le pont supérieur. J'ai besoin que tu portes un message au lieutenant Justin Wallingford.

— Je ne... commença Morgan avant de sursauter au nom qu'il venait d'entendre : Wallingford ?

Jack hocha la tête.

— Elle est fiancée au fils de lord Wallingford.

Morgan avait blêmi.

— Enfin, Jack ! J'espère que tu ne penses pas à ce à quoi je pense ?

Jack voulait se débarrasser de Morgan au plus vite afin de pouvoir enfin soigner sa blessure. Il n'avait aucune envie de perdre davantage son sang alors que les heures à venir promettaient d'être animées.

— S'il te plaît, Morgan, je n'ai pas le temps d'écrire le message moi-même. Je vais donc m'en remettre à toi. Explique à Wallingford que je l'attendrai sur l'île des Ames perdues.

— C'est du suicide, Jack !

Jack secoua la tête.

— Non. C'est de la vengeance.

Morgan resta silencieux un moment avant de risquer :

— Thadeus ne t'approuverait pas.

Jack eut un pincement au cœur en songeant au défunt Thadeus, homme de cœur et de droiture. Médecin de formation et marin par choix, il était devenu l'ami de Jack quand celui-ci s'était engagé dans l'équipage pirate de Robert Dreck. Lorsque Robert s'était retiré du métier, Thadeus avait préféré continuer à travailler sur un navire marchand, la *Colombe blanche*, qui avait rejoint les rangs des patriotes. Huit mois plus tôt, Wallingford avait capturé leur vaisseau...

Depuis, Jack pourchassait ce maudit bâtard d'Anglais.

— Je pense que Thadeus n'a pas approuvé davantage de se retrouver ligoté au grand mât de la *Colombe blanche*, pour y être mis en joue par les sbires de Wallingford, répliqua Jack sèchement.

Là-dessus, il voulut s'éloigner mais Morgan le retint par le bras.

— Je sais que tu aimais ce vieil homme, Jack. Mais laisse tomber ta vengeance avant qu'ils ne te tuent.

Jack se dégagea.

— Abandonner ? Et c'est toi qui me suggères cela ? Alors que tu poursuis Isaiah Winston depuis des années !

— C'est différent. Winston a tué mon père.

— Et alors ? Que crois-tu qu'incarnait Thadeus à mes yeux ?

Huit mois après, la douleur était intacte. Jack mettait pourtant un point d'honneur à prétendre que rien ne pouvait jamais l'émouvoir. Or, la mort de Thadeus l'avait profondément touché. La sagesse et la bonté du vieil homme avaient été pour lui un phare et un modèle.

Parfois, il en voulait à Thadeus de ne pas avoir rejoint son équipage. S'il l'avait écouté, il serait encore en vie aujourd'hui. Au lieu de cela, il avait préféré lier son sort à celui de ces damnés patriotes, et il était mort avec eux. Il n'y avait eu aucun survivant. Wallingford avait ordonné à ses hommes d'exécuter tous les rescapés de l'incendie de la *Colombe blanche*.

Morgan et Jack se dévisagèrent quelques instants en silence. Puis Morgan soupira.

— Je suis désolé, Jack. Sincèrement. Mais tout ça ne te mènera à rien. Et ce n'est pas non plus en te faisant tuer que tu ressusciteras Thadeus.

Les paroles de son ami rappelèrent à Jack les derniers mots de Thadeus, lorsqu'ils s'étaient quittés : *Ne te fais pas tuer avant d'avoir trouvé la paix intérieure, mon garçon. Trop d'âmes vont directement en enfer sans que le diable y soit pour rien.*

Si Jack devait aller directement en enfer, c'est que tel était son destin.

— Bon, Morgan, consens-tu ou non à m'écrire ce message pour Wallingford ?

Morgan soupira de nouveau.

— Je te dois trop pour te refuser ce service, Jack, répliqua-t-il la mine sombre. Mais sache que si tu devais finir comme Thadeus, je ne te le pardonnerais jamais.

Jack aurait voulu trouver quelque chose à dire pour rassurer Morgan, mais il ne souhaitait pas non plus lui donner de faux espoirs. Le sort en était jeté, ils le savaient tous deux.

— Vas-y, Morgan. J'ai du travail.

Désabusé, Morgan secoua la tête.

— Tu es fou, Jack. Lui donner rendez-vous sur l'île des Ames perdues... Que Dieu ait pitié de toi !

Jack le regarda s'éloigner. Depuis la mort de Thadeus, Morgan était désormais la seule personne au monde à savoir ce que représentait cette île pour lui. Le seul, aussi, à connaître le passé de Jack.

Du moins cette partie de son passé qui aurait un écho dans son avenir...

Lori s'était assise à la table de la cabine, le menton calé sur ses mains croisées.

La pièce était assez vaste, avec une table de toilette dans un coin et une couchette à sa gauche. Par les fenêtres, devant elle, elle voyait la côte de Charleston s'éloigner un peu plus chaque minute. Une vaste étendue de mer, sur laquelle se reflétait le clair de lune, séparait à présent le navire du quai.

Cela faisait maintenant près d'une heure que Jack Rhys l'avait enfermée ici, et elle avait eu tout loisir de songer à l'avenir.

Quel triste avenir, en vérité. Pauvre Justin ! Il devait s'en vouloir de l'avoir entraînée dans cette aventure. Et Lori se doutait qu'il ne trouverait pas le repos tant qu'il ne l'aurait pas arrachée, morte ou vive, aux griffes de son ravisseur.

D'une certaine manière, elle aurait aimé pouvoir rendre Justin responsable de toute cette histoire, mais c'était impossible. C'était bien elle qui avait accepté de le suivre jusqu'à cette horrible taverne et de jouer la comédie de la serveuse, et c'était elle aussi qui avait démasqué Jack Rhys.

— Tu aurais dû écouter Justin ! se reprocha-t-elle à haute voix.

Aveuglée par sa propre arrogance, elle n'avait pas voulu l'écouter lorsqu'il l'avait avertie du danger.

Quand se déciderait-elle enfin à obéir à son père et à son fiancé ? Combien d'autres désastres devrait-elle endurer avant de comprendre une fois pour toutes où était sa place ?

La porte de la cabine s'ouvrit tout à coup.

Lori se leva d'un bond et fit face à son ravisseur.

Jack Rhys s'était lavé et changé. Il portait à présent un pantalon noir, moulant, qui soulignait la musculature de ses cuisses et s'enfonçait dans une paire de bottes parfaitement cirées, avec des incrustations d'argent. Sa chemise, noire également, était généreusement ouverte au col, laissant entrevoir un peu de son torse musclé. Ses longs cheveux blonds, liés en queue-de-cheval qui lui retombait dans le dos, contrastaient vivement avec ses vêtements sombres. Il était toujours aussi bel homme.

— Que voulez-vous ? demanda Lori d'une voix glaciale.

Il esquissa un sourire amusé.

— Je vois que vous ne me faites toujours pas confiance.

— Je devrais ?

Il redevint sérieux.

— Non, bien sûr, répondit-il en s'avançant vers elle.

Instinctivement, Lori recula jusqu'à ce que le mur de la cabine lui coupe toute retraite.

À sa grande surprise, Jack s'arrêta à la table où elle était assise et posa une clé dessus.

— C'est la seule clé de cette pièce, dit-il.

Lori contempla la clé, qui brillait à la lueur du chandelier allumé sur la table.

— Vous pourrez vous enfermer dans cette cabine durant toute la traversée, si vous le souhaitez, ajouta-t-il.

Lori releva les yeux et le dévisagea.

— Alors, c'est vrai que vous n'allez pas me violer ?

Jack crispa les poings comme quelqu'un qui cherche à contenir son impatience.

— Non, Lorelei. Je ne vais pas vous violer.

Pouvait-elle accorder foi à ses paroles ?

— N'est-ce pas une ruse ? N'essayez-vous pas de gagner ma confiance pour mieux me trahir ensuite ?

— Je crois que vous vous êtes laissé trop conter d'histoires à mon sujet, mademoiselle Duprée.

— Ne sont-elles pas vraies ?

Il haussa les épaules.

— Qu'est-ce que la vérité ? Chacun la voit sous un angle différent.

Lori se souvint de lui, au bal de l'autre soir, de l'aisance avec laquelle il avait convaincu tous les invités qu'il était un aristocrate allemand. Elle-même s'était laissé prendre à son jeu. Sans doute n'était-ce pas la première fois qu'il se livrait à une telle supercherie.

— Vous aimez vous jouer des gens, n'est-ce pas ?

Il ne répondit pas à sa question mais fit un pas de plus vers elle.

Aurait-elle le temps de s'enfuir avant qu'il ne l'attrape ? se demanda Lori en coulant un regard vers la porte.

Elle n'eut pas le loisir de tenter sa chance : Jack Rhys l'avait déjà rejointe. Cependant, au lieu de la prendre dans ses bras, il se contenta de lui caresser la joue et de croiser son regard. Cela suffit pour que Lori se sente sa prisonnière.

— Lori, murmura-t-il, je ne veux pas que vous ayez peur de moi.

Contre toute raison, elle crut à sa sincérité.

— Qu'attendez-vous de moi, alors ? demanda-t-elle.

Son regard s'attarda sur ses lèvres avant qu'il ne reprenne :

— Et sachez également que personne, sur ce bateau, ne vous fera de mal. Moi moins que tout autre.

Lori déglutit péniblement. Que lui arrivait-il, pour qu'elle ait si désespérément envie de croire cet homme ?

Il abaissa sa main.

— Alors ? Vous n'avez plus peur ?

— Encore un peu, avoua-t-elle.

Il rit de son honnêteté. Au même instant, on frappa à la porte.

Jack recula d'un pas.

— Entrez, dit-il.

Une grande et belle femme noire, les bras chargés d'une pile de vêtements, pénétra dans la cabine. De l'âge de Lori ou à peu près, elle portait une jupe ample et un chemisier jaune d'or. Ses cheveux crépus auréolaient un visage au modelé parfait.

— Alors, c'est cette pauvre petite qui a été enlevée à l'affection de sa famille... dit-elle d'une voix chaude teintée de l'accent des Caraïbes. Vous devriez avoir honte de vous, capitaine Jack !

Au grand étonnement de Lori, Jack prit un air contrit.

— Vous feriez mieux de remonter sur le pont, ajouta la femme. Tarik va avoir besoin de vous pour combattre ces maudits Anglais.

— Combattre ? répéta Lori, soudain affolée.

Black Jack haussa les épaules avec nonchalance.

— Je vous rappelle que nous sommes en guerre. Et que notre bateau quitte, en pleine nuit, un port sous blocus.

Lori était stupéfaite de le voir afficher une telle légèreté.

— À vous entendre, on jurerait que tout cela vous amuse !

— Ne vous inquiétez pas, Lori. Vous ne courez aucun danger.

— Je risque tout simplement d'être décapitée par un boulet de canon, comme vous me l'avez fait entendre tout à l'heure. Mais à part ça, je ne cours aucun danger !

Le pirate plaça une main sur son cœur.

— Ne craignez rien, milady, insista-t-il.

Puis, désignant les fenêtres donnant sur la mer, il expliqua :

— Je vous promets d'expédier ces bateaux par le fond, afin qu'ils ne puissent plus représenter la moindre menace pour votre distinguée personne.

Là-dessus, il prit la main de Lori dans la sienne et s'inclina pour la baiser, avec la même élégance que s'il était de nouveau le comte Arnaulf de Hapsburg.

— Je vous souhaite bien le bonsoir, milady, murmura-t-il.

Il se redressa avant d'ajouter :

— Mais vous n'allez pas me laisser partir affronter la mort sans m'accorder un baiser ?

Avant que Lori ait pu réagir, il s'empara de ses lèvres. Trop choquée pour protester, elle sentit en même temps qu'il la prenait dans ses bras.

Le pirate explorait sa bouche avec une autorité naturelle qui lui fit tourner la tête. Jamais Justin ne l'avait embrassée ainsi ! Et jamais non plus, elle n'avait ressenti de telles sensations...

C'était plus qu'un simple baiser : le contact des lèvres de Black Jack avec les siennes se communiquait à tout son corps et enflammait ses sens.

Juste au moment où Lori pensait que ses jambes allaient la trahir, il la relâcha et recula d'un pas.

— Maintenant, dit-il, si la mort me réclame, j'irai à elle le cœur léger.

— Vous êtes fou !

— Non, ma chère Lorelei. Je ne suis pas fou. Mais je viens de goûter aux fruits du paradis. Et si le destin le veut bien, demain, je goûterai à ses monts... ajouta-t-il en laissant ses yeux errer sur les seins de la jeune femme.

Puis, baissant encore le regard, il termina :

— Et à ses vallées.

Lori sentit ses joues s'empourprer.

— Jamais de la vie ! se récria-t-elle.

Il sourit.

— Jamais, jamais, jamais, jamais ! répéta-t-il amusé, comme s'il se moquait d'elle et de sa détermination.

Alors qu'elle s'apprêtait à répliquer, un coup de canon se fit entendre. Jack se rua immédiatement vers la porte. Avant de sortir, cependant, il se retourna :

— Nous nous reverrons, promit-il.

L'instant d'après, il avait disparu.

Interdite, Lori resta un moment plantée au milieu de la cabine. Elle ne savait absolument pas quoi faire avec cet homme imprévisible. Il était tout autant capable de citer Shakespeare dans le texte que de tuer quiconque se mettait en travers de son chemin. Son seul nom était synonyme de mort...

— Ne faites pas cette tête, ce n'est pas si grave, intervint alors la femme qui avait assisté à la scène sans mot dire. Elle posa sa pile de vêtements sur la table et s'approcha de Lori avec un air engageant.

— Je m'appelle Kesi.

— Vous êtes aussi leur prisonnière ? s'enquit Lori qui se demandait ce que pouvait bien faire Kesi avec tous ces pirates.

Amusée, Kesi secoua la tête.

— Il n'y a aucun prisonnier sur le navire du capitaine Jack. Je suis la femme de Tarik, son quartier-maître.

Lori fronça les sourcils.

— Black Jack vous autorise donc à vivre avec votre mari ?

— Bien sûr. Et je ne suis pas la seule épouse à bord. Demain, vous ferez la connaissance des autres.

— Je ne comprends pas, avoua Lori. Je croyais que les pirates ne toléraient que des esclaves ou des captives à leur bord ?

Kesi éclata de rire.

— N'écoutez pas tout ce qu'on raconte sur les pirates, ma chère ! Certains se comportent ainsi, c'est vrai, mais pas le capitaine Jack.

Prenant le bras de Lori, elle ajouta :

— Nous ferions mieux d'éteindre la lumière et de nous éloigner des fenêtres. Les Anglais tireront sur tout ce qui bouge.

Elle invita Lori à s'asseoir sur la couchette, puis éteignit les lumières. La pièce se trouva baignée par le seul clair de lune juste au moment où un bruit de canonnade se fit à nouveau entendre.

— Ne vous inquiétez pas, je reste avec vous, dit Kesi en s'asseyant à son tour sur la couchette.

Lori se racla la gorge, pour tenter de dénouer sa nervosité.

— Cela arrive-t-il souvent ? demanda-t-elle.

Kesi lui prit la main.

— Non, pas très souvent. Et n'ayez pas peur : personne ne vous fera de mal.

— C'est ce que Black Jack a dit.

— Manifestement, vous ne le croyez pas.

— Devrais-je ?

— Écoutez votre conscience. Que vous dit-elle ?

— Elle me dit que j'aurais mieux fait de rester chez moi, ce soir, et de ne surtout pas quitter ma chambre.

Deux frégates britanniques les avaient pris en chasse et Jack avait fait hisser les voiles noires afin qu'ils soient moins visibles au clair de lune.

Le bateau filait vite. Encore quelques minutes, et ils seraient tirés d'affaire. Debout près du gouvernail, Jack songeait à sa prisonnière.

Le courage de cette femme qui n'avait jamais dû rencontrer de pirate de sa vie l'étonnait.

— Attention ! cria soudain l'un de ses hommes.

Jack se baissa instinctivement. Ses yeux habitués à l'obscurité virent le boulet de canon anglais fendre la nuit en direction de leur navire pour terminer sa course avec fracas dans l'une des fenêtres du pont inférieur.

Précisément au niveau de la cabine de Lori.

4

Jack dévala l'échelle, Tarik sur ses talons, puis les deux hommes coururent vers la cabine où se trouvaient Lori et Kesi.

Le cœur battant la chamade, s'attendant déjà au pire, Jack poussa la porte.

À son grand soulagement, il découvrit Lori indemne debout devant Kesi.

— Je n'en reviens pas, dit Lori dont la voix oscillait entre la colère et l'incrédulité. Un boulet de canon !

Tarik se rua dans la pièce et étreignit sa femme.

— Mon Dieu, Kesi ! Tu m'as fait si peur !

Kesi lui rendit son étreinte.

— Il n'y avait pas de quoi s'affoler. Ce maudit boulet anglais ne nous a même pas frôlées.

Jack était resté sur le seuil, à se remettre de sa frayeur. Lori s'approcha de lui ; elle semblait encore sous le choc.

— Il était énorme... murmura-t-elle en écartant les mains pour indiquer la taille du boulet.

Kesi hocha la tête.

— Pour ça, il a fait des dégâts.

À la fenêtre brisée répondait, sur le mur d'en face, un trou béant dans le bardage de chêne. Le boulet avait traversé la cabine de part en part.

Stupéfait, Jack vit Lori agripper les pans de sa chemise.

— Avez-vous déjà vu un boulet de canon vous passer devant les yeux ?

— Oui.

Ses yeux étincelèrent de colère.

— Très bien. Restez ici si ça vous chante, mais moi, je rentre à la maison, dit-elle en se dirigeant vers la porte.

— Il y a un petit problème, Lori.

Elle se retourna.

— Lequel ?

— Pour rentrer chez vous, il vous faudra nager longtemps et traverser les lignes britanniques.

— Je vous hais, Black Jack Rhys. Je vous hais !

Soulagé, Jack ne put retenir un sourire.

— Je suis ravi de voir que je provoque en vous une émotion aussi vive. Votre apathie m'aurait beaucoup plus inquiété que votre haine.

Lori crispa les poings, ce qui le ravit encore davantage.

— On dirait que nous sommes tirés d'affaire, intervint Kesi.

Jack réalisa que le bruit des canonnades s'était estompé.

— Oui, confirma-t-il.

— Je vais m'en assurer, dit Tarik.

Étreignant une dernière fois Kesi, il ajouta à son intention :

— Retourne dans ta cabine, maintenant. Ce sera plus sûr.

— Oui.

Après le départ de Tarik, Kesi s'approcha de Jack :

— Où allez-vous la loger, à présent que cette cabine est détruite ?

Jack hésita. Les réparations de la cabine nécessiteraient plusieurs jours. Il savait parfaitement où il avait envie de loger Lori : dans sa propre cabine, pour qu'elle partage son lit. La traversée n'en serait que plus agréable. Le seul fait d'y penser suffisait à lui enflammer l'imagination.

Si elle s'installait dans sa cabine, il n'aurait aucune peine à la séduire, mais le plus difficile serait justement de la convaincre d'accepter cette solution...

C'est alors qu'il eut une idée diabolique.

Il existait un endroit sur le navire, un endroit tellement effrayant que s'il y mettait Lori, elle viendrait d'elle-même chercher refuge dans sa cabine.

— La pièce d'en face, dit-il.

Kesi en resta bouche bée.

— Vous ne parlez pas sérieusement ! Comment cette malheureuse enfant pourrait-elle trouver le sommeil au milieu... au milieu de toutes les horreurs qui y sont entreposées ? Elle en garderait des cauchemars toute sa vie.

Jack rusa pour ranger Kesi à son avis.

— Je ne vois pas d'autre endroit où la loger, dit-il en faisant mine de réfléchir à la question. À moins, bien sûr, qu'elle ne soit disposée à partager ma cabine.

Il coula un regard vers Lori, vit qu'elle s'était raidie, et soupira bruyamment.

— Mais je doute qu'elle accepte.

— La pièce d'en face sera parfaite, intervint alors Lori.

Kesi croisa les bras sur sa poitrine.

— Elle dit cela parce qu'elle ne sait pas encore ce qui l'attend là-bas. Vous êtes inutilement cruel, Jack Rhys.

— J'ai pris bonne note de ton avis, Kesi. Maintenant, tu ferais mieux de regagner ta cabine avant que Tarik ne s'inquiète.

— J'y vais, j'y vais... Mais tâchez donc de trouver une autre solution pour cette fille. Sinon, vous allez vous attirer de gros ennuis, je le sens.

Là-dessus, elle s'en alla.

Jack devina que Lori s'inquiétait en constatant qu'ils étaient désormais seuls tous les deux. Il détestait la voir le craindre ainsi ; cependant, il admirait son courage. Beaucoup de femmes, dans sa situation, auraient crié et pleuré. Pas elle. Elle s'obligeait à garder son sang-froid.

Jack ne put résister à l'envie de la taquiner.

— Avouez-le, lady Lorelei. Vous avez peur, mais vous aimez cela. Votre sang circule plus vite dans vos veines. Pour la première fois de votre vie, vous goûtez à la véritable aventure.

Elle redressa la tête en signe de défiance.

— Je ne vois pas de quoi vous voulez parler.

Il vint se planter devant elle et lui souleva le menton, pour l'obliger à le regarder en face.

— Bien sûr que si, vous voyez. Je le lis dans vos yeux.

— Bah ! fit Lori en détournant le regard.

Jack sourit, amusé.

— Répondez-moi franchement, lady Lorelei : Milord Mine-de-Papier-Mâché vous a-t-il déjà fait vous sentir aussi vivante que ce soir ?

— Vivante ? J'ai failli mourir !

— « Failli », ça ne compte pas. Tout à l'heure, vous avez « failli » m'échapper, sur le quai. Mais vous n'y êtes pas parvenue.

Elle recula d'un pas et croisa les bras sur sa poitrine, comme pour se protéger de lui.

— Vous êtes diabolique.

Jack pouvait difficilement la contredire sur ce point. Il était diabolique, en effet, et nourrissait à son sujet des vues diaboliques...

Dans l'immédiat, cependant, il refréna son envie de la prendre dans ses bras. Se penchant vers elle, il lui murmura à l'oreille :

— Oui, un homme diabolique, qui vient de vous faire vivre l'une des expériences les plus mémorables de votre vie. Que vous raconterez sans fin à vos enfants et à vos petits-enfants...

Elle prit un air offensé, mais Jack, ignorant sa réaction, tourna les talons et quitta la cabine. Lori décida de lui emboîter le pas.

Bizarrement, il était chagriné qu'elle ne lui fasse toujours pas confiance. Le problème, c'est qu'elle le considérait comme un pirate, alors qu'il aurait voulu qu'elle le voie comme un soupirant.

D'ordinaire, les femmes l'adulaient ; Jack s'était habitué à ce qu'elles se plient à sa volonté et à ses humeurs. Or, Lori était différente. Sa résistance constituait un véritable défi, et il aimait les défis.

Du moins, quand leur issue ne faisait aucun doute et ne réclamait pas trop de temps... Comme il n'avait aucune envie que Lori lui résiste indéfiniment, il allait devoir briser ses défenses.

Il traversa la coursive et frappa à la porte d'en face.

Lori fronça les sourcils.

— Quelqu'un vit là ?

Jack décida de faire durer le suspense.

— Non, personne.

— Alors, pourquoi frappez-vous ?

Il se tourna vers elle et chuchota d'une voix sinistre :

— J'effraie simplement les esprits, pour qu'ils ne troublent pas votre sommeil.

Il savoura un instant l'émoi de la jeune femme avant de décrocher une lanterne qui pendait à la paroi de la coursive. Puis il ouvrit la porte et entra dans la cabine en levant haut la lanterne afin de bien voir le visage de sa prisonnière.

À chaque pas qu'elle faisait, Lori blêmissait un peu plus...

Une fois au milieu de la pièce, son regard embrassa tous les trophées disposés autour d'elle et elle demanda d'une voix étranglée :

— Mais qu'est-ce que c'est ?

— Des têtes, répondit tout simplement Jack en contemplant lui aussi les murs de la cabine auxquels étaient accrochées une trentaine de têtes humaines, plus rabougries et hideuses les unes que les autres. Nous les avons rapportées d'une excursion dans une île de réducteurs de têtes, précisa-t-il.

Lori avait encore un peu plus pâli, si c'était possible.

— Une île de quoi ?

— De réducteurs de têtes. Ils tuent leurs ennemis, les décapitent et font subir aux crânes un traitement qui les réduit de moitié.

Incrédule, elle se tourna vers lui.

— En tout cas, ils n'ont pas réduit la vôtre.

Jack acquiesça.

— Exact. Mais c'est parce que j'étais plus coriace que le chef et ses hommes.

Le regard de Lori se fit tout à coup suspicieux.

— Pourquoi avez-vous rapporté ces têtes ?

Jack posa sa lampe sur un coffre en bois placé à côté de la couchette.

— Nous avions accosté dans cette île pour y enterrer un trésor, quand nous nous sommes retrouvés encerclés par les indigènes.

C'était pure affabulation. D'abord, Jack n'avait jamais enterré de trésor de sa vie ; il préférait investir légalement ses gains illégitimes. Ensuite, les têtes avaient été prises sur un navire marchand espagnol. L'équipage de Jack avait proposé de les pendre dans cette cabine, afin d'effrayer les prisonniers qui y seraient détenus et les encourager à divulguer leurs secrets. Cependant, jusqu'ici, la pièce n'avait jamais servi : Jack trouvait ses hommes bien naïfs de s'imaginer qu'un tel dispositif s'avérerait utile un jour.

À présent, toutefois, il ne pouvait que se féliciter de leur idée.

Il s'approcha de la jeune femme pour lui chuchoter à l'oreille :

— Ces sauvages étaient entièrement nus et armés de lances. Ils criaient qu'ils allaient tous nous massacrer, mais nous avons vite renversé les rôles. Nos sabres et nos pistolets ont eu facilement raison d'eux.

La voyant sceptique, Jack se demanda s'il n'en avait pas fait un peu trop et s'empressa de finir son histoire.

— Après notre victoire, reprit-il, le chef m'offrit ces têtes en me suppliant d'épargner la sienne. Il assurait que si je décorais mon navire avec ces trophées, je ne connaîtrais jamais la défaite.

Lori parcourut de nouveau la pièce du regard. Toute terreur avait à présent disparu de ses yeux ; il semblait même que la perspective de dormir ici commençait à lui plaire.

Jack alla décrocher l'un des trophées.

— Voulez-vous regarder de plus près ? proposa-t-il, en revenant vers elle.

Elle eut un sursaut de recul ; Jack s'amusa de sa réaction.

— Vous ne risquez rien, vous savez. Ils sont tous morts.

Elle fit la grimace.

— Vous êtes répugnant.

— Peut-être. Mais quand même pas aussi répugnant que cette pièce... non ?

Comme une reine toisant l'un de ses sujets, elle releva fièrement la tête.

— J'aimerais mieux passer le reste de mes jours dans cette cabine, que cinq minutes de plus en votre compagnie.

Jack n'en crut pas ses oreilles. Aucune femme ne lui avait jamais parlé ainsi. Pas à lui, le meilleur amant des mers du Sud !

Sa fierté de mâle était bafouée.

— Vous préféreriez vraiment passer la nuit ici, au milieu de ces horreurs, plutôt que dans le confort de ma cabine ? demanda-t-il incrédule.

— Votre cabine serait très confortable, je n'en doute pas, à condition que vous ne vous y trouviez pas, répliqua-t-elle sans hésitation.

— Et si je m'y trouve ?

— Alors, je préfère rester ici et tenir compagnie à ces têtes.

Jack fut bien obligé d'admettre qu'il s'était trompé sur toute la ligne en croyant qu'un seul coup d'œil à cette pièce ferait se précipiter la jeune femme dans ses bras, pour y chercher du réconfort.

C'était bien la première fois qu'une femme le repoussait aussi vertement. N'était-il pourtant pas très bel homme ? Même s'il ne tirait aucune vanité excessive de son apparence physique, il ne pouvait pas non plus la nier.

Certes, il y avait sa réputation – qui n'était pas complètement usurpée. Mais justement, la plupart des femmes trouvaient cela excitant : c'était comme un piment supplémentaire qui ajoutait à sa séduction. La perspective de coucher avec un pirate avait toujours eu raison même des plus réticentes.

L'attitude de Lori le déroutait. Cependant, il n'y voyait qu'une explication : elle bluffait.

Il alla raccrocher le trophée au mur, puis revint vers la jeune femme qui n'avait pas bougé.

— Alors c'est bien réfléchi ? Vous aimez mieux dormir ici, au milieu de tous ces guerriers, qu'avec moi ?

Elle soutint son regard sans ciller.

— Comme vous l'avez vous-même fait remarquer tout à l'heure, ils sont morts. Tandis que vous...

— Moi, je suis bien vivant.

— Oui.

— Et donc, vous me craignez plus qu'eux.

— Ce n'est pas une question de peur, mais de préférence. J'aime mieux leur compagnie que la vôtre, c'est tout.

Jack ne put se retenir de lui caresser le menton. Le regard de Lori ne trahit aucune émotion, mais il sentit, sous ses doigts, que sa caresse la troublait. Comment, du reste, aurait-il pu en être autrement ?

— Ma compagnie serait à ce point...

— ... détestable, oui.

Il sourit.

— Dommage. Moi, je vous trouve captivante.

Elle recula d'un pas.

— Personnellement, je me sens plutôt captive. C'est bien tout le problème, d'ailleurs. Maintenant, si vous voulez bien me laisser, j'apprécierais un peu de solitude.

— Quelle solitude ? Vous aurez une armée entière pour vous tenir compagnie pendant votre sommeil, lui rappela Jack en désignant les murs de la cabine d'un ample geste du bras.

Elle frissonna.

— Il n'est pas trop tard pour changer d'avis, ajouta-t-il.

— Sur vous ? Je ne changerai jamais d'avis à votre propos, Black Jack Rhys.

Il sourit encore.

— Les femmes sont au contraire réputées pour être d'humeur changeante.

— Et les hommes pour être assommants.

— Y compris Justin ?

— Non, pas lui.

— C'est bien ce que je pensais, mais après tout, il n'est pas vraiment un homme.

Les joues de Lori s'empourprèrent.

— La porte est là, dit-elle en lui indiquant la sortie.

— Si vous insistez...

— J'insiste.

— Très bien. Je vais donc vous laisser avec vos nouveaux amis. Mais sachez que si vous changiez d'avis, vous trouverez ma cabine à gauche, au bout de la coursive. Et vous n'aurez même pas besoin de frapper.

— Ne vous fatiguez pas à m'attendre.

— Dans ce cas, passez une bonne nuit. J'espère que vous vous sentirez comme chez vous.

— Je ferai en sorte, répliqua-t-elle avant de lui claquer la porte au nez.

Jack resta un instant devant le battant, à digérer cette rebuffade puis se dit qu'après tout, la résistance de la jeune femme ne ferait que rendre sa reddition plus délectable. Le moment venu, il savourerait son triomphe. Car, quoi qu'elle puisse s'imaginer, il finirait par l'avoir. Il n'avait encore jamais connu la défaite.

Enfin seule ! Lori soupira un bref instant de soulagement. Mais quand son regard croisa les...

— Courage ! murmura-t-elle. Ces morts ne peuvent te faire aucun mal.

N'empêche que leur vision demeurait terrifiante...

Chacune des trente têtes accrochées aux murs de la cabine lui donnait l'impression de la fixer du regard. Et la lumière vacillante de la lanterne accentuait encore leur allure démoniaque.

Prenant sur elle, Lori décida d'affronter l'épreuve avec toute la témérité dont elle se sentait capable. Elle voulait gagner cette bataille contre elle-même !

— Tu es Lorelei Duprée, dit-elle à voix haute pour se donner du courage. Tu es la petite-fille d'Anne Bonny. Et Anne Bonny n'aurait jamais laissé ces têtes la terrifier.

Jamais. Grand-mère Anne aurait pris le diable en personne par les cornes, si elle avait dû l'affronter, et l'aurait obligé à rendre gorge. Or, comme le lui répétait sans cesse son père, Lori tenait de sa grand-mère.

Fortifiée par cette idée, elle décrocha l'un des trophées du mur puis, le tenant à bout de bras, s'apprêta à le déposer sur la couchette quand on frappa brusquement à la porte.

Surprise, elle laissa échapper la tête qui tomba à terre.

Jack apparut sur le seuil, vit le trophée qui roulait sur le sol et s'inquiéta.

— Que se passe-t-il ?

Lori avait porté la main à sa poitrine car son cœur s'était mis à battre à tout rompre.

— Ce qui se passe ? Mais vous m'avez fait peur, tout simplement !

Il rit.

— Ce n'est pas drôle !

— Vu d'ici, ça l'est, si.

Furieuse, Lori regretta de ne pas être un homme pour donner à ce pirate la correction qu'il méritait.

— Maintenant que vous vous êtes bien amusé à mes dépens, je vous serais reconnaissante de me laisser tranquille une bonne fois pour toutes.

— D'accord. Mais j'étais revenu vous rapporter ça, dit-il en désignant les vêtements qu'il tenait sous son bras.

C'étaient ceux que Kesi avait déposés tout à l'heure dans l'autre cabine.

Lori les lui prit avec raideur.

— Bonne nuit, capitaine Rhys.

En manière de salut ironique, il porta deux doigts à sa tempe avant de refermer la porte derrière lui.

Lori dut prendre plusieurs profondes inspirations avant que son pouls ne redevienne normal.

— Fais comme s'il était le loup et toi l'agneau, murmura-t-elle, se rappelant le jeu auquel elle se livrait avec Justin lorsqu'ils étaient enfants.

Justin était toujours venu à son secours. Il n'y avait pas de raison que cette fois-ci fasse exception à la règle.

Dans une nuit, deux tout au plus, Justin serait là.

Deux nuits...

Elle déposa les vêtements sur le coffre, puis reprit son travail de collecte des têtes qu'elle décrocha une à une pour les placer sur la couchette.

Deux nuits à batailler contre le diable incarné...

Jack Rhys. Pirate, gredin sans foi ni loi, forban diabolique et...

Bel homme. Très bel homme. Certes, la beauté était chose superficielle, mais elle avait son importance. Et Jack Rhys n'était pas seulement beau, mais aussi charmeur, intelligent...

— Qui êtes-vous au juste, capitaine Jack ? s'entendit-elle demander à haute voix alors qu'elle apportait la dernière tête sur le lit.

Cette tâche terminée, Lori rassembla les pans du couvre-lit de manière à former un baluchon qui enfermait tous les trophées. Puis elle noua les coins entre eux, ouvrit la porte et déposa son fardeau dans la coursive.

Après quoi elle referma la porte, soupira un grand coup et s'adossa au battant.

Voilà une bonne chose de faite ! songea-t-elle, satisfaite d'avoir contrecarré les plans de son ravisseur.

Débarrassée de ces sinistres têtes, la cabine serait tout à fait supportable. Les quelques meubles qu'elle contenait – le coffre, une table, une chaise... – étaient couverts de poussière, mais Lori y remédierait dès demain.

Pour l'instant, elle avait surtout besoin de sommeil.

Elle regagna la couchette et se glissa dans les draps qui sentaient le renfermé. Avant de s'endormir, elle tenta de réfléchir à la suite des événements.

Malheureusement, elle n'avait aucun plan d'évasion en tête.

Une fois réveillée, Lori commença par démêler ses cheveux en songeant à la journée qui l'attendait. Sa cabine étant dépourvue de fenêtre, elle ignorait l'heure qu'il pouvait être mais, à en juger par l'activité qui régnait à bord du navire, la matinée était probablement déjà bien entamée. Rien d'étonnant, du reste. Elle avait passé une nuit affreuse, à tourner et virer dans son lit, rouvrant les yeux au moindre bruit.

Durant ses heures d'insomnie, elle avait pensé à son père, bien sûr, et aussi à Justin, mais elle s'était surtout interrogée au sujet de Jack Rhys. Pourquoi l'avait-il kidnappée ? Voulait-il tendre un piège à Justin ? Ou à lord Wallingford ? Bien que cette dernière hypothèse pût sembler farfelue, Lori se rappelait la réaction de Jack quand Justin lui avait confirmé l'identité de son père.

Jack haïssait lord Wallingford, Lori en était convaincue, et elle redoutait de servir d'appât dans l'affaire. Cette idée, du reste, la révulsait. Il n'était pas question qu'elle laisse qui que ce soit se servir d'elle – et surtout pas ce pirate qui en voulait soit à son fiancé, soit à son futur beau-père !

Elle marcha droit sur la porte de sa cabine et l'ouvrit.

La première chose qu'elle remarqua fut qu'on avait enlevé le baluchon contenant les têtes. Puis son regard continua jusqu'à la cabine du capitaine. Elle n'était qu'à quelques mètres, mais aurait-elle la témérité de s'y aventurer ?

Et que se passerait-il, si le pirate s'y trouvait ? Ou pire : qu'arriverait-il si l'un des membres de l'équipage la surprenait en chemin ?

Comme un fait exprès, elle entendit un bruit de pas, sur la droite. Elle se raidit, prête à battre en retraite dans sa cabine et à claquer la porte au nez de l'intrus.

— Ça y est, vous êtes réveillée ?

À son corps défendant, Lori fut bien obligée d'admettre qu'elle était heureuse de reconnaître la voix de Jack Rhys.

Il vint à sa rencontre d'une démarche mâle et féline, qui indiquait l'assurance du maître des lieux. L'anneau d'or qu'il portait à l'oreille gauche scintillait dans la lumière du jour éclairant la coursive par les trappes communiquant avec le pont supérieur.

— Oui, je suis réveillée. Et je voulais justement vous parler.

Un sourire aux lèvres, il stoppa devant elle. Lori se sentit partagée entre l'envie de faire un pas vers lui, pour s'enivrer de son odeur virile, et celle de faire un pas en arrière pour se réfugier dans sa cabine.

Comme s'il avait deviné le conflit qui l'agitait, le pirate appuya nonchalamment son bras sur l'encadrement de la porte et se pencha vers la jeune femme.

— Vous brûliez du désir de me revoir, n'est-ce pas ?

— Désolée, mais ce n'est pas vraiment ce que j'avais l'intention de vous dire.

Son sourire s'élargit.

— Allons, allons... Avouez que vous me trouvez irrésistible.

— Je vous trouve surtout insupportable d'arrogance, répliqua Lori. J'espère que vous avez une cabine assez vaste pour vous héberger, vous et votre ego surdimensionné.

Cette fois, il éclata carrément de rire.

— Ma cabine est assez grande pour nous accueillir tous les trois : moi, mon ego et vous.

Puis, prenant entre ses doigts une mèche des cheveux de Lori, il ajouta :

— Quant à mon lit...

— Votre lit ne m'intéresse pas, le coupa-t-elle sèchement, ni rien de ce qui vous est personnel.

Loin de paraître offensé, il se contenta de hausser les épaules d'un air nonchalant.

— Dommage. On m'a toujours dit que mon lit était particulièrement accueillant. Et que ses dimensions généreuses reflétaient certains de mes attraits physiques.

— Vous cherchez à me choquer ? Ou à m'impressionner ?

— Et en supposant que je cherche à vous impressionner ?

— Alors, prenez-vous-y autrement. Votre mère ne vous a donc jamais appris que la vulgarité ne plaisait pas aux femmes ?

En voyant le sourire disparaître soudain de son visage, Lori comprit qu'elle était allée trop loin.

— Vous n'aimeriez pas connaître les leçons que m'a enseignées ma mère, répliqua-t-il d'une voix glaciale. Maintenant, si vous voulez bien m'excuser, j'ai du travail par-dessus la tête, ajouta-t-il en s'éloignant.

— Attendez ! s'exclama Lori qui ne voulait pas le laisser repartir sans lui avoir exposé ses inquiétudes. Je désirais vous parler de quelque chose.

Il se retourna lentement, le visage fermé, le regard sombre.

Lori était stupéfaite de voir avec quelle vitesse il était passé de l'amusement à la colère froide. Jamais encore elle n'avait vu cela chez aucun être humain.

— Oui ? fit-il, toujours glacial.

Elle s'arma de courage pour soutenir son regard.

— Pourquoi haïssez-vous lord Wallingford ? Que vous a-t-il fait ? Vous en avez après lui, n'est-ce pas ? Vous m'avez enlevée parce que vous saviez que Justin demanderait l'aide de son père.

Il ne manifesta aucune émotion particulière : c'était comme si elle s'adressait à une statue.

— Avant de me poser ce genre de questions, mademoiselle Duprée, je pense que vous feriez mieux de vous demander si vous souhaitez vraiment en connaître les réponses.

— Bien sûr, que je veux les connaître !

— Dans ce cas, dites-moi ce qui vous fait penser que je hais lord Wallingford ?

— Parce qu'il a juré de pendre haut et court tous les pirates qu'il pourrait capturer.

Il s'esclaffa, d'un air ironique.

— Ce que vous pouvez être naïve !

— Alors, pourquoi ? insista Lori que son arrogance exaspérait.

— Rentrez dans votre cabine, mademoiselle Duprée. Vous y serez à l'abri.

— À l'abri de quoi ?

— De moi. De la vie. De tout.

Lori fronça les sourcils.

— Si vous arrêtiez de jouer avec moi ? J'aimerais qu'une fois, au moins, vous répondiez franchement à mes questions.

Il y eut un silence avant qu'il ne se décide à lâcher :

— Oui, c'est vrai. Je vous ai enlevée pour lancer Gabriel Wallingford à votre rescousse.

— Pourquoi le haïssez-vous ?

— Parce que ça me plaît.

Comprenant qu'elle n'en obtiendrait pas davantage sur ce sujet, Lori décida de ne pas insister.

— Vous aviez d'autres moyens d'attirer son attention...

— Exact. J'aurais pu tuer l'un de ses fils.

Il avait rétorqué cela avec un tel aplomb que la jeune femme en resta un instant bouche bée.

— Alors pourquoi ne l'avoir pas fait ?

— Parce que j'en ai décidé autrement.

Elle soupira de frustration. Il n'y avait décidément rien à faire...

Jack fit un pas vers elle. Malgré la froideur qui s'était instaurée entre eux, Lori pouvait sentir le désir qu'elle lui inspirait. Et ce désir, elle l'avait perçu dès leur première rencontre.

Tout à coup, elle comprit.

— Me séduire fait partie de votre vengeance, c'est cela, n'est-ce pas ? Voilà pourquoi vous m'avez enlevée. Vous auriez pu vous emparer de Justin aussi facilement que vous vous êtes emparé de moi, et lord Wallingford vous aurait pareillement pris en chasse. Mais vous n'avez pas touché à Justin.

Il hocha la tête.

— J'admire votre perspicacité, mademoiselle Duprée.

Lori n'aurait su s'expliquer pourquoi, mais sa réponse la déçut.

— Vous perdez votre temps, vous savez.

— Comment cela ?

— J'aime Justin.

— L'amour... ironisa-t-il. L'amour n'a été inventé par les hommes que pour attirer les femmes dans leur lit sans qu'elles se sentent coupables.

— Vous croyez vraiment ce que vous dites ?

— Évidemment. Puisque c'est la vérité.

— Alors, je vous plains. Une vie sans amour ne vaut pas la peine d'être vécue.

— Je ne connais rien de plus heureux qu'une vie sans amour.

Était-il obtus à ce point, ou s'ingéniait-il simplement à la taquiner ?

— N'avez-vous vraiment jamais connu le bonheur d'être amoureux ? insista Lori. N'avez-vous jamais senti votre pouls s'emballer quand quelqu'un cher à votre cœur s'approchait de vous ? Et n'avez-vous jamais désiré passer chaque minute de votre journée avec cette personne ?

— Si, mais cela s'appelle du désir.

— Non. C'est cela, l'amour.

— Dans ce cas, j'ai été amoureux des dizaines de fois. Et à l'instant où je vous parle, je suis amoureux. Car figurez-vous que je ne désire rien autant que de vous serrer, nue, dans mes bras et de...

— Je ne voulais pas parler de ça ! l'interrompit Lori qui sentait le feu lui monter aux joues.

— Pourtant, je n'ai fait que suivre votre raisonnement, répliqua-t-il en lui caressant la joue.

Lori avait l'impression que sa peau la brûlait au contact de ses doigts ; elle dut faire appel à toute sa volonté pour ne pas s'abandonner à sa caresse. Le problème, c'est qu'elle en avait terriblement envie.

Jack l'attira contre lui et l'enlaça.

— Je pourrais vous initier à des plaisirs que vous n'avez encore jamais connus, et que vous ne pouvez même pas imaginer, dit-il.

Lori se sentait gagnée par le désir. Elle avait presque envie de le supplier de faire son éducation. Que pouvait-on éprouver en appartenant à un aussi bel homme ? Et si viril ? Mais ce désir était pure folie, bien sûr. Elle était une lady et lui un hors-la-loi recherché, dont la tête était mise à prix. D'ailleurs, elle ne donnait pas cher de sa peau une fois qu'elle aurait été sauvée.

Quelles que soient les pulsions qui l'animaient, elle restait gouvernée par sa raison. Et la raison lui intimait de garder ses distances avec cet homme.

— Il gèlera en enfer avant que je vous autorise de telles privautés, répliqua-t-elle. Je n'attends qu'une chose de vous : que vous disparaissiez de mon existence.

Il sourit, amusé.

— C'est précisément la seule requête que je vous refuse.

— Je sais. Et c'est bien dommage.

— En êtes-vous si sûre ?

— Sûre et certaine.

Il s'esclaffa.

— Figurez-vous qu'aucune femme ne m'a jamais résisté. Du moins, ne m'a jamais résisté longtemps.

Son arrogance était décidément sans limites ! Or, s'il y avait bien une chose que Lori détestait chez un homme, c'était ce comportement de coq de basse-cour.

Black Jack Rhys méritait d'apprendre les bonnes manières, et elle se faisait une joie de s'atteler à cette tâche.

— Je vous assure, capitaine, que je résiste parfaitement à vos charmes – pour autant que vous en possédiez. Vous serez à mes genoux, à me déclarer votre amour, que je ne vous aurai toujours pas cédé.

— Serait-ce un défi, mademoiselle Duprée ?

Lori médita sa question. Avait-elle voulu le défier ? Elle avait lancé cette phrase pour faire une image, mais maintenant qu'elle l'avait prononcée, elle en mesurait toutes les implications.

Je ne connais aucun homme dont je ne serais pas capable de me faire obéir au doigt et à l'œil.

Lori était sûre de son fait, en affirmant cela à ses amies l'autre soir, pendant le bal. Mais maintenant qu'elle se trouvait devant Jack, elle se demandait si elle n'avait pas rencontré l'exception qui confirmerait la règle : le seul homme au monde qu'elle ne pourrait pas contrôler à la baguette.

Non, décida-t-elle. C'est Jack Rhys qui, pour une fois, avait trouvé plus fort que lui.

— Parfaitement, c'est un défi, répondit-elle. J'aurai votre cœur avant que vous ne possédiez mon corps.

5

Le rire de Jack résonna aux oreilles de Lori.

— Jack Rhys, à genoux devant une femme, pour lui déclarer son amour ! C'est une perspective tellement insensée...

— Au contraire, répliqua la jeune femme, forte de son expérience avec l'autre sexe.

Elle se souvenait de la fois où Justin avait justement ri de cette même idée. Cependant, elle avait fini par gagner, et elle était certaine de l'emporter cette fois aussi.

— Malgré leurs dénégations, ajouta-t-elle, les hommes éprouvent les mêmes sentiments que les femmes. Et même plus violemment.

— Qu'est-ce qui vous fait dire cela ?

— Vous vivez pour assouvir votre vengeance. Moi, je ne cherche que ma tranquillité. Dites-moi de quel côté sont les émotions les plus vives ? Quelle existence est la plus agitée ?

— En tout cas, je peux vous dire laquelle est la plus ennuyeuse.

Lori allait répliquer quand elle fut interrompue par la voix de Kesi :

— Ah ! vous voilà, ma chère !

La mulâtresse descendait l'échelle utilisée par Jack quelques secondes plus tôt. Elle tenait un petit panier recouvert d'un torchon de couleur.

— Je vous apporte du pain, du fromage et un peu de lait pour votre petit déjeuner, expliqua-t-elle.

Lori alla lui prendre le panier des mains.

— Merci, c'est vraiment gentil à vous. Je mourais justement de faim.

— Je m'en doutais, dit Kesi. (Puis, se tournant vers Jack, elle demanda :) Comment va votre épaule, capitaine ?

— Très bien.

Kesi eut un sourire entendu.

— Vous dites toujours ça.

Le pirate salua les deux femmes d'un geste de la main.

— Si vous voulez bien m'excuser, mesdames, mon travail m'attend.

Passant à côté de Lori, il lui murmura à l'oreille, de façon à ce qu'elle seule puisse entendre :

— Et j'ai aussi un plan de séduction à concocter.

Lori s'empourpra.

— Vous perdez votre temps, chuchota-t-elle en retour.

— Non, mademoiselle Duprée, répliqua-t-il avec assurance. C'est vous qui niez inutilement vos désirs.

Il s'éloigna là-dessus. Interloquée, Kesi se tourna vers Lori.

— Que se passe-t-il ? voulut-elle savoir.

Lori n'avait aucune envie de donner de la publicité à cette affaire.

— Rien. Rien d'important.

— Venez avec moi, alors. Montons prendre un peu l'air. Vous en avez besoin. Et la journée est magnifique.

Lori hésita.

— C'est sans danger, là-haut ?

— Absolument sans danger, assura Kesi. Vous serez plus en sécurité sur le pont de ce navire qu'en n'importe quel endroit de la terre ferme.

— Mais... les pirates ?

— Ils ne toucheront pas à un seul de vos cheveux. Le capitaine Jack les a déjà prévenus qu'il réglerait personnellement son compte à quiconque s'en prendrait à vous. Ou même vous regarderait d'un peu trop près. Et vous pouvez être sûre qu'aucun d'eux ne cherchera à encourir ses foudres.

Lori ne put s'empêcher de frissonner. Jack devait être bien cruel, pour intimider ainsi son propre équipage qui ne devait pourtant pas être composé d'enfants de chœur.

— Ne faites pas cette tête ! Ça vous vieillit. Suivez-moi plutôt. Les autres femmes du bord sont impatientes de vous rencontrer.

Lori serra le panier sous son bras et suivit Kesi.

La journée était en effet radieuse. Lori l'aurait sans doute appréciée si elle n'avait eu à l'esprit le fait qu'elle se trouvait sur un bateau pirate, embarquée pour une destination inconnue et prisonnière d'un homme qui désirait la séduire.

Malheureusement, il était difficile de ne pas y penser. Surtout avec ces marins qui se mirent à la lorgner sans vergogne dès qu'elle apparut sur le pont.

La plupart des hommes d'équipage – dont certains semblaient très jeunes – étaient torse nu pour vaquer à leurs occupations. Quelques-uns étaient grimpés dans la voilure, les autres briquaient le pont, graissaient les cabestans, ou se livraient à diverses tâches d'entretien. Ils chantaient en travaillant, mais les paroles de leurs chansons se perdaient dans la brise.

La robe que Kesi lui avait apportée la veille allait parfaitement à Lori, sauf pour le bustier qui se révélait un peu étroit. C'était au demeurant une très belle robe, coupée dans un velours vert bouteille d'excellente facture. Toutefois, si elle avait eu le choix, Lori se serait volontiers glissée dans un sac de jute ou un quelconque accoutrement qui lui aurait épargné d'être ainsi reluquée par les marins.

Kesi l'entraîna vers la proue, où se tenait un groupe de trois femmes. La plus âgée, une matrone aux cheveux poivre et sel approchant la cinquantaine, tenait une cuvette dans laquelle les deux autres puisaient des morceaux de pain qu'elles lançaient à des goélands volant au-dessus d'elles.

— Fais attention à ta tête, Alice ! dit-elle à l'une de ses compagnes, qui devait avoir dans les vingt-quatre, vingt-cinq ans. Sinon tu vas te faire arracher ton chapeau.

— Ne craignez rien, Mavis. J'ai l'œil.

La troisième femme, une petite brunette, donna un coup de coude à Mavis pour l'avertir de l'arrivée de Kesi et Lori.

Mavis leur adressa un franc sourire, qui éclaira tout son visage.

— Ah, voilà enfin notre invitée.

— Je vous présente Lorelei Duprée, fit Kesi.

Étreignant Lori par le bras, elle ajouta :

— C'est elle qui a été capturée en pleine nuit par le capitaine.

— Oh ! la malheureuse ! railla Alice d'un ton où perçait une ironie manifeste.

— Ne l'écoutez pas, intervint Mavis qui venait à la rencontre de Lori. Alice est jalouse que le capitaine vous ait montée aussi aisément à son bord. Son pauvre Billy s'est rompu le dos en voulant la porter sur ses épaules.

Alice s'empourpra.

— Ce n'est pas gentil à vous, Mavis, d'insinuer que Billy a eu son accident parce que je pesais trop lourd. La vérité, c'est qu'il a voulu m'enlever de chez mes parents par la fenêtre de ma chambre, mais qu'il a manqué un barreau de l'échelle et qu'il est tombé sur le dos.

— Du moins, c'est ce que tu prétends, la taquina Mavis.

— Mesdames, s'il vous plaît... intervint Kesi. Que va penser Lori si vous vous disputez comme des chiffonnières ?

— Elle va penser que nous sommes très mal élevées, c'est sûr, répliqua Mavis en se tournant vers Lori. Pardonnez-nous, mais les journées sont si longues, sur ce bateau, qu'Alice et moi aimons passer le temps à nous chamailler.

Lori fut émue de sentir que ces femmes étaient prêtes à lui offrir leur amitié, comme si elles l'avaient déjà acceptée dans leur groupe.

— Et voici Sarah Little, reprit Kesi en désignant la troisième, restée à l'écart de la conversation. Elle est mariée au cuistot.

Sarah inclina la tête en guise de salut, et sourit à Lori.

— Elle est muette, expliqua Kesi.

— Mais elle sait siffler comme un rossignol. Et elle confectionne des gâteaux absolument divins, précisa Mavis.

Elle finit de donner le pain aux goélands, puis s'essuya les mains sur sa blouse, avant de reprendre :

— Je m'appelle Mavis Browne. Mon mari tient le gouvernail.

Alice fit un pas vers Lori.

— Et moi, je m'appelle Alice Youngblood. Et mon mari, c'est Billy.

Elle jeta un coup d'œil par-dessus l'épaule de Lori avant d'ajouter, en élevant la voix :

— Et s'il n'arrête pas de vous reluquer, il dormira seul jusqu'à la fin de la traversée.

Lori tourna la tête et vit l'un des jeunes marins rougir.

— Mais c'est toi que je regardais, chérie.

— Pfft ! rétorqua Alice. J'ai bien vu la direction que prenaient tes yeux, mon garçon. Si tu veux les garder dans leurs orbites, tu ferais mieux de te concentrer sur ton travail.

Billy lui offrit son plus beau sourire, puis grimpa au mât et disparut dans la voilure.

Sarah fit des gestes rapides avec ses mains, avant de récupérer la cuvette que Mavis avait posée sur le pont.

— Elle vous souhaite bienvenue à bord, et elle espère que vous ne la mépriserez pas parce qu'elle ne parle pas, traduisit Kesi.

Interloquée, Lori regarda tour à tour Sarah et Kesi.

— Comment savez-vous...

— Nous avons toutes appris à parler avec les mains, de façon à pouvoir communiquer avec elle, expliqua Mavis.

Lori trouva cela merveilleux.

— J'aimerais beaucoup apprendre, moi aussi, dit-elle.

— Nous vous apprendrons, ne vous inquiétez pas, reprit Kesi. Mais dans l'immédiat, nous avons d'autres tâches plus urgentes qui nous attendent.

Alice soupira.

— Les corvées, toujours les corvées... grommela-t-elle avant de suivre Sarah vers l'échelle menant au pont inférieur.

— Savez-vous vous servir d'une aiguille ? demanda Mavis à Lori.

— Euh, oui... répondit la jeune femme.

La perspective de travailler pour son ravisseur la révulsait, mais d'un autre côté, mieux valait encore s'occuper que de passer les journées à ne rien faire.

— Dans ce cas, vous m'aiderez à raccommoder les vêtements de l'équipage.

Kesi ramassa un seau vide qui traînait sur le pont.

— Je vous laisse, mon ménage m'attend, dit-elle en se dirigeant vers l'autre bout du navire.

Mavis conduisit Lori dans un coin ombragé du pont, où les attendait une pile impressionnante de pantalons, chemises et chaussettes à repriser. La tâche sembla titanesque à la jeune femme.

— Dites-moi franchement, demanda-t-elle à Mavis : nous en aurons pour des années, n'est-ce pas, avant de tout finir ?

Mavis éclata de rire.

— Rassurez-vous, ce n'est pas aussi terrible que ça en a l'air.

Elle s'assit sur un tabouret et désigna un autre siège à Lori avant d'ajouter :

— Figurez-vous que j'aime le raccommodage, sur ce navire. C'est un travail qu'on peut faire dehors, au bon air.

Lori s'assit et ôta le torchon qui recouvrait son panier. C'est vrai que la journée était magnifique...

Mavis prit une aiguille et du fil dans la trousse de couture posée au pied de son tabouret.

— Mangez pendant que je commence, dit-elle. Vous avez besoin de vous remplumer, sinon le vent vous fera passer par-dessus bord.

Lorelei rit de bon cœur. Elle ouvrit la bouteille de lait et en versa un peu dans la tasse que Kesi avait pris soin d'ajouter aux provisions. Ce faisant, elle remarqua une petite fiole verte au fond du panier. Elle s'en saisit et la déboucha pour la renifler, mais le contenu était inodore.

— Ah, ça, c'est le somnifère de Kesi, expliqua Mavis.

— Un somnifère ?

— Oui. Nous en avons toutes à notre disposition, au cas où. Kesi a dû penser que vos premières nuits sur le bateau seraient difficiles.

C'était le moins qu'on puisse dire ! songea Lori, amusée. Elle reboucha la fiole et la remit dans le panier. Probablement ne l'utiliserait-elle jamais, mais c'était bon de savoir qu'elle pouvait compter dessus.

— Depuis combien de temps vivez-vous au milieu des...

Elle s'interrompit dans sa phrase pour chercher un mot qui ne risquât pas de vexer sa nouvelle amie.

— Des pirates ? demanda Mavis. N'ayez pas peur de le dire. Nous savons tous, à ce bord, de quoi il retourne et comment nous gagnons notre vie.

Lori s'empourpra.

— Je ne voulais pas vous offenser en...

— La vérité ne peut pas m'offenser, l'interrompit Mavis. L'hypocrisie, oui.

Elle prit une chemise dans la pile – si petite qu'elle semblait appartenir à un enfant – et entreprit de ravauder un accroc à l'une des manches.

— J'imagine que vous nous prenez pour des monstres, reprit-elle. Mais moi qui ai deux fois votre âge, je puis vous affirmer que les monstres sont partout. Vous ne trouverez pas plus de méchanceté sur ce bateau qu'il n'en existe ailleurs.

Lori n'était pas d'accord, mais elle ne voulait pas déjà s'aliéner les seules alliées qu'elle pourrait compter dans cette place, tant que Justin ne l'aurait pas délivrée. Pour autant, elle ne comprenait pas comment Mavis pouvait excuser le comportement des pirates. C'étaient des assassins, qui écumaient les mers uniquement pour se trouver de nouvelles victimes innocentes.

Bien sûr, Mavis se devait de relativiser cette violence, afin de pouvoir supporter son quotidien parmi ces hommes. Sinon, la culpabilité lui aurait gâché l'existence.

Mavis sourit tout à coup à quelqu'un.

— Tiens, tiens ! M. Kit consent enfin à nous gratifier de sa présence !

Lori se retourna et découvrit derrière elle un garçon qui ne devait pas avoir plus de onze ans. Il était très mignon, avec des cheveux bruns mi-longs et de beaux yeux verts. Il la regardait attentivement, mais elle n'aurait su dire ce qu'il pensait. Il semblait avoir la même prédisposition que Jack pour camoufler ses sentiments.

— Quelle est votre couleur préférée ? lui demanda-t-il.

Lori ne s'attendait pas à une question aussi étrange.

— Le jaune.

Il s'esclaffa.

— Le jaune ! C'est une couleur de fille.

— Essaie d'être un peu poli, Kit ! le gronda Mavis. Tu ne t'es même pas présenté que tu insultes déjà notre invitée. Laisse-la s'imaginer que tu es un bon garçon, au lieu de te montrer tout de suite sous ton mauvais jour.

Ignorant les reproches de la matrone, Kit s'avança vers Lori.

— Je m'appelle Kristopher, dit-il en tendant la main. Mais tout le monde, ici, m'appelle Kit.

Lori lui serra la main.

— Enchantée, Kit.

Le garçon la dévisagea avec curiosité.

— Alors, c'est vous, le butin ramené hier soir ?

Se tournant vers Mavis, il ajouta :

— Nous ferions mieux de nous en débarrasser. Elle est trop maigre pour tenir le coup. Elle n'a que la peau sur les os.

Mavis en resta un instant bouche bée puis elle bondit de son siège :

— Petit chenapan ! Tu mérites une bonne correction.

Elle n'eut toutefois pas le temps de l'attraper : Kit s'était déjà esquivé.

Lori le regarda courir sur le pont comme un chat, avant de disparaître par une échelle.

— Étrange garçon, dit-elle tandis que Mavis revenait s'asseoir. Qui est-ce ?

— Le diable en personne, si vous voulez mon avis ! marmonna Mavis.

Elle soupira, puis se décida à reprendre son ouvrage. Lori comprit alors que c'était précisément l'une des chemises de Kit qu'elle ravaudait.

— C'est le fils du capitaine, ajouta Mavis.

Stupéfaite, Lori regarda l'ouverture par laquelle Kit avait disparu. Jack Rhys avait un fils ?

Mais alors, où se trouvait la mère du garçon ?

— Qui est sa mère ? demanda-t-elle.

— Je l'ignore. Elle était déjà morte quand je suis arrivée à bord. Kesi nous a raconté que le capitaine avait pris l'enfant sous son aile à cette époque.

— Ce n'est pas banal, de la part d'un pirate.

Mavis reposa un instant son aiguille.

— Vous ne tarderez pas à découvrir qu'il n'y a pas grand-chose de banal, avec le capitaine.

Accoudée au bastingage, Lori contemplait l'océan. Le soleil couchant jouait de ses rayons dans la crête d'écume qui ourlait les vagues agitant la surface des eaux.

Elle avait passé des heures à coudre en compagnie de Mavis et en ressentait des crampes un peu partout. À la nuque, notamment, qu'elle essayait de détendre en inclinant la tête de côté et d'autre.

— Je peux vous aider ?

Elle se retourna et découvrit le capitaine juste dans son dos.

— Que faites-vous là ?

Pour toute réponse, il se contenta de sourire mais ce sourire, Lori fut bien obligée de le reconnaître, suffit à lui réchauffer le cœur.

Sans dire un mot, il posa les mains sur ses épaules et commença à la masser avec une douceur stupéfiante.

Lori ferma les yeux. Elle aurait voulu résister au plaisir que lui procuraient ces caresses, mais c'était peine perdue. Les mains de Jack réussissaient le prodige de chasser toute la tension accumulée dans ses muscles.

— Vous vous sentez mieux ? demanda-t-il au bout d'un moment.

— Hum, fit-elle, trop occupée à savourer ses gestes pour en dire davantage.

Jack s'émerveillait de sentir la peau de Lori si douce sous ses doigts. Le vent soulevait des mèches de ses cheveux qui flottaient dans l'air, au-dessus de sa nuque. Mais ce qu'il regardait surtout, c'étaient les petits boutons de nacre qui fermaient sa robe. Des boutons qu'il s'imaginait ouvrir l'un après l'autre.

Comme il aurait aimé embrasser chaque centimètre de peau qu'il aurait ainsi dénudée !

— Dites-moi, Lori, lui murmura-t-il à l'oreille, à quoi pensiez-vous, quand je suis arrivé ?

— À Justin.

Frustré, Jack serra les dents. Il aurait voulu faire disparaître ce nom du vocabulaire de la jeune femme.

— Et maintenant ?

— Je pense à l'envie que Justin aurait de vous étrangler, s'il vous voyait poser les mains sur mon cou.

Jack faillit ôter ses mains puis se ravisa : elle risquerait de s'imaginer qu'il craignait ce pauvre blanc-bec de Justin Wallingford !

— Auriez-vous du chagrin, s'il me tuait ? ne put-il s'empêcher de demander.

— Pour vous ? répliqua-t-elle en s'esclaffant. Pourquoi...

Lori avait tourné la tête et, tout à coup, Jack vit son regard s'adoucir.

— ... En fait, oui, capitaine Rhys. J'aurais du chagrin pour vous.

Elle se jouait de lui, il en était convaincu, et cependant ses paroles résonnaient agréablement à ses oreilles. Il ne se faisait pas d'illusions pour autant : personne ne pleurerait la disparition de Jack Rhys.

— Vous êtes une fieffée menteuse, mademoiselle Duprée. Je ne devrais jamais l'oublier.

Elle se raidit et retourna à sa contemplation de l'océan.

— Alors nous sommes deux, comte Arnaulf de Hapsburg.

— Ah oui, ce cher vieux comte... murmura Jack, amusé.

Retrouvant son accent germanique, il demanda :

— Mais dites-moi, milady, si je vous avais demandé de vous enfuir avec moi, le soir du bal, ne m'auriez-vous pas suivi jusqu'au bout de la terre ?

— Je ne vous aurais même pas suivi jusqu'au bout du couloir.

Elle avait la repartie vraiment cinglante ! Jack n'avait encore jamais rencontré de femme à l'esprit aussi vif – mais il aimait beaucoup cet aspect de sa personnalité.

— Lorelei ! Quand vous déciderez-vous à reconnaître que vous m'avez aimé en comte ?

Elle haussa les sourcils.

— Ah ? Je crois pourtant me souvenir que c'est surtout vous, qui m'avez assiégée, ce soir-là.

— Oui, c'est vrai. Parce que vous étiez adorable.

Sa réponse la dérouta.

— Adorable ?

— Oui. Pas seulement belle, mais à la fois éthérée et vibrante de vie, expliqua Jack.

Baissant la voix, il ajouta :

— Et vous évitiez Justin.

— Ce n'était pas Justin, que j'évitais, mais ses pieds, si vous voulez tout savoir.

— Ses pieds ?

Elle baissa les yeux.

— Il n'est pas très bon danseur.

Jack hocha la tête d'un air entendu.

— Je comprends, à présent, pourquoi il m'a prétendu devant vous que vous détestiez danser. C'était très noble à vous de préserver son orgueil. Mais dites-moi la vérité, maintenant.

Elle releva les yeux.

— Je vous demande pardon ?

— Aimez-vous ou non danser ?

Lori ne répondit pas, mais son regard parla pour elle. Elle adorait danser.

— Ainsi, vous êtes prête à vous faire marcher sur les pieds toute votre vie, juste pour le plaisir de porter le nom de Mme Wallingford ?

— Je serais prête à toutes les concessions pour devenir la femme de Justin, répliqua-t-elle avec une conviction sincère.

Jack en fut plus affecté qu'il n'aurait dû.

— Quelles qualités possède donc le merveilleux Justin pour s'attirer un amour aussi loyal ?

— Il me fait rire.

— Rire ?

— Oui, rire. Justin est mon ami. Et mon confident.

— Vous savez, répliqua Jack en se penchant vers elle, l'amitié n'est pas l'amour.

Comme elle restait muette, il lui caressa le contour de l'oreille avec son doigt.

— Je pourrais faire votre éducation, ajouta-t-il.

— Je suis sûre que vous aimeriez, en effet. Mais comme vous pouvez le constater, ça ne m'intéresse absolument pas.

Cependant, Jack voyait bien que son contact lui donnait la chair de poule et que sa respiration s'était accélérée. Qu'elle l'admette ou non, ses caresses ne la laissaient pas du tout indifférente.

— Bon, dit-il, puisque vous n'êtes pas intéressée, laissez-moi au moins vous reconduire à votre cabine, afin que vous puissiez vous préparer pour le dîner.

— J'aimerais autant dîner seule dans ma cabine.

— Et moi, je préférerais que vous dîniez à ma table, insista Jack.

Plus exactement, il préférerait qu'*elle* lui soit servie comme repas... Il la dévorerait toute crue.

— Dans ce cas, j'aime encore mieux mourir de faim, répliqua-t-elle, comme si elle devinait ses pensées.

— Ne faites pas l'enfant, Lori. Vous ne voudriez pas que votre cher Justin vous retrouve toute décharnée. Et si vous ne mangez pas, vous n'aurez plus assez de forces pour me combattre.

— Vous avez raison.

Du coup, elle lui donna son bras pour qu'il l'escorte jusqu'à sa cabine.

— Où avez-vous appris à copier les manières des gentlemen ? lui demanda-t-elle en chemin.

— Qu'est-ce qui vous fait penser que je ne suis pas un gentleman ?

— Vous êtes un pirate, répliqua-t-elle comme si cela devait tout expliquer.

— Tous les pirates ne sont pas nés sur un bateau.

— Seriez-vous un vrai gentleman, alors ?

Jack ne chercha pas à mentir sur ses origines.

— Je suis de l'extraction la plus modeste, lady Lorelei.

Il s'arrêta pour s'incliner devant elle, comme s'ils étaient présentés pour la première fois.

— Vous avez devant vous le bâtard d'une prostituée alcoolique.

Comme c'était prévisible, son annonce choqua la jeune femme.

Sans pouvoir se retenir, il lui livra en quelques mots le reste de son histoire :

— J'ai grandi dans un bordel des Caraïbes fréquenté par les marins qui faisaient relâche alentour. J'étais chargé de nettoyer les chambres après leur passage.

Les yeux de Lori s'embuèrent.

— Je suis désolée. Je ne pouvais pas m'en douter.

Cette fois, ce fut au tour de Jack d'être désarçonné. Il n'avait jamais cherché à cacher qui était sa mère – ce n'était qu'à propos de son père qu'il se montrait toujours discret. Mais personne, jusqu'à présent, n'avait encore réagi avec autant d'émotion à cette histoire.

Ils reprirent leur chemin.

— Vous n'avez pas à être désolée. Cela a fait de moi le pirate que vous voyez aujourd'hui devant vous.

— Alors je suis doublement désolée, au contraire, objecta Lori. Quand on connaît votre intelligence et vos talents, on se dit que vous auriez certainement été très loin dans la vie, si vous n'étiez pas né dans un tel environnement.

Jack s'arrêta de nouveau. De colère, cette fois.

— J'ai voyagé d'un bout de la terre à l'autre. Et il y a peu de choses que je n'ai jamais vues ou pas encore faites. Tout le monde ne peut pas en dire autant.

— Mais vous n'avez jamais connu l'amour.

Il se retint de lever les yeux au ciel.

— Vous n'avez pas pu vous empêcher d'y revenir, hein ? C'est plus fort que vous.

— Que vous le pensiez ou non, tout revient toujours à ça.

— Vous êtes trop romantique, répliqua-t-il en lui ouvrant la porte de sa cabine.

Puis, s'effaçant pour la laisser passer, il ajouta :

— Nous dînerons dans une heure. J'enverrai Tarik vous chercher.

Depuis le seuil de sa cabine, Lori regarda le pirate s'éloigner vers la sienne.

Cet homme était décidément impossible, et tellement complexe...

À vrai dire, Lori ne savait pas comment s'y prendre avec lui. Ni même ce qu'elle devait croire à son sujet. Il était un tel tissu de contradictions !

Cependant, elle devait bien s'avouer que c'était précisément ce mystère qui contribuait à l'attirance qu'elle éprouvait pour lui.

Elle se décida à rentrer dans sa cabine, mais à peine eut-elle fait un pas, qu'elle se figea.

Tout avait été changé en son absence.

Un grand lit en bois précieux remplaçait la couchette et le vieux coffre poussiéreux avait disparu au profit d'une armoire assortie au lit. Une table de toilette ainsi qu'une coiffeuse avaient été disposées de chaque côté de la porte.

De plus, tout ce nouveau mobilier sentait l'encaustique. On avait même posé un bouquet de fleurs sur la coiffeuse, à côté d'un assortiment de flacons de parfums.

Médusée, Lori referma lentement la porte.

Puis elle remarqua la couleur du dessus-de-lit – jaune. Les fleurs du bouquet étaient jaunes, elles aussi. Sa couleur préférée.

— Mais à quoi jouez-vous ? murmura-t-elle, s'adressant mentalement au capitaine.

Il était évident que lui seul, à bord, avait le pouvoir de commander la transformation de sa cabine.

Au moins, cela expliquait l'étrange question de Kit.

Par contre, les motivations du pirate restaient obscures. Hier soir, il la mettait dans cette cabine peuplée de trophées immondes pour l'effrayer et, aujourd'hui, il en faisait une bonbonnière cosy.

Cherchait-il à s'amuser à ses dépens, ou était-ce sa manière de s'excuser ?

Cette dernière hypothèse, toutefois, était plus risible que probable. Jack Rhys, s'excuser ! Non, cela ne lui ressemblait pas.

Il est vraiment rusé, se dit-elle, avant de lâcher à haute voix, comme si elle s'adressait directement à lui à travers les murs qui les séparaient :

— Mais je ne suis pas l'une de vos maîtresses, capitaine Rhys. Et je ne le deviendrai jamais.

C'est elle qui le réduirait à sa botte – et certainement pas le contraire !

Enfin, elle ne le plierait à sa volonté que si elle parvenait à garder sur lui un esprit de domination. Le problème, c'est que dès qu'elle se trouvait en sa présence, elle perdait tous ses moyens...

Son regard revint vers les fleurs. Tout à coup, elle remarqua le petit mot parmi les roses jaunes. Elle le prit, l'ouvrit et le lut.

Venez dîner dans la robe de velours vert. Jack

— Jamais de la vie ! Vous pouvez toujours rêver ! s'exclama-t-elle, furieuse.

Comment osait-il lui dire ce qu'elle devait porter ? Elle n'était pas une poupée à sa disposition. Elle était...

Elle alla ouvrir l'armoire et découvrit un assortiment de toilettes plus magnifiques les unes que les autres.

La robe verte, toutefois, était la plus somptueuse, avec ses broderies d'or et de perles. Une vraie robe de reine.

Lori ne put résister à l'envie de toucher le tissu chatoyant.

Après tout, mettre cette robe n'était peut-être pas une mauvaise idée. Surtout si elle devait imposer son joug au capitaine.

Le dîner de ce soir serait l'occasion de commencer les grandes manœuvres.

Comme pour les chiens, il faut établir, dès le début, qui est le maître.

Lori sourit en se remémorant tout à coup ses paroles, le soir du bal, quand elle expliquait à ses amies comment s'y prendre avec les hommes.

Ce soir, elle ferait comprendre à Black Jack Rhys qui était le maître.

6

Jack étudia son reflet dans le miroir de sa cabine. Il était impatient d'aller dîner, de croiser une nouvelle fois le fer avec sa prisonnière rétive.

Comment imaginer qu'une telle femme puisse lier son destin à celui de ce pauvre benêt de Justin Wallingford ?

Plus il apprenait à connaître Lori, plus Jack était intrigué. Séduit, même. Et il était résolu à faire tout son possible pour l'empêcher de s'unir à un crétin qui lui écrasait les orteils en dansant.

Quels autres plaisirs s'était-elle interdits pour lui ? Jack préférait ne pas y penser.

Et tout ça pour quoi ?

Pour l'amour. Cette idée lui donnait la nausée. Pourquoi les femmes aliénaient-elles leur raison dans des fantaisies pareilles ?

Pour être honnête, la faute en incombait souvent aux hommes : c'étaient eux qui insinuaient ces idées dans l'esprit des femmes. Et la plupart du temps, dans le seul but de coucher avec elles...

Au moins, lui n'était pas hypocrite avec Lori. Elle savait qu'il avait pour unique intention de la séduire – il ne s'était pas gêné pour lui dire clairement ce qu'il pensait de sa vision de l'amour – et elle avait accepté le jeu.

— Prends garde, toutefois, qu'elle ne tombe pas amoureuse de toi, se murmura-t-il.

Il n'avait jamais eu l'inconscience de rester assez longtemps avec une femme pour qu'elle puisse se prendre à ce piège. L'idée qu'une pauvre âme se mette à croire qu'elle l'aimait lui était tout bonnement insupportable.

Des coups frappés à sa porte le détournèrent de ses pensées.

— Entrez.

Tarik passa la tête par l'entrebâillement.

— Le dîner est prêt, capitaine. Vous voulez que j'aille la chercher ?

— Oui, merci.

Jack examina une dernière fois sa tenue. Il se trouva parfait. Dans quelques minutes, il commencerait son numéro de charme auprès de Mlle Lorelei Duprée.

Tandis qu'elle suivait Tarik jusqu'à la salle à manger du capitaine, Lori se demanda si les premiers chrétiens ressentaient la même chose lorsqu'on les menait au Colisée pour affronter les lions.

Le lion qu'elle s'apprêtait à retrouver était particulièrement rusé. Et très beau. Mais il n'avait lui aussi qu'une idée en tête : la dévorer.

Toutefois, Lori n'était pas du genre à reculer. Son père lui avait appris qu'il fallait toujours surmonter ses peurs et affronter le danger. Le pirate ne la forcerait pas – il le lui avait promis. Tant qu'il tiendrait parole, elle pourrait contrôler la situation.

De plus, elle avait un défi à relever : faire en sorte qu'il tombe amoureux d'elle. Ce n'était certes pas gagné d'avance, mais si elle avait réussi à ce que ce coureur de Justin demande finalement sa main, il n'y avait pas de raison qu'elle ne réussisse pas à prendre Jack Rhys dans ses filets.

Tarik lui ouvrit la porte.

Lori s'arrêta sur le seuil pour contempler le décor qui s'offrait à elle. Des chandeliers en argent éclairaient la grande table d'acajou, décorée de fleurs jaunes et dressée avec la plus fine porcelaine qui se puisse concevoir. Une musique romantique flottait dans l'air, et la jeune femme se demanda d'où elle pouvait bien provenir. Le fumet d'un canard rôti lui flatta les papilles.

C'était une ambiance parfaite pour une scène de séduction. Du moins le pirate devait-il l'imaginer.

Très bien ! Il n'allait pas tarder à découvrir qu'elle ne se laisserait pas prendre à un piège aussi grossier.

— Vous voilà, dit-il en sortant de l'ombre sur sa gauche.

Lori ne le reconnut pas tout de suite. Il portait à nouveau l'habit noir qu'il arborait le soir du bal et elle avait oublié à quel point, comparé au rustre Black Jack Rhys, le comte pouvait être élégant et raffiné.

— Vous avez mis la robe verte, finalement, ajouta-t-il. Je n'étais pas sûr que vous accepteriez.

Concentrée sur son rôle, Lori lui décocha un charmant sourire.

— C'était une requête si bénigne que je n'avais aucune raison de ne pas l'honorer.

Une main dans le dos, dans une attitude très aristocratique, il s'avança vers elle.

— Alors, si vous ne répugnez pas à honorer les requêtes les plus modestes, puis-je avoir votre main ?

Soupçonneuse, Lori hésita.

— Pour quoi faire ?

Il s'arrêta devant elle. Il sentait délicieusement bon – un parfum de bois de santal, qui se combinait harmonieusement à l'air iodé et au fumet du dîner.

— C'est une autre requête très modeste, insista-t-il. Vous n'allez quand même pas me la refuser.

Bien que démangée par l'envie de le questionner davantage, elle se retint.

— Bon, d'accord, répondit-elle en tendant sa main.

Lorsqu'il s'en empara pour la baiser, Lori éprouva des picotements dans tout le corps.

Lui avait fermé les yeux, comme s'il savourait un nectar.

— Vous avez choisi le parfum à la rose, dit-il.

— Vous aimez ?

— J'adore.

Il lui caressa la paume avec son pouce, et Lori sentit un frisson lui courir le long de l'échine. Elle eut soudain la bouche sèche et dut faire appel à toute sa volonté pour contrôler les émotions que le pirate éveillait en elle avec une telle facilité.

Elle devait absolument faire quelque chose pour combattre son attirance pour cet homme avant qu'il ne soit trop tard. Et, surtout, attiser son désir à lui... Plus les secondes passaient, plus elle se demandait si la bataille n'était pas perdue d'avance.

Sans lâcher sa main, le capitaine l'entraîna vers la table.

— J'imagine que vous regrettez de ne pas avoir choisi le parfum à la lavande, pour me faire enrager.

— Pas du tout. Je pensais au contraire vous demander davantage de parfum à la rose. Dans le but de mieux vous enivrer.

Il lui tira une chaise. Dès que Lori fut assise, il se pencha vers elle pour murmurer à son oreille :

— Vous m'enivrez déjà, mademoiselle Duprée. Mais je sais bien que vous rêvez, au contraire, de m'inspirer de la répulsion.

Elle tourna le visage vers lui et constata qu'il arborait son sourire diabolique.

— Certainement pas. Vous oubliez que j'ai juré de vous rendre fou amoureux de moi. Et je tiendrai parole.

— Quant à moi, j'ai promis de vous séduire et...

Lori posa un doigt sur ses lèvres, pour le réduire au silence.

— Et si nous ajoutions du piment à notre challenge ? proposa-t-elle. Que diriez-vous d'imposer un gage au perdant ?

Il reprit sa main dans la sienne.

— Un gage ? Je croyais que les femmes détestaient les gages.

Lori résista à l'envie de fermer les yeux pour mieux savourer la caresse de ses doigts sur sa main.

— Mais je sais que les hommes adorent cela.

Elle baissa les yeux sur sa main. Avec son pouce, il traçait maintenant des petits cercles concentriques dans sa paume. Elle remarqua à son poignet une petite cicatrice blanchâtre qui zébrait sa peau bronzée par le soleil.

— Si je gagne, et que vous me déclarez votre amour, alors vous renoncerez à la piraterie.

Il lâcha sa main.

— Ce n'est pas très juste, fit-il valoir en riant.

Lori croisa son regard.

— Les gages ne sont pas faits pour être justes.

— Bon, j'accepte.

Il se gratta le menton d'un air songeur, comme s'il réfléchissait longuement au gage qu'il allait à son tour lui demander. Quand il ouvrit enfin la bouche, Lori pressentit sa réponse.

— Et si je gagne, dit-il, vous n'épouserez plus Justin.

Lori ne comprenait pas son obstination contre Justin.

— En quoi mes fiançailles avec Justin vous gênent-elles ?

— Elles ne me gênent absolument pas, répliqua-t-il sans ciller.

— Vous en êtes bien sûr ?

— Ce n'est qu'un pari, Lori. Vous m'avez demandé quelque chose d'absurde : il est naturel que je vous fasse une requête du même ordre en retour.

— Si vous le dites...

Malgré tout, Lori restait persuadée qu'il n'était pas totalement sincère.

— Précisément, je le dis.

Là-dessus, il alla prendre place à l'autre bout de la table. Une fois assis, il posa sa serviette sur ses genoux et agita une clochette posée à sa gauche. Aussitôt, deux de ses hommes entrèrent pour les servir.

Les deux pirates avaient fait un effort pour s'habiller – chemise et pantalon. L'un d'eux portait encore un bandana rouge sur le front et deux gros anneaux d'or pendaient à ses oreilles. Quant à l'autre, qui ne devait pas avoir beaucoup plus de vingt ans, il avait l'air féroce et deux dents lui manquaient sur le devant.

— Vous voudrez de cette sauce bizarre, avec votre poulet, capitaine ? demanda-t-il avec un accent très populaire.

— C'est du canard, Kirk. Et oui, merci, je prendrai un peu de sauce à l'orange avec.

Kirk attrapa la louche comme s'il s'agissait d'un gourdin et inonda généreusement de sauce la part du capitaine.

— Poulet, canard, pour moi c'est du pareil au même. De toute façon, tout ça finit au même endroit. Quand j'étais môme, on était déjà bien contents de pouvoir manger des patates. On n'allait pas rêver de trucs chichiteux comme ça.

— Le capitaine se fiche de tes souvenirs, intervint l'autre marin. Enfin, Kirk, tu vois bien qu'il essaie d'impressionner la dame ! Surveille un peu ton langage. Tu ne te rends pas compte comment tu parles...

— Tommy, l'interrompit le capitaine, et Kirk, merci de nous servir. Mais vous feriez mieux, dans votre intérêt, de garder le silence.

— Regarde ce que t'as fait, murmura Kirk à son acolyte, tandis qu'il répandait de la sauce sur l'assiette de Lori. On va se retrouver à briquer le pont, demain.

— Moi ? s'étrangla Tommy qui versait le vin. Mais c'est toi, au contraire, qui...

— Ça suffit, messieurs, les coupa Jack.

Les deux marins terminèrent leur tâche en silence, mais non sans échanger des regards éloquents.

Lori attendit patiemment qu'ils aient fini de servir. Le capitaine, depuis le début du repas, ne s'était pas départi d'une allure digne d'un authentique gentleman et elle commençait à se demander s'il n'avait pas triché sur ses origines. Un homme élevé dans un bordel n'aurait pas pu afficher cette autorité naturelle et ce savoir-vivre. Non, quelqu'un lui avait appris à se conduire en société.

Mais qui ?

Et pourquoi ?

Le service terminé, il congédia les deux marins d'un geste de la main que n'aurait pas renié le roi lui-même.

Sentant qu'il serait inutile de le questionner sur ce sujet car il ne lui faisait manifestement pas assez confiance pour lui révéler la vérité, Lori goûta à son canard.

Sa chair délicatement parfumée était un enchantement.

Pendant qu'ils mangeaient, la conversation tourna à vide, jusqu'à ce que Lori, après avoir bu un peu de vin, trouve le courage d'aborder le sujet qui l'obsédait depuis tout à l'heure.

— J'ai fait la connaissance de votre fils, aujourd'hui, dit-elle. Je suppose que vous êtes déjà au courant. C'est vous, n'est-ce pas, qui l'aviez envoyé me demander quelle était ma couleur préférée ?

Il s'essuya les lèvres avec sa serviette avant de répondre.

— Oui. Je n'étais pas sûr que vous me le diriez.

— Pourquoi teniez-vous à le savoir ?

Il se pencha dans sa direction, comme s'il s'apprêtait à partager un grand secret avec elle.

— Je vous trouve fascinante. Si fascinante que j'ai envie de tout savoir sur vous.

— Ah... fit-elle d'un air entendu. Le savoir, c'est le pouvoir. Plus vous en saurez sur moi, et plus il sera facile de me séduire.

Se penchant à son tour vers lui, elle ajouta :

— Me permettez-vous d'utiliser la même arme ?

Il se radossa à son siège.

— Pourquoi pas...

Lori entrevit une lueur d'espoir. Après tout, sa réponse était plus encourageante que le « non » sec auquel elle s'attendait. Rassérénée, elle se risqua à lui poser la question qui lui brûlait les lèvres :

— Dans ce cas, dites-moi qui est la mère de Kit ?

— Je l'ignore.

Lori crut avoir mal entendu.

— Comment ça, vous l'ignorez ? Quand il y a des doutes, c'est plutôt sur l'identité du père. La mère, elle, est toujours connue. À moins que...

Elle écarquilla les yeux d'horreur.

— ... à moins que vous n'ayez kidnappé cet enfant ?

— Pas le moins du monde, répliqua-t-il avec un dédain très aristocratique. Kit est mon fils, mais personne n'a besoin d'en savoir plus à ce sujet.

Lori le considéra en silence. S'il n'avait pas kidnappé Kit, et s'il était vraiment son père, il ne pouvait pas ne pas avoir connu la mère de façon... très intime.

— Était-ce une prostituée dont vous vous êtes amouraché ? Ou une lady, au contraire ?

— Son identité ne vous regarde pas et elle n'a rien à voir avec moi.

À son ton, Lori comprit que la discussion était terminée ; insister aurait été parfaitement déplacé. Cependant, elle brûlait d'envie de connaître la vérité. Pourquoi se montrait-il si secret sur ce sujet ? Avait-il passionnément aimé la mère du garçon ?

Non, cette hypothèse ne tenait pas debout. Le capitaine Rhys méprisait tellement l'amour que Lori était convaincue qu'il ne l'avait jamais éprouvé. La question de savoir qui était la mère de Kit n'en devenait que plus étrange.

Changeant de sujet à contrecœur, elle aborda l'autre point qui l'intriguait.

— Alors, racontez-moi comment vous êtes devenu pirate.

Il fit tourner son vin dans son verre pendant quelques instants avant de lâcher :

— Vos questions sont assommantes. Je suis devenu pirate pour gagner de l'argent.

— Vous auriez pu gagner de l'argent en devenant armateur. Ou même en rejoignant les rangs de la Royal Navy.

— Il n'était pas question que j'obéisse à quiconque. Sur ce bateau, je suis le seul maître à bord.

Ce point, au moins, était incontestable. Lori l'avait compris à l'instant où elle avait mis les pieds sur le navire.

— À mon tour, dit-il en reposant son verre sur la table. Dites-moi ce que vous aimez faire dans la vie – à part penser à Justin ?

— Ce que j'aime faire ? répéta Lori interloquée.

— Oui. Quand vous êtes seule, qu'est-ce qui vous distrait ? Ou vous donne du plaisir ?

La question était assez vague pour que Lori consente à lui donner satisfaction. Il ne pourrait pas se servir de ses réponses contre elle.

— J'aime lire.

Son regard se fit plus curieux.

— Et qu'aimez-vous lire ?

— De la poésie, principalement. J'ai une admiration toute particulière pour Anne Bradstreet.

Il hocha la tête d'un air entendu et récita aussitôt quelques vers de la poétesse préférée de la jeune femme.

— Vous avez beaucoup de culture, dit-elle, impressionnée.

— Pour un pirate ?

Elle avala une autre bouchée de canard.

— Hum.

— Moi aussi, j'aime lire.

— Et vous retenez facilement ce que vous lisez.

— Oui.

Lori était fascinée par sa connaissance des auteurs classiques et son talent pour citer à brûle-pourpoint des extraits de leurs œuvres. Cependant, cet aspect de sa personnalité cadrait mal avec ce qu'il pensait de l'amour.

— Comment se fait-il qu'un homme qui lise autant que vous vilipende l'amour avec une telle véhémence ? La plupart des chefs-d'œuvre de la littérature ont été inspirés par l'amour.

Jack s'éclaircit la voix.

— Il y a un proverbe français qui résume parfaitement mon point de vue sur la question : « L'amour fait passer le temps ; le temps fait passer l'amour. »

Lori secoua la tête.

— Vous êtes vraiment cynique.

— Et vous, vous êtes trop romantique, lui renvoya-t-il. Mais j'aimerais savoir quelle passion secrète brûle dans votre âme si romantique ? Dites-moi, Lori : quel est votre souhait le plus cher ?

Lori connaissait la réponse mais n'était pas sûre de vouloir la partager avec Jack. Son rêve secret avait toujours été combattu par son père et Justin, qui n'y voyaient qu'une perte de temps. Seule sa grand-mère l'avait vaguement encouragée – et encore, du bout des lèvres.

Après tout, elle pouvait bien affronter les sarcasmes de Jack Rhys, après avoir enduré ceux de son père et de Justin. De toute manière, que lui importait l'avis de ce pirate ?

— Si je vous réponds, me promettez-vous de faire de même ?

Il hocha la tête.

Se préparant déjà à subir ses moqueries, elle se lança :

— Je peins. Et j'aimerais devenir une grande artiste.

— C'est vrai ? En tout cas, je vous imagine très bien couverte de peinture, le pinceau à la main, tentant de capturer une scène avec votre petit regard irrésistible.

— Quel regard ?

— Celui que vous avez maintenant, avec vos sourcils froncés et vos yeux plissés.

Lori cligna des yeux plusieurs fois pour effacer les signes auxquels il faisait allusion.

— Je ne vois pas ce que vous voulez dire.

— C'est bien dommage, car c'est une expression qui vous va à ravir.

Malgré elle, Lori ne put s'empêcher d'apprécier le compliment.

— Que pense Justin de votre désir de devenir une artiste ?

Trop gênée pour répondre, elle baissa les yeux sur son assiette.

— Allons, Lori, insista-t-il. Soyez honnête avec moi.

Elle garda les yeux baissés, elle poussa un morceau de brocoli avec sa fourchette.

— Je ne vais pas vous répondre quand je sais que vous allez vous moquer de moi.

— J'en déduis qu'il porte un jugement négatif.

Lori oublia sa tristesse pour prendre la défense de Justin.

— Il a raison. Quand nous serons mariés, je n'aurai plus de temps pour ces fantaisies.

— Pourquoi donc ?

— Il me faudra gouverner la maisonnée. Et élever nos enfants.

— Pendant que Justin poursuivra sa carrière militaire.

— Oui.

— Et vous trouvez cela normal ?

— C'est ainsi que va le monde, répliqua Lori même si, au fond d'elle-même, elle avait toujours contesté cet état de fait. Or, elle avait promis à sa grand-mère qu'elle ne chercherait pas à se battre contre les règles qui gouvernaient la société, qu'elles soient justes ou non.

Elle releva les yeux sur Jack.

— Et vous ? Quelle est votre plus grande passion ?

— Tuer des gens.

Lori se sentit blêmir. Disait-il la vérité ? Impossible de le savoir : son visage était indéchiffrable, comme d'habitude.

— Je ne vous crois pas, dit-elle.

— Non ? Vous avez tort. N'oubliez pas que je suis un pirate.

— C'est vrai. Mais vous n'êtes pas comme les autres pirates.

— Qu'en savez-vous ?

— Vous naviguez avec votre fils, et vous autorisez certains membres de votre équipage à vivre avec leur épouse. Pourquoi ?

— Parce que la vie est courte, et que nous pouvons mourir à tout instant. Je ne voudrais pas que mes hommes qui sont mariés meurent seuls.

— Et vous ?

— Je vis seul.

— Et vous n'aimeriez pas que cela change ?

— Non. Je suis très content de mon existence.

— Vraiment ?

— Vraiment.

Comprenant qu'il ne désirait pas continuer sur ce sujet-là non plus, Lori finit de manger en silence.

Dès qu'ils eurent terminé, Jack se leva et aida la jeune femme à quitter sa chaise. Puis il l'entraîna vers les fenêtres ouvertes qui surplombaient une mer d'huile. Pendant tout le repas, la musique n'avait pas cessé de résonner à leurs oreilles.

— D'où vient la musique ? demanda Lori.

— Du pont. Quelques-uns de mes hommes jouent tous les soirs, à la tombée de la nuit.

Il s'adossa à l'une des fenêtres, pour la regarder. Lori le trouvait très beau, mais elle s'obligea à garder les yeux sur l'océan.

— C'est magnifique, murmura-t-elle.

— Oui.

Lori sentait son regard peser sur elle comme si ses yeux la touchaient. Son pouls s'accéléra. Elle appréciait tant de choses, chez cet homme. Sa culture, son élégance, sa stature... Et il y avait aussi tout ce qu'elle ignorait encore à son sujet, et qu'elle brûlait de découvrir.

À mesure que le silence entre eux s'étirait, elle devenait plus nerveuse. Elle risqua un coup d'œil vers Jack, mais aussitôt ses joues s'empourprèrent et elle préféra reporter son attention sur le paysage. Au bout de quelques secondes, cependant, elle ne put résister à l'envie de couler un nouveau regard dans sa direction. Lui, pendant ce temps, n'avait cessé de la fixer.

— Qu'y a-t-il ? demanda-t-elle pour tenter de dissiper son malaise. Un bouton m'est poussé sur le nez ?

Il abandonna sa position pour venir se placer juste derrière elle mais ne répondit pas.

Lori ferma les yeux. Son cœur battait de plus en plus fort.

— Dites-moi, Lori, un homme vous a-t-il déjà embrassée là ?

Il posa le doigt à la base de sa nuque, juste en dessous de son oreille.

— Vous vous avancez beaucoup, Jack Rhys.

— Je sais. Alors ? Votre réponse ?

Lori brûlait d'envie de sentir les lèvres du pirate se poser sur sa nuque, mais sa raison l'obligeait à lui opposer une rebuffade.

— Non.

— Dommage. C'est terriblement sensuel. Puis-je ?

— Jamais !

Enfuis-toi ! se répétait la jeune femme. Or, ses jambes refusaient de lui obéir. Elle restait là, à sentir son corps tout près du sien, et à s'en délecter en imaginant des choses qu'elle savait ne pas avoir le droit de réclamer.

Il se rapprocha encore un peu plus ; Lori eut l'impression d'être enveloppée par lui.

— Un jour, vous m'implorerez de vous embrasser à cet endroit.

Elle dut puiser dans ce qu'il lui restait de volonté pour répondre.

— Un jour, le monde cessera de tourner. Et ce jour arrivera avant que je vous aie donné seulement l'autorisation de m'embrasser à cet endroit.

— Et vos lèvres ? demanda-t-il en se plaçant tout à coup devant elle. Puis-je les embrasser, au moins ?

Lori crut que ses jambes allaient se dérober sous elle. Elle mourait d'envie qu'il l'embrasse à pleine bouche.

— Vous l'avez déjà fait.

— Et vous avez aimé.

— Je l'ai regretté.

— Si nous tentions à nouveau l'expérience, afin que vous soyez sûre de vous ?

Avant que Lori ait pu reculer, il s'était emparé de ses lèvres. Ce simple baiser suffit à embraser son désir. Ce serait tellement simple, de s'abandonner à cet homme, de le laisser parvenir à ses fins. Mais ce serait mal. Pas seulement parce qu'elle était promise à Justin, mais surtout parce qu'elle ne représentait rien pour ce pirate.

À ses yeux, elle n'était que l'instrument de sa vengeance. Alors, quoi qu'elle pût ressentir dans ses bras, Lori se refusait à le laisser se servir d'elle comme d'un vulgaire appât dans une partie de chasse.

Elle le repoussa.

— Vous n'arriverez pas à me séduire, capitaine.

Il la regarda, d'un air de triomphe.

— Mon petit doigt me dit que la dame proteste avec un peu trop de véhémence pour être honnête.

— Et moi, mon petit doigt me dit que le pirate en rajoute inutilement, répliqua Lori en ajustant sa toilette. N'avez-vous donc jamais connu l'échec, capitaine ?

— Jamais, dit-il, époussetant négligemment de la main une miette sur sa manche de veste.

— Vous êtes décidément incorrigible d'arrogance.

Elle courba la tête pour remettre ses cheveux en place sur sa nuque. Quand elle releva les yeux, elle vit que Jack la regardait maintenant comme un homme affamé sur le point de se mettre à table.

— Vous feriez mieux de partir, dit-il.

Elle fronça les sourcils.

— Partez, Lori, pendant que je vous le permets encore, insista-t-il. Si vous restez, je ne me tiendrai pas responsable de ce qui pourrait arriver.

Comprenant qu'il valait mieux suivre son conseil, Lori s'empressa de quitter la pièce pour rejoindre sa cabine.

Elle verrouilla soigneusement la porte derrière elle et s'adossa au battant pour reprendre son souffle. Bonté divine... que s'était-il passé ? Au moment d'épousseter sa manche, il semblait parfaitement calme. Et l'instant d'après...

Les hommes étaient décidément étranges – et imprévisibles.

Mais le pire, dans l'histoire, c'est qu'elle se voyait irrésistiblement attirée par lui. Black Jack Rhys éveillait en elle une sorte de désir primitif, qu'elle se sentait incapable de contrôler, et c'était bien ce qui l'effrayait.

Combien de temps parviendrait-elle encore à le tenir à distance, alors qu'il combattait ses défenses à chaque occasion ?

La vérité, c'est qu'elle aimait ce jeu du chat et de la souris qui s'était instauré entre eux.

— Pense à Justin, murmura-t-elle.

Elle se représenta son fiancé en uniforme. Il était grand, beau et fort.

Pas aussi beau, hélas ! que le pirate.

— Justin est un honnête homme.

Honnête, oui. Excitant, non. Il n'avait jamais fait battre son cœur comme il avait battu ce soir. Et il n'avait jamais non plus suscité chez elle ce désir que...

— Stop ! s'exclama-t-elle en posant les mains sur ses yeux pour chasser l'image du pirate qui dansait devant elle.

Méfie-toi des hommes trop séduisants, l'avait mise en garde bien des années plus tôt sa grand-mère. Elle avait ajouté : *Ils te feront joliment tourner la tête, c'est sûr. Avec eux, la vie te semblera plus belle. Mais on ne peut pas compter sur ces hommes-là pour bâtir une vie. Ils te quitteront toujours, en te laissant le cœur brisé. Crois-en mon expérience : il ne faut jamais renoncer au chien de meute pour courir après le renard. Le renard est toujours le plus attirant, avec son pelage de feu et sa liberté indomptable, mais le chien connaît ses devoirs et sait où est sa maison.*

Le pirate était définitivement un renard. Il ne s'était pas gêné, du reste, pour lui faire comprendre qu'il était très satisfait de son existence vagabonde.

Le mieux serait désormais de l'éviter et d'oublier ce pari stupide qu'elle avait voulu lui lancer. Il n'était plus question de vouloir gagner : Lori n'avait même plus envie de jouer. Tout ce qu'elle désirait, à présent, c'est que Justin vienne la libérer de sa prison – et, du même coup, de sa confusion actuelle.

Cependant, si elle voulait être tout à fait honnête avec elle-même, ce qu'elle désirait le plus... c'était de connaître à nouveau les baisers du pirate.

Elle ferma les yeux. Mon Dieu ! Elle était quand même assez mûre pour ne pas laisser ses désirs lui gâcher l'existence ! Jack Rhys se trouverait une nouvelle proie. En ce qui la concernait, elle quittait la partie.

7

Lori fut réveillée de bonne heure par des coups frappés avec insistance à sa porte. Elle se frotta les yeux, se leva, enfila le peignoir de velours rose donné par Kesi et alla entrouvrir la porte pour voir qui la demandait.

— Désolé de vous déranger, mam'selle, lui dit un marin aux cheveux roux et au visage tanné par des années d'exposition au soleil. On a reçu l'ordre de vous apporter tout ça.

Lori s'aperçut alors qu'il tenait une boîte en bois. Puis elle sursauta en découvrant dans le couloir cinq autres hommes chargés de divers objets. On aurait dit du matériel pour peindre. Mais comment était-ce possible ?

— On va pas vous ennuyer davantage, reprit le premier marin. On dépose juste ça dans votre cabine et on repart.

Confuse de les avoir accueillis si fraîchement, Lori s'effaça pour les laisser entrer et se débarrasser de leur fardeau. Quand le dernier passa devant elle, elle vit qu'il portait un chevalet.

— Mais d'où sort tout ça ? demanda-t-elle, étonnée de la profusion de tubes, de pinceaux et de toiles que les marins disposaient sur le plancher de sa cabine.

Même chez son père, elle n'avait jamais disposé d'un tel matériel !

— Henri peint, expliqua le rouquin en désignant le plus jeune des pirates, occupé à déposer le chevalet.

Le dénommé Henri esquissa un sourire. C'était un joli garçon, du même âge à peu près que Lori, avec les cheveux noirs, une barbe soigneusement taillée et de magnifiques yeux bleus.

— Oui, mademoiselle, dit-il. Le capitaine m'a demandé si j'avais des toiles et des peintures en trop et je lui ai répondu que je serais heureux de les partager avec un autre artiste. J'espère que vous trouverez ici tout ce qu'il vous faudra.

— Merci beaucoup, Henri, répondit Lori.

Elle jugea cependant sa réponse bien plate et conventionnelle, en regard de la gratitude qu'elle éprouvait pour le jeune homme.

— C'est très gentil à vous de m'offrir vos fournitures, ajouta-t-elle.

— Non, non, mademoiselle, la rassura-t-il alors que trois des marins avaient déjà quitté la cabine. Je vous assure que j'en possède bien d'autres. Elles sont entreposées sur le troisième pont.

— Encore heureux qu'il ait trouvé une occasion d'en mettre ici, marmonna le quatrième marin qui s'apprêtait à s'en aller à son tour. J'en avais marre de toutes ces cochonneries qui nous encombrent. Si ça ne tenait qu'à moi, il y a longtemps que j'aurais tout balancé par-dessus bord.

Henri eut une moue dédaigneuse pour son compagnon.

— Ne l'écoutez pas, mademoiselle. Bart n'aime jamais rien et il n'est jamais content. Moi, tout me fait plaisir.

Il se frappa la poitrine.

— Je suis un artiste, vous comprenez. Pas un rat de cale.

Le nommé Bart s'arrêta sur le seuil.

— C'est moi, que tu traites de rat de cale, jeune crétin ?

Henri le dévisagea.

— Je vais t'apprendre les manières, moi.

Bart s'esclaffa.

— Je n'ai pas besoin d'apprendre tes manières de fille. Et si tu veux un conseil, tu ferais mieux de déguerpir d'ici avant que le capitaine te trouve en tête à tête avec sa dame. Rappelle-toi ce qui est arrivé à ce type, en Grèce.

Je parierais qu'ils n'ont toujours pas récupéré tous les morceaux.

Henri avait pâli.

— Qu'a fait le capitaine ? voulut savoir Lori, curieuse.

Henri fronça les sourcils.

— Ce n'est pas un sujet qui s'évoque devant une lady, dit-il. Et Bart a raison : le capitaine n'est pas toujours d'humeur conciliante. Je ferais mieux d'y aller.

Il se dirigea vers la porte, où l'attendait Bart.

— Au revoir, mademoiselle. Si vous avez besoin d'autres fournitures, n'hésitez pas à me le faire savoir.

Là-dessus, il tourna les talons et suivit son compagnon dans la coursive.

En allant refermer la porte, Lori les entendit se chamailler.

— « Si vous avez besoin d'autres fournitures, n'hésitez pas à me le faire savoir », répéta Bart d'un ton moqueur. Franchement, Henri, tu es ridicule !

— C'est parce que tu n'es pas habitué à t'adresser aux vraies ladies !

— Je ne connais pas de vraies ladies.

— Crois-moi : c'est une chance pour elles.

Quand ils eurent disparu par l'échelle menant au pont supérieur, Lori, amusée, referma le battant. Puis elle alla examiner de plus près ce que les marins lui avaient apporté. Pinceaux, toiles, peinture à l'huile, carnets à dessins, mines de plomb, térébenthine... non, décidément, il ne manquait rien.

C'était le plus beau cadeau qu'on lui ait jamais offert ! Lori avait beau savoir que Jack ne l'avait fait que pour appuyer sa tentative de séduction, elle en était néanmoins très touchée.

Tu devrais aller le remercier, se dit-elle. *Ne serait-ce que par politesse. Même un bandit de son espèce mérite que son geste soit salué.*

Otant à la va-vite son peignoir et sa chemise de nuit, elle passa une robe jaune clair. Une fois habillée, elle natta ses cheveux sur sa nuque, et les attacha avec un ruban assorti à sa robe. Puis elle quitta sa cabine et alla jusqu'à celle du capitaine.

Elle n'eut à frapper qu'une seule fois. Jack répondit tout de suite d'entrer, ce qu'elle fit.

À peine eut-elle poussé le battant, que Lori se figea sur le seuil de l'antre du fauve.

Elle ne s'était guère préoccupée de savoir à quoi pouvait ressembler la cabine du capitaine. Or, ce qu'elle découvrit surpassait ce qu'elle aurait pu imaginer dans ses rêves les plus fous.

Les quatre murs étaient tapissés, du sol au plafond, d'étagères en chêne couvertes de livres. D'autres ouvrages, tous luxueusement reliés de cuir, étaient aussi disséminés un peu partout dans la pièce, ou rangés dans des caisses. Sans parler des trois grandes piles de livres qui encombraient le bureau et de ceux, grands ouverts, qui gisaient au pied du lit.

Le soleil entrait à flots par les fenêtres ouvertes, en même temps qu'une agréable petite brise.

Jack était allongé sur un grand lit à baldaquin recouvert de velours rouge brodé de feuilles d'or. Pour l'instant, Lori ne voyait que ses jambes : le haut de son corps était caché par les rideaux du lit, coupés dans la même somptueuse étoffe.

Il y avait aussi une table à liqueurs sur la gauche, ainsi qu'un grand fauteuil, bien profond, tout à côté. Telle quelle, la pièce évoquait davantage la bibliothèque d'un gentleman que la cabine d'un pirate.

Lori s'avança pour voir le visage de Jack. Il était couché sur le côté, occupé à lire. Sa chemise, largement déboutonnée, laissait entrevoir son torse bronzé et musclé. C'était la première fois qu'elle le voyait dans une posture aussi naturelle.

Ce qui la frappa surtout, c'est la paire de lunettes posée sur son nez. De toutes petites lunettes de lecture.

Leur incongruité l'amusa.

Jack leva les yeux sur elle. Un sourire éclaira aussitôt ses lèvres.

— Que me vaut le plaisir de votre visite ? demanda-t-il.

Il ôta ses lunettes qu'il déposa sur le coffre à côté de son lit. Le contraste était saisissant entre la taille de ses mains et celle des verres.

— Vous vous rendez déjà ? ajouta-t-il, mi-ironique mi-dubitatif.

Lori avait tout à coup envie de s'enfuir à toutes jambes. Néanmoins, elle tint bon.

— Je suis juste venue vous remercier.

— Ah.

Il consulta une montre placée à côté de son livre, puis reposa sa tête sur l'oreiller.

— Je vois qu'Henri n'a pas mis longtemps à vous confier ses trésors, reprit-il. Je crois que je ne l'ai jamais vu aussi heureux que lorsque je lui ai annoncé que nous avions à bord quelqu'un qui partageait son amour de la peinture.

— C'est surprenant.

— Quoi ? Qu'un pirate puisse aimer l'art ?

— Oui.

— Vous ne devriez pas juger les gens aussi rapidement, Lori, lui dit-il du même ton que son père utilisait quand il critiquait son comportement.

Lori avait toujours détesté ce ton paternaliste, mais plus encore dans la bouche de cet homme.

— Mais vous *êtes* des pirates, que je sache ! Vous tous à bord de ce bateau.

— Nous sommes avant tout des êtres humains. Notre activité de pirates n'est qu'une des facettes de notre personnalité, répliqua-t-il.

Il referma son livre et dévisagea la jeune femme quelques instants, avant de reprendre :

— Permettez-moi de vous poser une question, Lori. À votre avis, que craint le plus un fermier : les pirates ou les banquiers ?

Lori trouva la question particulièrement ridicule.

— Les pirates, évidemment.

Il secoua la tête.

— Non. Un pirate n'a jamais attaqué une ferme. Pas plus qu'il n'irait déposséder un homme de tous ses biens, simplement parce que sa dernière moisson a été mauvaise. Si vous posez la question à un fermier, il vous répondra sans hésiter que ce sont les banquiers qui lui gâchent le sommeil.

Lori se sentit personnellement insultée.

— N'essayez pas de faire passer mon père pour un bandit. C'est un brave homme.

— Vous dites cela uniquement parce que vous le considérez en tant qu'homme et en tant que père. Pas en tant que banquier. Je puis vous assurer que nombre de ses clients ne partagent pas votre avis. Le soir du bal, chez vous, j'ai entendu un groupe d'invités le décrire comme un chacal dépourvu de toute compassion envers son prochain.

À ces mots, Lori vit rouge. Comment pouvait-on oser colporter de pareilles monstruosités sur l'homme qui la chérissait plus que tout au monde ? Son père était un homme merveilleux - gentil, attentionné et, par-dessus tout, généreux.

— Ceux qui disent cela ne connaissent pas mon père.

— Exact. Ils ne connaissent qu'un banquier du nom de Charles Duprée.

Lori voulut répliquer mais ne trouva rien à objecter. Jack avait raison, au fond. Elle avait souvent entendu ces rumeurs déplaisantes courir sur son père, sans jamais vouloir y accorder foi. Avec son regard de fille aimante, elle ne voyait en lui qu'un homme d'affaires averti. Ceux qui traitaient avec lui avaient peut-être des raisons de penser différemment.

Cela n'expliquait pas pourquoi ce pirate lui reprochait de juger les gens.

— En quoi tout cela vous concerne-t-il ? Que je sache, vous ne vous gênez pas, vous-même, pour porter des jugements sur autrui. Vous avez bien qualifié votre mère, devant moi, de prostituée.

— En effet. Et j'en ai vu les conséquences.

— Alors, pourquoi vous soucier de me voir, moi, juger les gens ?

Sa réponse la surprit.

— Parce que vous êtes différente, Lorelei Duprée. Et cela me peine de vous voir tomber dans les travers du commun, alors que je sais que vous valez bien mieux que cela.

— Qu'en savez-vous ?

— Je vous observe, Lori. Vous êtes animée par la passion de vivre. Et je trouverais dommage que vous donniez libre cours à des réactions qui ne peuvent qu'éteindre ce feu qui brûle en vous. J'aimerais au contraire vous le voir entretenir.

— Et c'est pour cela que vous m'avez envoyé de quoi peindre, murmura-t-elle.

Ce n'était pas une question, plutôt un constat.

— Oui. Je voulais vous voir capturer cette passion sur des toiles.

— Et si je n'y arrive pas ?

— Vous y arriverez. Je n'ai aucun doute là-dessus.

Personne ne lui avait encore parlé ainsi. Personne, surtout, ne l'avait à ce point encouragée à poursuivre son inspiration artistique. Son père et Justin ne s'étaient jamais moqués d'elle, mais ils ne l'avaient pas non plus soutenue.

C'était quand même incroyable que le premier à manifester de l'intérêt pour sa peinture fût Black Jack Rhys. Un pirate, un assassin, un...

Lori préféra ne pas poursuivre l'énumération, car elle craignait que ses pensées, influencées par la tendresse qu'elle sentait naître dans son cœur, ne prennent une direction qu'elle ne voulait pas vraiment explorer.

— Très bien, dit-elle, résolue à ne pas laisser passer l'occasion.

Puisqu'il voulait la voir peindre, elle lui donnerait cette satisfaction.

— J'ai juste besoin d'un fruit, d'un joli vase et...

— Un fruit ? la coupa-t-il d'un ton mordant. Vous voulez peindre un fruit ?

Pourquoi cette idée semblait-elle à ce point le décevoir ? Il n'aimait pas les fruits ?

— C'est ce que j'ai toujours peint.

Il secoua la tête.

— J'aurais dû m'en douter... marmonna-t-il comme s'il était exaspéré contre elle.

Plus fort, il demanda :

— Est-ce que Michel-Ange peignait des fruits ?

Son intuition alarma Lori : Jack méditait de lui faire une proposition. Une proposition qu'elle serait probablement obligée de refuser.

— Il aurait dû, répliqua-t-elle.

Une lueur machiavélique s'alluma dans les yeux du pirate. Lori le connaissait assez, désormais, pour deviner qu'il était temps de battre en retraite.

— Allons, approchez-vous, murmura Jack avec son sourire de séducteur. Ne me dites pas que vous n'avez jamais voulu peindre de fruit défendu ?

Lori déglutit péniblement. Il ne pensait tout de même pas à ce qu'elle pensait...

Malgré elle, cependant, son regard s'attarda sur le torse parfait que révélait l'échancrure de sa chemise. Cette vision, tout à coup, lui rappelait la statue de David, par Michel-Ange.

Elle sentit ses joues s'empourprer. Jack n'allait quand même pas lui proposer de le dessiner... de le dessiner dans cette tenue !

— Un fruit défendu ? répéta-t-elle d'une voix étranglée.

À son regard, elle comprit qu'il cherchait à la pousser dans ses derniers retranchements. Le gredin ! Il ne cesserait donc jamais de jouer avec elle ? Le pire, c'est qu'elle se laissait à chaque fois surprendre !

— N'avez-vous jamais voulu peindre... des gens ? demanda-t-il.

C'était bien ce qu'elle redoutait. Oh ! il était rusé, pour sûr ! Mais s'il s'imaginait qu'elle accepterait de le peindre, il se trompait lourdement.

— J'aime les fruits, rétorqua-t-elle d'une voix glaciale.

— Peut-être. Mais les fruits sont dépourvus d'intérêt.

— Au contraire. Je les trouve fascinants.

Il la regarda, incrédule.

— Dites-moi donc ce qu'il peut bien y avoir de fascinant dans un fruit ?

Zut ! Lori se vit prise au piège. La vérité, c'est qu'elle ne trouvait pas d'intérêt particulier aux fruits. Sauf un : ils n'étaient pas dangereux.

Il fallait tout de même lui répondre quelque chose, et vite, sinon il devinerait qu'elle mentait.

— La façon dont la lumière joue sur eux, dit-elle enfin, ravie d'avoir trouvé cette échappatoire.

Il ne sembla pas convaincu.

— Et moi qui vous croyais courageuse, lâcha-t-il d'une voix attristée.

Ne jamais montrer à un homme qu'on le craint. Ils le savent tout de suite, et en profitent pour abuser de leur pouvoir.

La règle qu'elle avait énoncée à ses amies, le soir du bal, lui revint en mémoire. Elle devait absolument prouver à Jack, d'une manière ou d'une autre, qu'il ne l'intimidait pas.

— Que voulez-vous dire par là ? répliqua-t-elle.

— Eh bien, que vous êtes une femme adulte, en présence d'un homme qui ne demande pas mieux que de vous servir de modèle, et tout ce que vous réclamez, c'est un fruit. Franchement, Lori, qu'aurait dit Michel-Ange de votre attitude ?

Ne lui montre pas que tu as peur.

— Venez me retrouver dans ma cabine dans une demi-heure, lança-t-elle, savourant la perplexité qui se lisait maintenant sur son visage.

Il semblait dérouté, comme s'il se demandait s'il avait bien entendu.

— Je compte sur vous pour ne pas être en retard, ajouta-t-elle.

Il hésita un instant avant de se décider à répondre :

— Ne craignez rien. Je serai ponctuel.

— Alors, à tout à l'heure !

Là-dessus, elle regagna sa cabine en se délectant de la stupéfaction du pirate.

Pour tout avouer, Lori avait toujours rêvé de peindre un modèle vivant – homme ou femme. Malheureusement personne, à la maison, n'avait jamais consenti à prendre assez longtemps la pose pour le lui permettre. L'occasion était donc trop belle pour qu'elle la laisse filer. Au moins, elle saurait ainsi si elle était capable de représenter un modèle vivant.

Bien sûr, elle devrait s'assurer que Jack se tiendrait à distance raisonnable tout le temps que durerait la séance. Elle étudia les lieux. Le lit, évidemment, était hors de question. Elle serait incapable d'y dormir après avoir vu le capitaine allongé dessus. De plus, ce serait trop osé.

Alors, où ?

Tournant lentement sur elle-même, Lori examina chaque recoin de la pièce. À son grand désarroi, elle ne trouva aucun endroit où placer son modèle.

En fait, elle ne l'imaginait vraiment que dans un seul lieu : sa propre cabine. Le décor en était définitivement masculin – et définitivement dangereux.

Cependant, si elle voulait saisir l'essence de son modèle – un pirate, il ne fallait pas l'oublier –, c'était bien l'unique endroit qui convenait.

L'évidence s'imposait d'elle-même : Black Jack Rhys ne pouvait décemment pas poser au milieu de tout ce jaune.

Dis-toi qu'il n'est qu'un fruit.

Oui, comme ça, ça pourrait marcher. L'essentiel était d'oublier l'homme et de ne voir que le modèle.

Pareille abstraction était à sa portée : après tout, elle était artiste. C'était donc jouable.

Rassemblant tout son courage, Lori ressortit de sa cabine et alla de nouveau frapper à celle du capitaine.

Elle entra à son invitation et le trouva penché sur la table, examinant des cartes.

— Ça ne fait pas déjà une demi-heure, dit-il.

Lori secoua la tête.

— Je ne peux pas vous peindre dans ma cabine.

Interloqué, il haussa les sourcils.

— J'ai pensé qu'il serait préférable de le faire ici.

Son étonnement redoubla, au point que Lori en aurait ri si elle n'avait pas été aussi embarrassée.

— Cette pièce conviendra mieux que la décoration de ma cabine, expliqua-t-elle. Je n'arrive pas à vous représenter au milieu de tout ce jaune et ces...

— Froufrous ?

— Oui. Alors, vous êtes d'accord ?

Il inclina la tête.

— Je suis votre serviteur, milady. Vous pouvez m'avoir où bon vous semble.

Lori décida d'ignorer le sous-entendu.

— Voulez-vous que je vous aide à amener le matériel ici ? reprit-il.

— Si ça ne vous ennuie pas.

— Pas le moins du monde.

En moins d'un quart d'heure, chevalet, toiles, pinceaux et tubes de peinture furent transférés dans la cabine de Jack.

Lori essaya de masquer sa nervosité en s'appliquant à préparer sa palette, pendant que le pirate finissait de remplir son journal de bord. La jeune femme le trouvait très beau, assis derrière son bureau. Pour un peu, on aurait pu le confondre avec un authentique homme d'affaires.

Le comique de la situation lui sauta aux yeux quand elle eut terminé de préparer son matériel et retroussa ses manches.

— Pourquoi tenez-vous un journal ? demanda-t-elle. J'ai du mal à croire que vous souhaitiez que quiconque connaisse les faits et gestes de votre équipage. Et encore moins livrer une preuve de vos méfaits écrite de votre main !

Il haussa les épaules.

— Je n'ai jamais cherché à nier qui j'étais, ni ce que je faisais. Si mes ennemis s'emparent de ce navire, tant pis. Je sais ce qu'il en coûte d'être pirate, et cela ne me gêne pas. Mon sort est peut-être de finir au bout d'une corde.

Il avait dit cela du ton le plus naturel du monde, comme s'il parlait de la pluie et du beau temps. Lori n'en revenait pas de le voir accepter son destin avec une telle placidité. En général, les assassins acceptaient rarement de payer pour leurs crimes.

— Vous voulez mourir ?

— Pas plus que n'importe qui. Mais tôt ou tard, chacun est confronté à l'inéluctable.

Tout à coup, une cloche résonna au-dessus de leurs têtes. Le capitaine se figea un instant puis alla prendre un sabre dans le coffre au pied de son lit.

— Un navire approche, expliqua-t-il.

— Justin ! murmura Lori, stupéfaite qu'il l'ait retrouvée aussi vite.

— Restez ici, lui dit Jack, la mine sombre.

Il disparut sur ces mots.

Soulagée, Lori se voyait déjà rentrer chez elle. Fermant les yeux, elle se représenta Justin l'accueillant sur le galion de lord Wallingford qui la ramènerait à la maison.

Elle s'approcha des fenêtres de la cabine pour scruter la mer ; elle eut beau regarder partout, elle ne vit pas trace de navire. N'écoutant que son impatience, elle décida de monter sur le pont. De là, elle verrait forcément son fiancé arriver.

Une grande agitation régnait à bord et les canonniers étaient déjà à leur poste.

— C'est un sloop espagnol, capitaine ! cria soudain l'homme dans la vigie.

Lori eut du mal à surmonter sa déception : ce n'était pas Justin.

— Marchand, ou militaire ? demanda Jack.

— Il est trop loin pour que je voie, capitaine.

Il y eut un silence, puis la vigie cria de nouveau :

— Autre bateau à bâbord !

Deux navires ?

Lori sentit son estomac se nouer. Ils allaient se retrouver pris en étau !

C'est alors que Jack la repéra. Il se précipita aussitôt vers elle.

— Ce n'est pas le moment de sortir au grand air, Lori. Retournez en bas, avant de prendre un mauvais coup.

Au même instant, une jeune tête apparut derrière un tonneau, juste à gauche de Lori. Le pirate laissa échapper un juron tellement bien senti que la jeune femme en rougit.

— Bon sang ! Mais personne, sur ce bateau, ne veut donc m'obéir ! s'exclama-t-il.

Il saisit Kit par l'oreille pour l'obliger à sortir de sa cachette. Alors que Lori craignait de le voir administrer une solide correction au gamin, il lui annonça, d'une voix redevenue tout à fait posée :

— Kit, j'ai une mission à te confier.

L'expression du garçon oscillait entre la peur d'être puni et l'espoir d'être traité comme un grand.

— Oui, capitaine ?

— Une mission de première importance.

Cette fois, l'enthousiasme se lut dans les yeux du gamin.

— C'est vrai ?

— Oui. J'ai besoin que tu gardes notre otage, pendant que je m'occupe de ces chiens d'Espagnols.

Kit coula un regard vers Lori. La jeune femme comprit instantanément qu'il trouvait beaucoup plus valorisant d'avoir à la tenir à l'œil que d'être obligé de récurer le pont.

— La garder comment ?

— Tu vas la conduire dans ta cabine et t'assurer qu'elle n'en sortira pas.

L'enthousiasme du garçon était déjà retombé.

— Mais comment je vais vous aider dans la bagarre, si...

— Cette mission est beaucoup plus importante, crois-moi. Nous devons absolument éviter à notre otage d'être blessée.

Kit poussa un soupir résigné.

— D'accord, capitaine. Je l'emmène en bas.

Lori détestait être manipulée ainsi, mais elle savait que le pirate avait raison. Le pont n'était pas un endroit pour elle ni pour Kit, alors qu'un affrontement se préparait. Et, contrairement au garçon, elle n'avait aucune envie d'assister à la bataille.

— Venez, lui dit Kit. Nous serons à l'abri chez moi.

Il entraîna Lori à l'opposé de sa propre cabine, vers le centre du navire.

Lorsqu'il ouvrit la porte, Lori s'arrêta sur le seuil, interdite. Le chaos qui régnait là était indescriptible. Jouets, vêtements, objets divers... tout était mélangé et éparpillé en vrac. Une vraie chambre d'adolescent, qui témoignait du passage de son occupant de l'enfance à l'âge d'homme. Des soldats de plomb voisinaient avec des morceaux de corde sur lesquels avaient été testées les différentes variétés de nœuds marins. Deux fanions de style médiéval, l'un décoré d'un dragon et l'autre d'une licorne, encadraient le lit défait, calqué sur celui du capitaine, mais aux dimensions plus modestes.

— Désolé pour le désordre, murmura Kit. Le capitaine me gronde toujours pour ça, mais je n'ai jamais de visiteurs. Sauf lui, quand il vient dîner avec moi.

— Il le fait souvent ? demanda Lori en refermant la porte derrière elle.

— Deux ou trois fois par semaine, répondit Kit tout en allumant une lanterne. J'ai beau lui dire que je suis grand, maintenant, et que je peux manger avec le reste de l'équipage, il ne paraît pas m'entendre.

Lori se représenta le pirate dorlotant son fils et cette image la fit sourire.

— Il te considère toujours comme un enfant, n'est-ce pas ?

Kit leva les yeux au plafond.

— Je serai devenu adulte qu'il me coupera encore ma viande.

Elle sourit de plus belle.

— Mon père est pareil avec moi.

Kit dégagea les vêtements qui encombraient le fauteuil et les jeta sur le lit, pour que son invitée puisse s'asseoir.

Lori avait toutefois besoin d'un peu plus d'ordre pour se sentir à son aise. Elle entreprit de ramasser les jouets qui traînaient au pied du fauteuil.

— Aimes-tu ton père ? demanda-t-elle.

— Evidemment. Plus que n'importe qui au monde, répondit Kit sans la moindre hésitation. C'est le meilleur capitaine de toutes les mers du monde.

Lori déposa les jouets dans un grand coffre en bois à côté du lit. Le meuble était décoré de dragons sculptés et le nom de son propriétaire était gravé sur une plaque ovale en laiton : *Kristopher Alec Rhys*.

— C'est très joli, dit-elle.

Le visage de Kit s'éclaira.

— Vous aimez ? Le capitaine l'a confectionné lui-même. C'était son cadeau pour mes cinq ans.

Tandis qu'elle l'aidait à plier et ranger ses vêtements, une pensée traversa l'esprit de Lori.

Kit était-il aussi proche de sa mère qu'il l'était du capitaine ?

Certes, elle n'avait aucun droit de se mêler des affaires de famille du garçon ; cependant, elle désirait savoir.

De plus, Kit était sans doute la seule personne, à bord de ce bateau, qui répondrait à ses questions.

Elle inspira à fond pour s'armer de courage et se lança :

— Kit, parle-moi donc de ta mère. Combien de temps a-t-elle été mariée au capitaine ?

Kit s'arrêta dans sa tâche, pour réfléchir.

— Je ne sais pas trop. Le capitaine ne me l'a jamais dit. Il m'a juste expliqué qu'il était tombé amoureux d'elle le jour où il l'avait rencontrée. Et que c'était une très belle femme, très simple.

Lori sentit sa poitrine se contracter. Les paroles du jeune garçon lui avaient fait l'effet d'un coup de poing. Bizarrement, pour une raison qu'elle ne souhaitait pas s'expliquer, elle était chagrinée que Jack Rhys ait aimé cette autre femme. Et, plus encore, qu'il lui ait menti lorsqu'elle avait abordé le sujet avec lui.

— Alors, il l'aimait beaucoup ?

— Oui. Et elle nous aimait tous les deux de tout son cœur. Le capitaine m'a raconté que ses dernières paroles ont été pour moi, et qu'elle continuerait de me regarder depuis le Ciel.

Lori avait la gorge de plus en plus contractée.

— Quel âge avais-tu, quand elle est morte ?

Kit ramassa un pantalon qu'il fourra dans son armoire.

— Trois ans, je crois. Je ne me souviens pas d'elle. Je ne sais que ce que le capitaine m'a raconté à son sujet.

Un bruit de canonnade éclata soudain, qui fit tanguer le bateau. Lori comprit que le cauchemar recommençait.

— C'était un coup de semonce, expliqua Kit.

— Un coup de semonce ?

— Oui. On tire une bordée, pour montrer à l'autre équipage qu'on est prêts à la bagarre.

La réponse de l'autre vaisseau ne tarda pas : ses canons firent écho à ceux de Jack Rhys.

— On dirait qu'ils sont prêts, eux aussi, commenta Lori.

Kit hocha la tête.

— Y a beaucoup de gens qui aimeraient tuer le capitaine.

Pour la première fois, Lori vit Jack Rhys autrement que comme un pirate. Elle le voyait avec les yeux de son fils. Il était le père de cet enfant, l'homme que Kit chérissait plus que tout au monde, comme elle-même chérissait son père. Pour Kit, Jack n'était ni un brigand ni un assassin, mais un fier guerrier qui apprivoisait les dragons et le protégeait du danger.

Sans lui, Kit ne serait qu'un orphelin, seul au monde.

Le garçon regarda la porte d'un air songeur, comme s'il se demandait s'il allait ou non se ruer sur le pont.

Lori devinait aisément ses pensées. Il voulait rejoindre son père, et l'entendre dire que tout irait bien.

Elle s'approcha de lui.

— Kit, tu veux bien me serrer contre toi ? J'ai tellement peur que ça me réconforterait un peu.

Le garçon se jeta dans ses bras. Lori lui rendit son étreinte en se demandant qui était le plus effrayé.

— Tout se passera bien, dit-il enfin bravement. Personne ne peut battre le capitaine. C'est lui le plus fort.

La jeune femme sourit de la conviction du garçon et de ses efforts pour la rassurer.

— Je suis sûre que tu as raison.

Peu après, les canons se mirent à tonner sans relâche pendant ce qui sembla une éternité. Le bateau tanguait violemment et, plusieurs fois, Lori eut la certitude qu'il avait été touché. Heureusement, il ne semblait y avoir aucune voie d'eau.

Le temps, cependant, s'écoulait comme au ralenti.

Juste au moment où elle n'en pouvait plus d'attendre ainsi dans l'incertitude, une clameur résonna sur le pont et la cloche sonna à nouveau.

Le visage de Kit s'éclaira d'un coup.

— On a gagné ! s'écria-t-il.

— Tu es sûr ?

— Oui ! C'est la cloche de la victoire !

Il fila vers la porte. Les jambes tremblantes, Lori le suivit dans la coursive.

Quand elle déboucha sur le pont, les pirates célébraient déjà leur triomphe.

— Abaisse le drapeau rouge ! ordonna le capitaine à Tarik, tandis qu'il soulevait Kit dans ses bras.

— On a gagné ! On a gagné ! répétait le garçon, ivre de joie.

Jack lui sourit.

— Bien sûr, que nous avons gagné, fils ! Tu ne croyais tout de même pas que j'allais laisser ces maudits espagnols s'emparer de notre bateau ?

Kit abandonna l'étreinte paternelle pour courir congratuler les autres membres de l'équipage. C'est alors que Jack aperçut Lori. Leurs regards se croisèrent.

— Vous n'avez pas eu trop peur ? demanda-t-il.

Elle s'approcha du bastingage. À quelques centaines de mètres sur tribord, le navire espagnol était en train de sombrer. Son équipage tentait tant bien que mal de monter dans les canots de sauvetage.

— Que va-t-il leur arriver ?

Le capitaine haussa les épaules.

— Dieu décidera de leur sort.

Se tournant de nouveau vers Tarik, il lança :

— Fais hisser les voiles ! Qu'on s'éloigne d'ici au plus vite !

— Bien, capitaine.

— On fuit l'autre bateau ? demanda Kit médusé.

Jack s'esclaffa.

— Jamais de la vie. Il se trouve que c'est le bateau de ton oncle Morgan, qui arrive sur bâbord. On va laisser les Espagnols s'imaginer qu'ils lui doivent leur salut.

Kit était encore plus dérouté.

— Pourquoi tu laisserais croire ça ?

Le capitaine lui sourit.

— Tu comprendras un jour, fiston. Maintenant, laisse-moi travailler. J'ai entendu Sarah qui te cherchait. Elle t'a confectionné un gâteau pour ton goûter.

Kit s'empressa de rejoindre les cuisines.

Lori s'approcha du pirate. Elle non plus ne comprenait pas.

— Pourquoi laisserez-vous ce Morgan s'attribuer le beau rôle et jouer les héros ?

— Pourquoi pas ?

— Quelle est votre motivation ?

Il sourit.

— Si je ne l'ai pas expliqué à mon fils, je ne vois pas pourquoi je vous l'expliquerais à vous.

— Parce que je suis assez grande pour comprendre.

— Et moi, je suis assez grand pour savoir ce que je dois dire et à qui je dois le dire.

Lori serra les dents devant cette rebuffade pour le moins frustrante. Cet homme était décidément étrange. En tout cas, il n'était vraiment pas un pirate comme les autres.

— Je suis étonnée que vous n'ayez pas dépouillé ces Espagnols de leur cargaison.

Il secoua la tête.

— C'était un navire de guerre. Probablement lancé à ma poursuite. Je n'avais pas envie de perdre du temps à fouiller leur bord pour savoir ce qu'il transportait d'éventuellement précieux. J'ai plus important à faire.

— Quoi ?

Il prit un air entendu.

— J'ai rendez-vous avec une séduisante artiste qui doit réaliser mon portrait.

Lori en resta bouche bée.

— Vous ne prenez donc jamais rien au sérieux ?

— Uniquement les batailles navales. Et comme vous pouvez le constater, celle-ci est terminée. Alors maintenant, en attendant d'arriver à notre destination, ce qui prendra encore plusieurs jours, j'ai l'intention de profiter de la traversée.

— Je suis heureuse de savoir que vous, au moins, vous apprécierez ce voyage.

— Ah ! Lori... dit-il en caressant la joue de la jeune femme qui en frissonna. Je vous garantis que plus tard, vous vous souviendrez avec émotion de ces moments.

— Franchement, j'en doute, rétorqua-t-elle.

Au fond d'elle-même, elle commençait néanmoins à se demander s'il n'avait pas raison. Elle vivait sûrement la plus grande aventure de sa vie. Une fois mariée à Justin, elle n'aurait plus à se soucier que d'organiser des dîners, des bals, de surveiller l'éducation de ses enfants, de...

Sa vie serait monotone, réalisa-t-elle brutalement. Du reste, sa vie avait toujours été monotone. Mais elle se souvenait aussi des mises en garde répétées de sa grand-mère Anne : *L'aventure ne vaut pas toujours le prix qu'on paie pour la vivre, ma chérie. Crois-en mon expérience.*

En effet, sa grand-mère n'avait connu que des chagrins d'amour, et toutes ces souffrances accumulées avaient eu raison de son sourire.

Aussi Lori lui avait-elle promis il y a longtemps qu'elle ne chercherait jamais l'aventure et ne désobéirait jamais à son père. Jusqu'ici, elle avait tenu parole, même si parfois elle avait un peu tiré sur la corde.

Son père, du reste, lui avait facilité la tâche en lui laissant une grande liberté de mouvement. N'empêche : ce qu'elle vivait en ce moment sur la mer, au milieu de ces pirates, n'avait rien à voir avec ce qu'elle avait connu. Dès lors, la prédiction de Jack ne lui semblait que trop vraie.

— Excusez-moi, chère mademoiselle Duprée, reprit-il. Mes hommes m'attendent. Nous avons des blessés à soigner. Si vous retourniez plutôt dans ma cabine pour finir de préparer votre matériel ?

C'était une manière à peine voilée de la congédier. Lori carra les épaules et, sans un regard en arrière, redescendit dans la cabine du capitaine.

Jack la regarda disparaître par l'échelle. Il s'en voulait un peu d'avoir été aussi brusque avec elle, mais il était habitué depuis tellement longtemps à se montrer incisif avec les gens...

C'était volontaire de sa part, du reste. Moins les autres pouvaient s'inviter dans son intimité, plus il se sentait en sécurité.

La règle valait aussi pour Morgan, d'ailleurs. Jack regrettait de s'être, un soir de beuverie, un peu trop épanché sur l'épaule de son ami, et de lui avoir raconté certains secrets de son passé. Si c'était à refaire, il s'abstiendrait de telles confidences.

Quant à Lori, elle n'était qu'une fantaisie passagère : il s'en délecterait tant que durerait la traversée. Ensuite, elle retournerait dans son monde et lui-même...

Lui-même serait peut-être mort.

Mieux valait ne pas s'appesantir sur cette perspective. Jack se dirigea vers Tarik, en se promettant de ne plus penser à Lori. Elle éveillait décidément en lui des sentiments qu'il préférait ignorer.

8

Lori passa plus d'une heure à dessiner la cabine de Jack, en attendant qu'il veuille bien la rejoindre. Au bout d'un moment, elle se lassa de dessiner des objets. Sans la présence du pirate, elle ne pouvait même pas commencer le décor de son portrait, car elle ignorait quelle pose il souhaiterait prendre.

Après avoir fait les cent pas dans la pièce, elle décida de remonter sur le pont dans l'espoir de se rendre utile auprès des blessés. Arguant que tout était mis en œuvre pour les soigner, Kesi l'en dissuada et la contraignit à redescendre.

Désœuvrée, Lori retourna dans la cabine du capitaine où elle recommença de faire les cent pas. Quand elle fut lasse de tourner en rond, elle alla finalement s'asseoir derrière le bureau.

Les bras croisés devant elle, elle coula un regard vers le journal de bord que remplissait Jack tout à l'heure et se décida à l'ouvrir pour le feuilleter.

Les entrées se faisaient par dates. La jeune femme en lut une au hasard.

3 novembre 1777

Trois cents guinées pour Simon Platt, en récompense de sa loyauté. Deux cents guinées pour Robert Gehrig, pour le même motif.

Étonnée Lori fronça les sourcils. Jack récompensait ses hommes pour leur loyauté ? C'était étrange, mais la lecture d'une autre entrée lui fournit l'explication.

14 avril 1778

Fait escale à La Barbade. Entendu dans une taverne trois hommes parler de Simon Platt, qui leur a raconté avoir perdu sa jambe gauche en tentant de m'échapper et d'échapper aux flammes qui ravageaient son bateau alors que je l'avais ligoté au grand mât. Expédié trois cents guinées supplémentaires à Morgan pour qu'il les donne à Platt en paiement de sa mission. Cette fable devrait faire réfléchir ceux qui veulent me donner la chasse.

Lori en resta bouche bée. De plus en plus intriguée, elle poursuivit sa lecture et découvrit beaucoup d'autres détails intéressants concernant le capitaine Jack Rhys. Elle comprit alors les raisons qui l'avaient incité à laisser Morgan repêcher les survivants du navire espagnol.

— Eh bien, Black Jack Rhys, murmura-t-elle, sous vos dehors de sauvage, vous avez un cœur d'or.

D'après son journal de bord, le capitaine partageait chaque butin à parts égales entre tous ses hommes d'équipage. Et c'est eux qui décidaient, en votant, combien de mois ils passaient chaque année sur les mers, avant de rejoindre la petite île de l'Atlantique Sud où les attendaient leurs familles. Enfin, s'il arrivait qu'un marin meure au combat, sa femme et ses enfants recevaient une pension destinée à les faire vivre.

Certaines entrées relataient toutefois que le capitaine avait dû prendre des sanctions contre tel ou tel de ses hommes, et même les punir. Mais apparemment, c'était toujours pour une bonne raison. Lori ne put déceler aucune circonstance où il se serait conduit injustement.

Mieux encore : il n'était pas rare qu'il traite ses ennemis avec autant de bonté que ses hommes. Une fois, notamment, Lori lut que le transfert de la cargaison d'un navire anglais arraisonné avait pris près d'une semaine. Pendant tout ce temps, l'équipage du bateau anglais avait été nourri aux frais des pirates.

C'était à peine croyable. Et cependant, pourquoi Jack aurait-il menti dans son journal de bord ?

Tout à coup, elle entendit quelqu'un approcher dans la coursive. Refermant prestement le livre, elle posa la tête sur le bureau pour faire croire qu'elle s'était assoupie.

Lorsque le capitaine entra, Lori rouvrit les yeux et remarqua tout de suite sa pâleur et les taches de sang qui maculaient sa chemise.

— Ça va ? demanda-t-elle, se levant de son siège.

À la façon dont il la regarda, elle comprit qu'il avait oublié qu'elle était supposée l'attendre ici.

— Ça va, dit-il.

Il se dirigea vers la table à liqueurs, déboucha une bouteille de rhum et but une rasade à même le goulot.

Lori devina que non, ça n'allait pas. Il s'était passé quelque chose qui l'avait profondément troublé. Le voir dans cet état la déroutait : elle l'avait toujours connu si sûr de lui !

Elle découvrait à présent que Jack Rhys était vulnérable. Qu'il était humain.

— Qu'est-il arrivé ? voulut-elle savoir.

Il but une autre rasade d'alcool avant de reposer la bouteille. Puis, sans répondre, tira de son coffre une chemise propre. Quand il ôta celle qu'il portait, Lori remarqua les cicatrices qui zébraient son torse et son dos. Elle frissonna d'horreur à ce spectacle : jamais encore elle n'avait rien vu de tel ! Il y avait des marques de brûlures, mais aussi des cicatrices laissées par des balles ou par des lames de sabre.

Sans parler du pansement qu'il portait toujours, suite au coup de feu de Justin l'autre soir.

Dès qu'il se fut changé, le pirate balança sa chemise sale dans un sac de toile. Après quoi, il se retourna vers Lori.

— Tommy a perdu son bras gauche.

— Tommy ?

— Oui. Le plus vieux de ceux qui vous ont apporté le matériel de peinture, ce matin. Un boulet lui a emporté le bras pendant la bataille.

Lori s'approcha de lui.

— Il va s'en sortir ? demanda-t-elle.

Il crispa les mâchoires.

— J'ai peur que non. Ce genre de blessure entraîne souvent la mort dans les jours qui suivent.

Lori aurait voulu le réconforter, mais elle se doutait qu'il n'était pas le genre d'homme à supporter qu'une femme se jette dans ses bras pour le consoler.

— Je suis navrée... se contenta-t-elle de dire.

— Vous êtes navrée ? répéta-t-il avec une ironie mordante. Pourtant, vous seriez prête à rôtir tout l'équipage, si vous le pouviez.

— Non, ce n'est pas vrai.

— Non ?

Lori était sincère. Elle n'irait pas réclamer la tête de Jack pour ce qu'il lui avait fait. Du reste, il ne lui avait rien fait – sinon la taquiner et jouer avec ses nerfs. Rien, en tout cas, qui méritât qu'on lui enlève la vie. Ni qu'on punisse ses hommes.

Pourtant, c'est un pirate, lui chuchota la voix de sa conscience.

Peut-être. Mais il ne ressemblait pas à l'image qu'elle s'était forgée des pirates avant de le connaître. D'ailleurs, un vrai pirate ne serait pas abattu comme il l'était en ce moment parce qu'un de ses équipiers était blessé.

— Non, insista-t-elle, ce n'est pas vrai. Je vous ai déjà expliqué que je détestais faire du mal aux gens.

Il s'approcha du chevalet, prit un pinceau et joua avec ses poils entre ses doigts.

— Je ne me sens plus d'humeur à poser pour vous. Nous verrons cela plus tard.

Bizarrement, Lori n'avait pas envie de partir. Elle aurait voulu rester et trouver un moyen de le réconforter.

— Chaque fois que j'ai voulu peindre quelqu'un, mon modèle a toujours trouvé un prétexte pour se défiler au dernier moment, dit-elle, se risquant à la plaisanterie. Vous comprenez, maintenant, pourquoi je préfère peindre des fruits. Eux, au moins, ne peuvent pas m'échapper.

Jack la regarda se diriger vers la porte. Bien qu'une partie de lui-même aspirât à la solitude, il n'avait pas envie que Lori le quitte déjà.

C'était la première fois qu'elle ne cherchait pas à le combattre.

Que vas-tu faire quand elle sera partie ? se demanda-t-il. *T'asseoir sur ton lit et te lamenter sur la blessure de Tommy ? De toute façon, tu as déjà fait tout ton possible pour lui sauver la vie. Et ce qui s'est passé pendant la bataille n'est pas ta faute.*

Il savait tout cela, bien sûr. Pourtant, il ne pouvait s'empêcher de se sentir coupable.

Mais, par-dessus tout, il se refusait à l'idée de laisser partir Lori.

— Attendez.

Elle se retourna.

— Hum ?

— Je ne suis pas comme les autres gens que vous avez connus.

— Ça, c'est une évidence.

— Je ne voudrais pas que vous vous imaginiez que je vous congédie. Approchez-vous, *madame l'artiste*. Et montrez-moi ce que vous savez faire.

Le sourire de la jeune femme lui réchauffa le cœur.

— D'accord, dit-elle en rebroussant chemin.

Lui prenant le bras, elle l'entraîna vers le fauteuil tendu de velours rouge sous la fenêtre.

— Asseyez-vous là.

Jack s'exécuta.

Lori le contempla quelques minutes, puis changea plusieurs fois de place pour l'observer sous tous les angles. Elle semblait très concentrée. Jack la trouvait adorable ainsi, et se demandait combien de temps il tiendrait avant de céder à son envie de l'embrasser.

Finalement, elle soupira.

— Ça ne marchera pas, dit-elle.

— Qu'est-ce qui ne va pas ?

— Tout. Vous n'avez pas assez l'air...

— D'un pirate ?

Elle leva les yeux au plafond, comme si sa réponse l'exaspérait.

— Non, vous n'avez pas assez l'air... naturel. Je voudrais capturer votre...

Il se leva.

— Et moi, je voudrais que vous me capturiez tout court.

— Jack !

Déjà il s'était emparé de son bras pour l'obliger à venir contre lui.

Il souriait. C'était la première fois qu'elle l'appelait par son prénom et cette unique syllabe résonnait merveilleusement à ses oreilles.

— Fermez les yeux, murmura-t-il.

— Vous allez m'embrasser ?

— Chut... murmura encore Jack. Faites-moi confiance.

Elle ne semblait pas convaincue mais, à son grand étonnement, accepta de fermer les yeux. Jack traça alors le contour de ses lèvres avec son pouce en s'émerveillant de la douceur de sa peau. Lori présentait un rare mélange de beauté et d'esprit, qu'il n'avait encore jamais rencontré chez aucune femme.

— Pensez très fort à moi, lui chuchota-t-il à l'oreille. Et dites-moi ce que vous voyez.

Il s'attendit à ce qu'elle réponde : « Un pirate avec un sabre brandi » mais, une fois de plus, elle le surprit.

— Je vous vois tel que vous m'êtes apparu l'autre soir, dans la taverne, avec vos cheveux retombant sur vos épaules.

Elle rouvrit les yeux et le gratifia d'un sourire qui embrasa les veines de Jack.

— Vous avez réussi ! s'exclama-t-elle.

Puis, à sa stupéfaction, elle le serra dans ses bras.

Jack était si médusé qu'il était incapable du moindre mouvement. L'accolade de Lori était amicale, presque fraternelle – un témoignage de pure affection – mais Jack n'avait jamais connu ce genre d'étreintes. À part Kit, personne ne lui témoignait d'affection spontanée.

Inconsciente des sentiments qu'elle avait éveillés en lui, Lori se mit à fureter dans la cabine.

— Je sais maintenant ce dont j'ai besoin, dit-elle avant de revenir vers lui.

Jack haussa un sourcil.

— Je voudrais que vous vous installiez sur le lit.

— Voilà une suggestion intéressante... Je pourrais vous la retourner.

Elle roula des yeux.

— Je parlais sérieusement. Vous allez vous mettre exactement comme je vous ai vu ce matin : allongé sur le côté, face à la porte.

Jack aurait préféré se retrouver face à la jeune femme. Et, qu'en outre, celle-ci soit nue...

Ce serait pour bientôt, il en était convaincu. Dans l'immédiat, il préférait suivre ses ordres et continuer ainsi de gagner sa confiance. Le mieux était de la laisser penser qu'elle contrôlait la situation. Dès qu'elle baisserait la garde, il passerait à l'attaque.

Jack s'allongea donc sur le lit. Lori disposa des coussins tout autour de lui. Ses seins étaient à portée de bras, mais il n'osa pas tendre la main.

— Parfait, dit-elle. À un détail près.

— Lequel ?

Sans même lui demander la permission, elle défit le catogan qui retenait ses cheveux et les aida à cascader sur ses épaules. Jack retint son souffle. Le simple contact de ses mains dans ses cheveux suffisait à lui embraser les sens. Sans parler de ses seins qui étaient à présent quasiment au niveau de ses yeux. Il aurait suffi qu'il tende la main pour les caresser ou qu'il avance la tête pour les embrasser...

Il serra les dents. La torture que lui infligeait la jeune femme devenait intolérable. Il brûlait d'envie de la prendre dans ses bras tout en sachant que ce serait une erreur qui lui coûterait cher. S'il faisait cela, elle s'enfuirait aussitôt vers la porte et tous ses patients travaux d'approche seraient réduits à néant.

Pour l'heure, elle était Lori, l'artiste peintre. Et elle ne le voyait pas comme un homme, mais comme un modèle. À peine différent de ces ridicules fruits qu'elle avait peints dans le passé. En la laissant agir à sa guise, il avait des chances de...

— Qu'y a-t-il ? demanda-t-elle soudain.

— Quoi ? fit Jack, intrigué.

— Vous avez un drôle de regard.

Jack s'obligea à sourire.

— C'est parce que je pensais à vous, chère mademoiselle Duprée.

Elle se redressa.

— Et moi, vous savez ce que je pense ?

Il haussa un sourcil interrogateur.

— Je pense que vous êtes tellement habitué à séduire les femmes que vous le faites sans même vous en rendre compte.

— Vous croyez ?

Elle hocha la tête.

— J'en suis sûre. Je parierais que le moindre de vos gestes n'a d'autre but que de vous aider à parvenir à vos fins.

— Et à votre avis, quelles sont mes fins ?

Lori croisa ses bras sur sa poitrine et prit un air martial.

— Je ne vous laisserai pas vous servir de moi, Jack Rhys. Vous croyez avoir capturé un appât facile, mais vous vous trompez. Je ne vous permettrai pas de nuire à l'amiral Wallingford, ni à Justin. Ce sont de braves gens.

Jack eut du mal à réprimer sa colère. Si seulement elle connaissait la vérité sur les Wallingford ! Elle ne les protégerait plus avec autant de passion.

— Je vous assure, Lori, que l'amiral n'est pas l'homme que vous imaginez. Il ne mérite pas votre dévotion.

— C'est vous qui avez tort.

Jack faillit tout lui révéler, pour qu'elle sache enfin quel monstre était Wallingford. Il se garda cependant de le faire, car il voulait gagner le cœur de la jeune femme à la loyale. Autant laisser ce genre d'ignoble tactique à des gredins sans scrupule comme Wallingford !

— Bon, d'accord, j'ai tort, murmura-t-il. Comme j'ai eu tort de vous enlever à l'affection de votre famille. Si j'avais seulement un peu de décence, je vous ramènerais chez vous à l'instant même.

Intriguée, Lori attendit la suite.

— Malheureusement, je n'ai aucune décence.

Elle répliqua en lui jetant un coussin à la figure.

Jack éclata de rire puis, attrapant à son tour un coussin, il lui rendit la monnaie de sa pièce.

D'abord surprise, Lori riposta de plus belle. Elle riait maintenant à gorge déployée.

Se trouvant bientôt à court de munitions, elle voulut arracher à Jack le coussin qu'il s'apprêtait à lui lancer. Le tissu céda, libérant un nuage de plumes de canard.

— J'ai gagné ! s'exclama Jack avec un sourire de triomphe.

Avant que Lori ait pu comprendre ce qui se passait, il l'avait attirée dans ses bras et, cédant au désir qui le taraudait depuis tout à l'heure, s'emparait de ses lèvres.

Lori l'enlaça et lui rendit son baiser.

— C'est le prix du vainqueur, murmura-t-il avant de l'embrasser de plus belle.

Elle eut un petit rire de gorge qui ne fit qu'augmenter son désir et son excitation.

— Mais la victime va se venger, répliqua-t-elle brusquement en tirant vivement le sabre qu'il portait à la ceinture.

Puis reculant un peu, elle brandit le sabre devant lui :

— J'exige que vous me rameniez chez moi, capitaine Rhys.

Jack resta un moment interdit. Son désir n'était pas encore totalement retombé et en même temps il éprouvait un amer sentiment de trahison. Quoi, toute cette gentille comédie n'avait donc été qu'un piège ?

Non. Il ne pouvait pas croire que la jeune femme ait orchestré cela : elle avait seulement sauté sur l'occasion qui s'offrait à elle.

Quoi qu'il en soit, elle n'obtiendrait pas gain de cause. Il n'était pas question qu'il se fasse dicter ses actes.

— J'ai peur que ce soit impossible, répliqua-t-il.

— Je sais parfaitement me servir de cette arme, Jack, le mit-elle en garde. Et je m'en servirai, si vous refusez de me ramener à la maison.

Jack descendit du lit. Croisant les bras sur sa poitrine, il s'approcha de Lori avec une nonchalance étudiée.

— Si vous vouliez voir ma lame, milady, il suffisait de me le demander. Je rêvais d'ailleurs de vous la montrer depuis le soir où nous avons valsé ensemble, au bal de votre père.

Lori préféra ignorer le sous-entendu grivois.

— Prenez garde ! lui dit-elle, pointant le sabre sur sa gorge.

Jack n'avait pas peur. Il s'était déjà trouvé plus d'une fois dans des situations aussi périlleuses, face à des adversaires déterminés à le tuer. Ce n'était pas ce petit bout de femme qui allait l'intimider.

Lentement, il fit un pas vers le mur où était appuyée une canne de marche dont il se saisit. Lori le regarda faire, suspicieuse, comme si elle s'attendait à ce qu'il essaie de la désarmer.

— Vous avez tout à fait l'air de quelqu'un habitué à manier un sabre, ironisa-t-il.

Une étincelle de colère brilla dans les prunelles de la jeune femme, mais elle ne pipa mot.

— Je suppose que votre père vous aura donné des leçons d'escrime, en plus de la lecture et de l'écriture ? continua Jack, toujours aussi ironique.

Brusquement, il dégaina l'épée cachée dans sa canne et s'avança pour désarmer la jeune femme. D'une parade sûre, elle l'obligea à reculer.

Nom d'une pipe !

— Vous avez *vraiment* appris l'escrime, lâcha-t-il.

Cette fois, ce n'était plus une plaisanterie mais un constat.

— Oui. Et j'ai eu un très bon professeur, répliqua-t-elle.

Ils engagèrent quelques passes. Jack était sidéré de voir que Lori se battait mieux que beaucoup d'hommes. Elle n'hésitait pas à monter à l'attaque et, à chaque fois, il parait ses coups de justesse. À un moment, cependant, tandis qu'elle passait derrière lui, il réussit à couper son mouvement et, se plantant devant elle, lui vola un baiser sur les lèvres.

Furieuse, Lori lui écrasa son talon sur le pied. Jack recula en réprimant un cri de douleur.

— Ce n'était pas loyal ! dit-il.

Pour toute réponse, elle attaqua de nouveau. Cette fois, Jack réussit à coincer sa lame sous celle de la jeune femme et à la lui arracher des mains. Puis il lâcha brusquement sa propre épée. Emportées par un même mouvement, les deux armes allèrent s'écraser contre le mur de la cabine.

Jack prit alors Lori dans ses bras.

— Je préfère combattre avec des coussins, dit-il avant de s'emparer à nouveau de ses lèvres.

Lori peinait à reprendre son souffle. Jack l'avait battue ! Cela faisait bien longtemps qu'aucun adversaire ne l'avait dominée à l'escrime. Ce pirate, pourtant, l'avait désarmée avec une aisance déconcertante.

Et maintenant, son baiser achevait de lui ôter toutes ses défenses.

Qu'y avait-il donc, chez cet homme, pour qu'elle succombe aussi facilement ?

En fait, la réponse était simple : Jack possédait un mélange rare de charisme, de charme et d'autorité masculine qui le rendait fascinant. C'était un homme accompli, fier et indépendant, qui vivait selon ses propres règles, plutôt que de se plier à celles des autres.

C'était enfin un homme habitué à prendre ce qu'il désirait. Sans demander « s'il vous plaît », et sans dire « merci »...

Or, pour l'heure, il désirait Lori, et elle devait admettre qu'elle le désirait aussi.

Horrifiée par ce constat, elle le repoussa.

— Laissez-moi, je vous en supplie.

À son grand soulagement, il la relâcha.

— Je ne peux pas vous ramener chez vous, Lorelei.

— J'aurai au moins tenté ma chance, murmura-t-elle.

— Et c'était très courageux de votre part, je vous en fais crédit.

Le visage soudain grave, il ajouta :

— Je vous pardonne pour cette fois. N'en parlons plus. Mais ne vous avisez jamais de croiser le fer avec moi devant mes hommes.

— J'ai compris, répondit Lori.

Elle se souvenait des récits de sa grand-mère, qui lui avait souvent expliqué qu'il était vital, pour un capitaine, de garder le respect de son équipage. C'était d'ailleurs la raison pour laquelle elle avait attendu qu'ils soient seuls avant de tenter son coup.

Jack alla ramasser les deux lames et les enferma dans son coffre.

— Qui vous a appris à vous battre ?

Lori hésita un instant puis se décida. Après tout, elle ne craignait rien à lui révéler la vérité.

— Ma grand-mère.

Moitié stupéfait, moitié incrédule, Jack la dévisagea.

— Votre grand-mère ?

Lori n'était pas mécontente de l'avoir ainsi médusé. Elle décida de tout lui dire.

— Elle s'appelait Anne Bonny. Vous avez dû entendre parler d'elle ?

Jack parut sur le point de rire, mais se ravisa au dernier moment.

— Vous parlez sérieusement ?

— Évidemment.

Une lueur de respect brilla dans ses prunelles.

— Vous a-t-elle enseigné d'autres choses ?

— Oui. À me méfier des pirates. Surtout s'ils s'appellent Jack.

Cette fois, il rit.

— Voilà qui explique beaucoup de choses. Je parierais que vous êtes le portrait craché de votre grand-mère.

— On me l'a souvent dit.

— Et ça ne vous empêche pas de vouloir vous marier à un lord anglais ! Vous croyez que ça ferait plaisir à votre grand-mère ?

— Je suis sûre qu'elle en serait très fière. Dans ses dernières années, elle regrettait ses actions de jeunesse.

— Quoi ? Elle regrettait sa liberté sur les mers ? s'étonna Jack, comme si cela lui paraissait inconcevable.

— C'est ce qu'elle prétendait, oui. Mais pour être tout à fait honnête, je crois que ce qu'elle regrettait surtout, c'était d'avoir perdu Calico Jack.

— Votre grand-père ?

— Oui. Elle l'avait passionnément aimé.

Lori ne put s'empêcher de soupirer à cette évocation. Sa grand-mère avait connu un tel chagrin, à son retour à Charleston...

— Elle me racontait qu'elle s'en voulait d'avoir désobéi à son père, et qu'elle aurait mieux fait de rester sagement à la maison, plutôt que de donner son cœur à un pirate. C'était la pire erreur de sa vie, et elle en payait chaque jour les conséquences.

Jack fronça les sourcils.

— J'ai du mal à croire qu'elle ait pu regretter les années qu'elle avait passées sur les mers.

— Moi, je n'en doute pas. Parce que j'ai vu la tristesse de son regard.

— Elle était peut-être triste, justement, d'avoir renoncé à la mer ?

Pour un peu, Lori aurait volontiers ri de l'insistance de Jack. Manifestement, il ne pouvait imaginer qu'on ne puisse pas aimer la mer autant qu'il l'aimait.

— Je suis certaine que non. Du reste, rien ne l'aurait empêchée de reprendre le large, si elle l'avait voulu. Son père lui en a même donné l'occasion.

— Et elle a refusé ?

Lori hocha la tête.

Jack vint se planter devant elle.

— De toute évidence, les erreurs de votre grand-mère ne vous ont pas servi de leçon. Vous voulez commettre les vôtres.

— Je ne comprends pas.

— Vous ne pouvez pas épouser Justin.

La jeune femme haussa les sourcils.

— Pourquoi non ?

— Parce qu'il n'est pas fait pour vous. C'est un égoïste, il n'a pas de cœur. Vous gâcheriez votre vie en l'unissant à la sienne.

— Vous ne le connaissez pas, objecta Lori.

— Je le connais bien mieux que vous ne le pensez. J'ai vu comment il vous traitait : comme un de ses biens. De plus, il vous a exposée au danger pour son profit. En espérant me capturer, il voulait faire avancer sa carrière.

— C'est moi, et moi seule, qui ai accepté de le suivre au Sanglier couronné.

— Peut-être. Mais il n'aurait jamais dû vous proposer cette expédition, insista Jack.

Il lui caressa furtivement la joue et, une fois de plus, Lori se sentit brûler de désir pour lui. C'était totalement indécent !

— Il n'aurait pas dû vous mêler à une clientèle aussi rugueuse, reprit-il. J'ai vu des matelots fréquentant ce genre de tavernes traiter les femmes d'une manière qui vous donnerait des cauchemars pour le reste de vos jours. C'était indigne de Justin de vous emmener dans un tel lieu.

— Il n'aurait pas permis qu'on me fasse du mal.

— C'est pourtant ce qui s'est passé, répliqua Jack. Je vous rappelle que vous êtes sur mon bateau, Lori. Justin ne m'a pas arrêté, pas plus qu'il n'a arrêté le gredin qui vous harcelait quand je suis entré dans la taverne. Cet homme n'est vraiment pas fait pour vous.

Sa véhémence troubla la jeune femme.

— Le soir du bal, je vous ai demandé quel genre d'homme vous me suggéreriez, lui rappela-t-elle. Mais vous n'avez pas répondu à ma question.

Sa main s'attardait sur la joue de Lori.

— À la différence de Justin, je suis honnête avec les femmes et je ne leur fais pas miroiter l'amour éternel. Je ne leur promets que ce que je peux tenir.

— C'est-à-dire ?

Il soupira, laissa retomber sa main et s'éloigna pour aller regarder par la fenêtre.

— Une belle nuit dans mon lit. Et un gentil mot sur l'oreiller, le lendemain matin, au réveil, après mon départ.

Sa réponse n'étonna pas Lori. Les hommes étaient ainsi faits – sa grand-mère le lui avait assez répété : ils étaient prêts à débiter les plus belles paroles de la terre pour obtenir ce qu'ils désiraient, mais ensuite ils disparaissaient à la première occasion.

— C'est bien mince, Jack.

— Mais c'est la réalité.

— La réalité ? répéta Lori ironique. L'amour, lui, est réel. Mais le désir...

— Le désir est récompensé par le plaisir.

— Un plaisir tellement fugace !

Il se retourna.

— Parce que l'amour, lui, n'est pas fugace ?

— Non, répliqua Lori qui se sentait gagnée par l'envie de le ranger à ses vues. L'amour est... l'amour est merveilleux.

Il ricana.

— Dites plutôt que c'est une formidable arme de destruction.

— Ce n'est pas vrai !

— Oh que si ! Dans la vie, on ne peut vraiment compter que sur soi-même. Il faut être fou pour donner à autrui la force de vous détruire.

Comment pouvait-il être aveugle à ce point ? Et se fermer aussi violemment à la vérité de l'amour ?

— Et Kit ? Je sais que vous l'aimez. Ne me dites pas le contraire. Et sa mère ? Il m'a confié que vous l'aviez aimée plus que vous-même. Allez, soyez franc : avouez que vous la pleurez, comme ma grand-mère pleurait...

— Je croyais vous avoir expliqué que je n'avais pas connu sa mère, la coupa Jack, glacial.

Désarçonnée, Lori essaya de se souvenir avec précision des paroles de Kit. Pendant ce temps, Jack revint vers elle, l'air furieux. Elle se demanda pourquoi il était à ce point en colère.

— Laissez-moi vous parler de l'amour, Lori. La mère de Kit était une prostituée quelconque, dans un port dont je ne me rappelle même pas le nom. Elle m'avait abordé. Devant mon refus, elle m'a demandé si j'aimais les jeunes garçons. Parce qu'elle en avait un à me proposer : le sien.

Lori était médusée.

— Quoi ? s'exclama-t-elle d'une voix étranglée.

Elle n'arrivait pas à croire qu'il puisse parler sérieusement.

— Sur le coup, j'ai été aussi stupéfié que vous, reprit-il. J'en avais pourtant vu, je vous assure, après toutes ces années de navigation. Mais ça non, ça ne m'était encore jamais arrivé. Je lui ai acheté son fils pour une guinée.

— Mais Kit prétend que...

— Kit ignore la vérité, l'interrompit encore Jack, mais cette fois, sa colère s'était muée en tristesse : Je ne lui ai jamais révélé qui était vraiment sa mère et, pour des raisons que vous comprendrez aisément, je n'ai pas l'intention de le faire un jour. J'ai beau être un pirate qui risque de finir au bout d'une corde, je crois que l'existence que j'offre à ce garçon vaut encore mille fois mieux que le sort que lui réservait sa mère.

Il regarda Lori droit dans les yeux, avant d'ajouter :

— Maintenant, j'aimerais que vous me disiez quel genre d'« amour » elle portait à son fils !

— Elle n'avait pas toute sa raison, suggéra Lori, incapable de croire qu'une mère puisse se conduire ainsi avec son enfant. Mon père se ferait tuer plutôt que de laisser quelqu'un me causer du mal.

— J'en suis ravi pour vous, répliqua-t-il froidement. Mais dans mon monde, pareille loyauté n'existe pas.

Lori lui caressa la joue. Elle cherchait un moyen de lui faire voir l'existence à travers son propre regard.

— Je suis désolée, Jack. Désolée que vous puissiez penser cela. Car l'amour existe, pourtant.

— Croyez-le si ça vous amuse. Pour ma part, j'espère simplement que Justin, à l'inverse de son père, aura assez d'honneur pour chercher à vous récupérer.

— Pourquoi haïssez-vous l'amiral ?

— J'ai mes raisons.

— Et vous ne voulez pas me les donner ?

— Non.

Frustrée, Lori serra les dents. Tant qu'il refuserait de partager ses pensées, elle n'avait d'autre choix que de faire la paix avec lui.

— Bon, venez, dit-elle en lui prenant le bras. Puisque je ne peux pas vous battre au sabre, laissez-moi au moins vous capturer avec mes pinceaux.

Lori le fit se rallonger sur le lit. C'était définitivement l'endroit idéal pour le représenter. Même étendu, Jack irradiait encore la masculinité et l'autorité. La jeune femme n'était pas sûre de pouvoir rendre son essence sur la toile, mais elle était en tout cas impatiente d'essayer.

L'après-midi s'écoula ainsi. Jack resta allongé, à regarder Lori pendant qu'elle se concentrait sur sa tâche.

Les bruits de l'océan et les voix de l'équipage leur parvenaient de manière assourdie. Un calme étrange mais apaisant régnait dans la cabine. Jack restait silencieux : il semblait se contenter d'observer la jeune femme à l'œuvre.

Lori se demandait s'il s'était déjà montré aussi coopératif avec quiconque. Au fond d'elle-même, elle connaissait la réponse : non.

En l'espace de quelques heures, elle en avait appris beaucoup sur son compte, mais c'était sa générosité d'âme qui la frappait le plus. Par exemple, il avait sauvé Kit alors que la plupart des hommes, à sa place, l'auraient simplement ignoré.

Jack aimait également son équipage. Pour être tout à fait honnête, Lori devait s'avouer qu'elle espérait décrocher elle aussi une petite place dans son cœur.

— Vous souriez, lui dit-il tout à coup. À quoi pensez-vous ?

Lori sentit ses joues s'empourprer.

— À rien de particulier.

— Ce n'est pas beau, de mentir.

Elle s'éclaircit la voix.

— Bon, d'accord. Je pensais à vous, Jack, si vous voulez tout savoir.

— À moi ?

— Oui. Je me demandais si quelqu'un pourrait un jour vous sauver...

9

Intrigué, Jack fronça les sourcils.

— Me sauver de quoi ?

Lori trempait son pinceau dans le jaune pâle qu'elle venait d'étaler sur sa palette, pour colorer les cheveux de Jack. Elle haussa les épaules.

— De vous, bien sûr.

— C'est inutile, répliqua-t-il sèchement. Je n'en ai pas besoin.

— Ce n'est pas mon avis.

— Mon avis, à moi, c'est que vous n'avez pas toute votre tête.

Elle appliqua son pinceau sur la toile.

— Peut-être...

Jack quitta la pose un instant, pour détendre ses articulations, puis reposa sa joue dans sa main.

Ses cheveux cascadaient sur ses épaules et sa chemise largement déboutonnée au col laissait entrevoir son torse presque jusqu'à la ceinture. À chacune de ses respirations, on pouvait voir ses muscles se contracter, puis se détendre.

Dieu, ce qu'il était beau !

Mais le pire, c'est qu'il le savait...

— Pourquoi tenez-vous tant à me sauver ? demanda-t-il.

Son pinceau entre les dents, Lori étalait à présent la peinture sur la toile avec le petit doigt. Elle n'était pas sûre de devoir répondre à sa question : s'il apprenait ce qu'elle pensait vraiment de lui, il la harcèlerait sans relâche.

Elle reprit son pinceau et jeta un coup d'œil à son modèle dont les yeux brillaient de curiosité.

— Parce que je pense que vous n'êtes pas aussi mauvais que tout le monde le prétend, s'entendit-elle répondre malgré elle.

— Oh ? fit Jack, le visage éclairé d'un grand sourire incrédule. Pourtant, je pourrais vous citer quantité de gens persuadés du contraire.

Lori n'en doutait pas une seconde. Elle-même connaissait au moins trois personnes qui le considéraient comme la réincarnation du diable. Néanmoins, quoi que son père, Justin et lord Wallingford puissent penser, elle ne voyait pas Jack avec leurs yeux.

— Attention, vous avez bougé ! s'exclama-t-elle, heureuse de trouver une diversion à cette conversation qui menaçait de l'emmener un peu trop loin.

Jack avait bougé, en effet. Il s'était allongé sur le dos et s'étirait comme un chat. Lori s'obligea à ne pas trop regarder le renflement, à l'entrejambe de son pantalon, qui lui dissimulait la partie de son anatomie qui l'intriguait le plus.

Elle avait déjà vu une fois un homme nu – Justin, quand il avait dix ans. Certes, ce n'était pas encore réellement un homme, mais tout de même, elle avait vu.

Ce jour-là, elle se promenait à poney dans les bois avec sa gouvernante. Celle-ci s'était perdue au détour d'un chemin et c'est en voulant la retrouver que Lori avait aperçu Justin et son frère qui s'apprêtaient à piquer une tête dans la rivière.

Le frère était encore tout habillé, mais Justin était déjà nu et s'approchait de la berge. Abritée par les feuillages, Lori était restée à contempler le petit bout de chair qui terminait le bas-ventre du garçon. Elle s'était demandé à quoi cela pouvait bien servir. Puis, entendant sa gouvernante arriver, elle s'était prestement éloignée.

Ce souvenir l'avait taraudée pendant des semaines mais, trop embarrassée pour oser en parler à quiconque, elle avait gardé son secret pour elle.

Jusqu'à aujourd'hui. La même curiosité renaissait tout à coup. À quoi ressemblerait Jack tout nu ?

Cette idée la fit s'empourprer.

Bon sang, Lorelei Duprée ! Qu'est-ce qui te prend ? Une jeune fille convenable n'a pas de ces pensées ! Ton père aurait honte de toi.

Dieu merci, Jack ignorait tout des pensées qui l'agitaient !

Il se redressa pour s'asseoir sur le lit et reboutonna sa chemise.

— Désolée, ma chère, mais il me faut bouger. Cette immobilité commence à avoir raison de mes nerfs. De toute façon, il est grand temps que je fasse ma ronde d'inspection pour m'assurer que tout va bien à bord.

Lori ne répondit rien. Qu'aurait-elle pu dire, d'ailleurs, alors qu'elle n'osait même pas le regarder dans les yeux ?

Il s'approcha du chevalet et examina son travail.

— Hum... mais c'est que vous avez du talent, mademoiselle Duprée.

Le compliment alla droit au cœur de Lori mais son regard resta obstinément rivé sur sa palette. Elle avait trop peur qu'il ne devine, en croisant ses yeux, à quoi elle pensait depuis tout à l'heure.

Son portrait, toutefois, était plus réussi qu'elle ne l'avait espéré. Sauf pour les yeux : elle n'était pas encore parvenue à restituer la nuance exacte de ses prunelles – une couleur si particulière, entre bleu et gris acier, presque impossible à rendre.

— Vous êtes un joli fruit, lui répliqua-t-elle.

— Chaque fois que vous aurez besoin d'un fruit, n'hésitez pas à m'appeler, milady, lui murmura-t-il à l'oreille.

Lori sentit son souffle sur sa nuque comme une caresse. Et – que Dieu lui vienne en aide ! – elle eut tout à coup envie qu'il la caresse vraiment.

— Vous n'avez pas envie de mordre dans ma chair ? ajouta-t-il. Les fruits, c'est fait pour ça.

Ses paroles pour le moins directes firent trembler Lori.

— Pardon ? répliqua-t-elle d'une toute petite voix.

Jack l'encercla de ses bras pour l'empêcher de lui fausser compagnie.

— Moi, en tout cas, j'ai très envie de vous goûter, reprit-il.

Lori sut que s'il ne la relâchait pas très vite, elle ne tarderait pas à lui céder – et à succomber à son propre désir.

— Je croyais que vous deviez inspecter votre équipage ?

— Mes hommes peuvent attendre. Vous, en revanche...

— Je dois nettoyer mes pinceaux. Sinon, la peinture va sécher et les abîmer.

Ignorant sa réponse, Jack lui caressa doucement la nuque. Lori en eut des frissons dans tout le corps.

— Un homme vous a-t-il déjà embrassée là ? lui demanda-t-il, pour la deuxième fois depuis qu'elle était sa prisonnière.

— Certainement pas ! protesta Lori.

Mais lui, il le fit.

Lori ne put retenir un gémissement de pur plaisir en sentant les lèvres du pirate s'aventurer sur sa nuque. Jamais encore elle n'avait rien expérimenté d'aussi sensuel.

Bien que sa raison lui intimât de s'éloigner au plus vite, elle restait là, entre ses bras, incapable du moindre mouvement.

— J'ai envie de vous, mademoiselle Duprée, lui chuchota Jack à l'oreille. Je veux sentir votre corps nu contre le mien et je veux goûter chaque centimètre de votre peau.

Elle ne sut que répondre car, à la vérité, elle désirait la même chose. Il était trop beau, ses caresses étaient trop enivrantes...

En pirate qu'il était, Jack s'empara tout à coup de ses lèvres. Lori s'agrippa à sa chemise, comme si elle désirait se serrer tout contre lui.

Que Dieu lui pardonne, mais elle voulait cet homme !

Juste au moment où elle pensait avoir perdu tout espoir de rédemption, on frappa à la porte.

— Capitaine ? J'aurais besoin de vous parler.

Jack abandonna les lèvres de la jeune femme.

— Ça attendra ! lança-t-il en direction de la porte.

Tout de suite après, il embrassa de nouveau Lori. Elle fut incapable de lui résister : sa chair ne lui obéissait plus.

— Capitaine, c'est urgent ! insista la voix.

Cette fois, Jack se détacha d'elle en soupirant.

— Laissez-moi, Lori, s'il vous plaît.

Lori obéit aussitôt et s'enfuit si vite qu'elle faillit bousculer le pirate qui attendait dans la coursive.

Une fois dans sa propre cabine, elle claqua la porte. Elle comprit alors que ce qu'elle fuyait, c'était d'abord elle-même.

Jack subissait son désir comme un supplice. Même après le départ de la jeune femme, il restait enivré par son parfum, sentait encore son corps pressé contre le sien et n'imaginait que trop bien ce qu'il aurait pu faire avec elle.

Gérald, l'un de ses plus anciens hommes d'équipage, passa la tête par la porte.

— Désolé, capitaine, dit-il, très embarrassé. J'ignorais que je vous dérangeais.

Jack s'obligea à contenir son impatience.

— Qu'est-ce que tu veux ? grommela-t-il d'un ton rogue.

— Euh... rien d'urgent, capitaine. Si vous voulez, je peux revenir plus tard, comme ça, vous finirez ce que vous aviez commencé.

Jack eut envie de lui arracher les yeux.

— Bon sang ! Alors, pourquoi as-tu insisté, tout à l'heure ?

Le pauvre Gérald avait l'air d'un malheureux lapin tombé dans les pattes d'un loup affamé.

Jack lui claqua la porte au nez.

— Petite sorcière... gronda-t-il à l'intention de Lori.

En fait, il était surtout fâché après lui-même. Il s'en voulait d'avoir ainsi succombé aux appas de la jeune femme. D'ordinaire, il contrôlait toujours la situation mais avec Lori, c'était différent. Elle le rendait littéralement fou de désir.

Pourquoi ? Ce n'était pourtant pas la femme la plus séduisante qu'il ait rencontrée. Ni la plus pulpeuse. Et cependant, quelque chose la rendait irrésistible.

En outre, Jack était bien conscient d'éprouver beaucoup plus que du désir pour elle...

Mais il préférait ne pas creuser dans cette direction.

— Le mieux, c'est de la tenir à distance, marmonna-t-il.

Se dirigeant vers sa table de toilette, il s'aspergea le visage d'eau froide pour éteindre le feu qui couvait dans ses veines.

Oui, c'était la bonne solution : éviter le plus possible de croiser la jeune femme.

Malheureusement, cela risquait d'être difficile : le bateau n'était pas immense, à l'inverse de la tentation.

— Bon, je coucherai une fois avec elle. Ensuite, j'en serai débarrassé, décréta-t-il alors.

Ça, c'était le bon choix, Jack en était convaincu. Une nuit avec Lori suffirait à le délivrer du désir qu'elle lui inspirait. Après, tout redeviendrait normal.

Du moins l'espérait-il fortement.

Ce soir-là, Jack ne l'ayant pas invitée à le rejoindre, Lori dîna seule dans sa cabine.

Au vrai, elle s'en était parfaitement accommodée mais ça ne l'empêchait pas de penser qu'il aurait pu, par politesse, lui proposer à nouveau de partager sa table. Après tout, elle était sa captive.

Un coup frappé à sa porte la tira de ses pensées et elle sentit son cœur s'emballer. Jack aurait-il finalement changé d'avis ?

— Entrez, dit-elle.

Cachant sa déception en voyant apparaître Alice, Lori accueillit sa visiteuse avec un enthousiasme parfaitement feint.

— Nous avons pensé que vous aimeriez vous joindre à nous pour la soirée, expliqua Alice.

Lori trouva l'idée excellente : ce serait toujours mieux que de rester à se lamenter dans sa cabine. Puisque Jack avait mieux à faire que de perdre son temps avec elle, eh bien, elle s'amuserait de son côté.

— Avec joie, répondit-elle en repliant sa serviette. Mais montrez-moi d'abord où déposer cela, ajouta-t-elle avec un geste vers le plateau de son dîner.

— Nous nous en occuperons plus tard, ne vous inquiétez pas.

Lori la suivit sur le pont principal, où plusieurs membres de l'équipage étaient encore occupés à manger.

Trois marins équipés chacun d'un instrument de musique – fifre, tambourin et mandoline – interprétaient une ballade romantique que chantait un autre homme à la voix de ténor. Quant à ceux qui avaient fini de se restaurer, ils étaient rassemblés en petits cercles et jouaient aux cartes.

C'était un spectacle paisible – le genre de veillée qui pouvait se rencontrer dans n'importe quel petit bourg, dans une ambiance d'amitié et de fraternité.

Lori suivit Alice vers la proue, où Kesi et Mavis étaient assises avec leurs maris. Billy était là aussi, qui fumait sa pipe, adossé à un tas de cordages.

— Ah ! la voilà ! s'exclama Billy en voyant arriver Lori. Je vous avais bien dit qu'Alice saurait la convaincre de sortir de sa cachette.

Lori rougit un peu.

— Je ne me cachais pas, protesta-t-elle.

— Billy vous taquine, dit Alice, s'asseyant à côté de son mari.

Kesi fit signe à Lori de la rejoindre.

— Venez près de moi, ma petite. Nous admirons le coucher de soleil.

Lori s'exécuta. Une fois installée, elle détailla les matelots rassemblés sur le pont. Quelques-uns accusaient les années, mais la plupart d'entre eux étaient très jeunes. La moyenne d'âge devait se situer aux alentours de vingt-cinq ans.

— La pluie arrive, annonça Tarik.

Médusée, Lori contempla l'horizon dégagé, qui se teintait d'orange et de bleu nuit avec le crépuscule.

— À quoi le voyez-vous ?

— Je le sens dans mes os.

Ils restèrent silencieux quelques minutes, puis Tarik et Billy se mirent à jouer aux dés, tandis qu'Alice sortait d'un panier son nécessaire à tricot.

Lori la regarda exercer ses aiguilles sur ce qui ressemblait à s'y méprendre à une brassière.

— Vous faites ça tous les soirs ? demanda-t-elle au petit groupe autour d'elle.

— Oui, répondit Kesi.

Une petite brise soufflait sur l'océan et le bruit des vagues berçait Lori d'une musique apaisante. Bien que cela parût bizarre à admettre, elle se sentait parfaitement en sécurité sur ce bateau, au milieu de tous ces mécréants.

Sa grand-mère avait-elle ressenti la même chose, à bord du navire de Calico Jack ?

Anne lui avait souvent parlé de ces soirées passées à jouer aux cartes et à écouter de la musique. À l'époque, tout cela avait semblé bien irréel à Lori. Maintenant, elle savait que c'était vrai.

— Eh, Kit ! cria l'un des marins, tu ne devrais pas être au lit, à cette heure-ci ?

Lori se retourna. Le garçon débouchait du pont inférieur. Il tira la langue au marin.

— Kit, sois poli, s'il te plaît, lui intima Jack qui le suivait.

N'ayant manifestement pas conscience de la présence de la jeune femme, il entraîna Kit vers un groupe de marins qui jouaient aux cartes. Le garçon se mêla à leur partie et, quelques minutes plus tard, il montra son jeu à son père avec un air de triomphe. Tout sourire, Jack lui tapota affectueusement l'épaule.

Lori sourit à son tour de ce spectacle. Qu'il l'admette ou non, Jack aimait cet enfant. Pourtant, Kit n'avait aucun lien de sang avec lui.

Tu sais quoi, Lori ? lui disait souvent sa grand-mère. *Ce qui me manque le plus, c'est le sourire de ton grand-père. Chaque fois que je le voyais sourire, je me sentais heureuse. J'espère qu'un jour tu vivras la même chose. Tu sauras alors ce que je veux dire.*

Lori ne comprenait pas pourquoi ce souvenir lui revenait soudain en mémoire. Jack ne lui inspirait pas ce genre de sentiments. Il n'y avait que Justin, qui pouvait la rendre heureuse.

Alice s'interrompit dans son tricot pour se pencher vers la jeune femme.

— Il est bel homme, hein ?

— Qui ça ? éructa Billy en enlevant sa pipe de sa bouche.

Il scruta l'équipage, comme s'il cherchait un adversaire à pulvériser.

— Le capitaine, répliqua Alice. Et ce n'est pas à toi que je m'adressais.

Reportant son attention sur Lori, elle ajouta :

— Vous savez, une fois il a pris une balle à la place de mon Billy.

— Il a fait encore plus pour moi, intervint Tarik. D'ailleurs, je ne pense pas qu'il y ait un seul homme, sur ce bateau, qui ne doive pas la vie au capitaine, pour une raison ou une autre.

— Et moi, je lui dois de t'avoir rencontré, renchérit Kesi en se serrant dans les bras de son mari.

Leur amour l'un pour l'autre faisait plaisir à voir.

— Pardonnez-moi, mademoiselle Duprée...

Lori se tourna et vit Henri qui lui offrait son plus charmant sourire. Il était tout de blanc vêtu et avait noué ses longs cheveux en queue-de-cheval.

— Les musiciens vont jouer une gigue, ajouta-t-il. Je me demandais si vous accepteriez de la danser avec moi ?

Lori ne sut que répondre : elle n'avait guère envie d'attirer l'attention sur elle.

— Allez-y, l'encouragea Alice qui reposait déjà son tricot. Nous allons tous nous joindre à vous.

Tarik fronça les sourcils comme s'il voulait protester, mais un seul regard de Kesi suffit à le faire taire.

Tu ne devrais pas, chuchota une petite voix à l'oreille de Lori. Mais comment refuser la si aimable proposition de Henri ?

— Avec plaisir, répondit-elle.

Rayonnant, il lui tendit le bras. Lori l'accepta.

— J'ai peur de ne pas très bien savoir danser la gigue, Henri, le prévint-elle. Pardonnez-moi si jamais je vous écrase les pieds.

— Ce serait un honneur pour moi de me faire écraser les pieds par vous, mademoiselle. Mais je suis sûr que vous n'êtes pas si mauvaise que vous le prétendez, et que vous dansez très bien.

— Qu'en savez-vous ?

— Je le devine à votre joie de vivre, mademoiselle.

Les musiciens commençaient à jouer. Lori accompagna son cavalier au milieu du pont.

— Espérons que vous avez raison, murmura-t-elle.

Lori fit de son mieux pour suivre le rythme très compliqué des pas mais, ainsi qu'elle le redoutait, elle ne put s'empêcher de piétiner les orteils de son cavalier, comme Justin avait l'habitude de piétiner les siens. Henri, toutefois, ne semblait pas s'en formaliser. Il riait même de ses maladresses.

Quand la musique cessa enfin, Lori n'avait plus de souffle. Elle remit de l'ordre dans sa toilette quelque peu malmenée par les virevoltes que lui avait fait subir Henri.

— J'espère que vous êtes meilleure peintre que danseuse, lui murmura-t-il à l'oreille.

Elle éclata de rire et s'aperçut tout à coup que Jack les observait. Il paraissait furieux.

Henri lui tournant le dos, il ne pouvait deviner l'humeur de son capitaine.

— Merci, en tout cas, d'avoir accepté d'être ma cavalière, mademoiselle. Cela faisait longtemps que je n'avais pas dansé avec une dame.

Lori décida d'ignorer Jack et sourit à son cavalier.

— Moi aussi, Henri, j'ai pris beaucoup de plaisir à cette gigue.

Il lui offrit le bras. Lori l'accepta bien volontiers et le laissa la reconduire vers Kesi et les autres, tout en décochant à Jack un regard destiné à lui montrer qu'elle se moquait bien de ce qu'il pensait.

Parvenue à la poupe, elle regarda du côté de l'océan afin de tourner le dos au capitaine. Henri s'installa près d'elle.

Il était presque aussi beau que Jack, et certainement plus aimable. Alors pourquoi sa présence n'éveillait-elle pas chez Lori le même désir ?

En vérité, même Justin ne l'avait jamais troublée à ce point.

— Comment avez-vous appris à peindre ? demanda-t-elle à Henri, pour s'obliger à penser à autre chose.

— Mon père était peintre.

— Ah bon ?

— Oui. Il avait étudié à Paris, où je suis né. Mais, comme tant d'autres, il n'est jamais arrivé à vivre de son art.

— Quel dommage ! J'imagine que c'est lui qui vous a enseigné son art ?

Henri baissa les yeux.

— Il a essayé... mais je n'étais pas un élève très assidu. J'avais peur de reproduire ses erreurs. Ma mère m'avait si souvent répété que la peinture n'était qu'une perte de temps que j'ai préféré ignorer ma destinée.

Pauvre Henri ! songea Lori. Il avait honte d'avoir méprisé le travail de son père.

— C'est pour cela que vous êtes devenu marin ? Dans l'espoir de vivre mieux ?

— Non, répliqua-t-il avec une pointe d'amertume dans la voix. Je travaillais sur la Seine, à aider à décharger les navires pour rapporter un peu d'argent à maman, quand des gredins m'ont kidnappé. Ils m'ont vendu à un équipage anglais qui faisait relâche dans le port de Paris.

— O mon Dieu, Henri ! s'exclama Lori qui lui étreignit la main en signe de réconfort. Ça a dû être terrible pour vous...

Il hocha la tête.

— Oui. D'autant qu'à l'époque, je ne parlais pas un mot d'anglais et que je n'arrivais pas à comprendre ce qu'ils voulaient de moi.

— Ce sont vos ravisseurs qui vous ont appris ?

— Non. Quelques bons coups de fouet et quelques solides coups de pied m'ont vite aidé à saisir leurs ordres. Mais vous pouvez deviner à quel point je m'en voulais d'avoir renoncé à la peinture.

Lori avait le cœur serré pour lui.

— Comment êtes-vous devenu pirate ?

Henri retrouva le sourire.

— Il y a quelques années de cela, le capitaine Jack arraisonna notre bateau. Il offrit la liberté à ceux des prisonniers qui acceptaient d'entrer à son service.

— Et vous avez accepté, au risque de vous faire pendre si les autorités s'emparaient un jour de vous ?

Henri redressa fièrement la tête.

— Cela valait de toute façon mieux que de rester au service de ces Anglais qui me traitaient comme un chien, sans jamais me payer un centime. Après tout ce que j'avais enduré, un seul jour de liberté méritait que je lui sacrifie jusqu'à ma vie. Je préfère mourir libre plutôt qu'esclave.

Lori devinait d'autant mieux ce qu'il ressentait qu'elle connaissait beaucoup de gens, à Boston, qui s'étaient engagés dans la guerre contre le colonisateur anglais parce qu'ils nourrissaient le même idéal.

Henri la regarda.

— Je suppose, mademoiselle, que vous comprenez ce que je veux dire ?

Elle hocha la tête.

— Mieux que vous ne pouvez l'imaginer.

Il lui prit la main.

— Vous êtes une femme courageuse, mademoiselle.

— Pas aussi courageuse que toi, Henri, murmura Billy.

Ils se tournèrent vers le mari d'Alice qui attira discrètement leur attention dans une autre direction. Lori s'aperçut alors que Jack les observait de loin, le regard noir.

Henri s'empressa de lâcher la main de la jeune femme.

— Je ne lui ai pas vu cette tête depuis le jour où il a su ce que Wallingford avait fait de l'équipage de la *Colombe*, commenta Billy.

Le nom de Wallingford éveilla la curiosité de Lori. Elle en oublia la mauvaise humeur de Jack.

— Qu'a fait l'amiral ? demanda-t-elle avec l'espoir d'obtenir enfin l'information que Jack lui avait jusqu'ici refusée.

Billy exhala une bouffée de fumée puis tapota sa pipe contre le pont du navire.

— Après avoir vaincu la *Colombe*, il a ordonné qu'on ligote tout l'équipage et qu'on mette le feu au navire.

Lori sentit son estomac se serrer.

— Non, c'est impossible ! se récria-t-elle. L'amiral n'aurait jamais fait une chose pareille !

— « Wallingford le Boucher », comme certains le surnomment, a fait bien pire, intervint Henri. Une fois, il a capturé un bateau négrier sur lequel il trouva également des caisses d'armes. Suspectant qu'elles étaient destinées aux patriotes, il ordonna pareillement qu'on incendie le navire. Ses cales contenaient plus de huit cents esclaves, hommes, femmes et enfants. Leurs cris s'entendirent sur des lieues à la ronde.

Lori s'efforçait de confronter ces récits à l'homme qu'elle connaissait si bien. L'amiral, c'est vrai, était réputé pour sa sévérité, mais avait-il pu pour autant se rendre coupable de telles atrocités ?

— Et vous ? demanda-t-elle à Henri et aux autres. Vous avez déjà fait pareil ?

Tout le petit groupe parut gravement offensé.

— Nous ne tuons jamais d'hommes sans défense, répliqua Tarik. Et encore moins des femmes ou des enfants. Vous ne trouverez aucun lâche sur ce navire.

— Je suis désolée, s'excusa Lori. Je ne voulais pas dire cela. Mais comprenez que j'ai entendu des histoires aussi horribles sur le capitaine Rhys et ses hommes. On dit que vous n'avez aucune compassion pour vos prisonniers.

— Il ne faut pas croire tout ce qu'on raconte, intervint Billy. La plupart d'entre nous sont ici uniquement pour gagner assez d'argent afin de s'assurer une retraite décente lorsqu'ils quitteront la piraterie. Nous faisons ce que nous devons faire pour survivre, mais nous n'allons pas au-delà.

— Alors comment pouvez-vous savoir que les histoires qu'on raconte sur l'amiral sont vraies ? objecta Lori.

— J'ai servi sur le navire de Wallingford, confessa Billy, non sans répugnance. Et je peux vous dire que nous n'avons jamais, sous les ordres du capitaine Rhys, eu un comportement qui puisse se comparer aux agissements quotidiens de l'amiral. Wallingford s'est convaincu qu'il œuvre pour le bien de Dieu et de son roi. Du coup, il considère que ses crimes sont d'inspiration divine et que le Seigneur lui pardonne d'avance toutes ses exactions.

Lori sentit ses certitudes vaciller. Elle se souvenait en effet d'avoir plusieurs fois entendu l'amiral évoquer, en des termes à peu près similaires, la volonté divine.

Devait-elle pour autant croire que l'homme qui l'avait tenue sur ses genoux lorsqu'elle était toute petite pouvait être capable de telles horreurs ?

Toutefois, la haine qu'elle lisait dans les yeux de Billy était trop sincère pour ne pas être justifiée.

Et Justin ? se demanda Lori. Était-il bien l'homme qu'elle croyait ? Elle était pourtant persuadée de connaître son fiancé aussi bien qu'elle-même.

Mais si elle se trompait ?

Ce ne sont que des domestiques et des esclaves, Lori. Ils sont ici pour nous servir, et pas l'inverse.

Elle se rappelait tout à coup ces paroles de Justin, prononcées le jour où Gertie, la gouvernante de Lori, était tombée malade. Lori lui avait apporté des couvertures supplémentaires. En l'apprenant, Justin s'était moqué d'elle. Sur le coup, sa réaction avait irrité la jeune femme, mais elle n'y avait pas prêté plus d'attention que cela.

Jusqu'à maintenant... Se montrait-il aussi méprisant avec les autres quand elle n'était pas avec lui ?

Justin a un noble cœur, tenta-t-elle de se convaincre. *Et il t'aime !*

Malgré tout, elle ne savait plus très bien quoi penser.

Jack avait essayé de semer la confusion dans son esprit dès le soir où ils s'étaient rencontrés, et voilà que son équipage faisait de même. Il ne fallait pas qu'elle les écoute. Justin et son père étaient de braves hommes. Il ne pouvait en être autrement, sans quoi tout son monde s'écroulait. Et cela, c'était impossible. Surtout au moment où elle s'apprêtait à s'engager pour le restant de ses jours.

— Si vous voulez bien m'excuser, je vais me retirer, annonça-t-elle à ses compagnons. Je me sens un peu fatiguée.

Henri fronça les sourcils.

— Vous êtes pâle, mademoiselle. Laissez-moi vous raccompagner à votre cabine.

— Merci, Henri.

Elle accepta le bras qu'il lui tendait et ils gagnèrent ensemble l'échelle menant au pont inférieur.

Ce n'est qu'au moment d'arriver devant sa porte que Lori réalisa la situation : elle avait permis à un pirate de la reconduire *là où elle dormait.*

Tout à coup, elle faillit paniquer.

— Si vous le souhaitez, mademoiselle, je demanderai à Sarah de vous apporter du thé. Cela vous aidera peut-être à vous sentir mieux.

— Bonne idée, murmura-t-elle.

Henri s'inclina respectueusement et déposa un chaste baiser sur sa main.

— J'espère, mademoiselle, que vous m'autoriserez un jour à voir votre travail, dit-il. Le capitaine dit que vous avez beaucoup de talent et cela fait trop longtemps que je n'ai pas eu le loisir d'admirer les toiles d'un autre artiste.

Là-dessus, il s'inclina de nouveau, sourit avec beaucoup de grâce, tourna les talons et s'éclipsa.

Lori entra dans sa cabine, plus déroutée que jamais.

— Des pirates qui se conduisent comme des gentlemen, et des gentlemen qui brûlent des navires et les hommes qui sont à bord... murmura-t-elle.

Vous ne devriez pas juger les gens aussi rapidement, Lori.

Jack n'avait pas tort, finalement. Toute sa vie, elle avait jugé les autres. Aujourd'hui, elle comprenait que ses jugements à l'emporte-pièce avaient faussé sa vision du monde.

Jack lui avait appris à voir les choses autrement. À regarder les gens différemment.

Lori repensa à Gertie, sa gouvernante. Elle la connaissait depuis toujours, et pourtant elle savait très peu de chose sur cette femme qui s'était toujours dévouée pour elle. Avait-elle des frères, des sœurs ? Aimait-elle la peinture ? Que faisait-elle de ses jours de congé ?

Au fond, Lori s'était montrée à son égard aussi indifférente que Justin.

Le problème, c'est qu'elle ne savait pas si elle devait remercier Jack de lui avoir ouvert les yeux, ou le maudire pour cela.

10

Deux semaines passèrent. L'équipage continuait de traiter Lori avec une courtoisie respectueuse. Quant à Henri, il l'avait prise sous son tutorat. Le Français faisait preuve d'un beau talent, surtout pour mélanger les couleurs ou dessiner à la mine de plomb.

Lori s'était liée d'amitié avec Sarah et Alice, avec qui elle partageait tous les matins son petit déjeuner. Après une courte promenade ensemble sur le pont, Sarah et Alice partaient vaquer à leurs tâches, tandis que Lori gagnait la cabine de Jack, pour y travailler à son portrait.

Jack se montrait distant avec elle depuis le soir où elle avait dansé avec Henri. Elle en arrivait à se demander s'il n'avait pas renoncé à la séduire. Quoique cette perspective eût dû la ravir, elle cherchait en fait un moyen de combler le fossé qui menaçait de se creuser entre eux.

Ce matin-là, Lori se rendit un peu plus tôt que d'habitude dans sa cabine. Sarah, souffrante, avait gardé le lit et Alice aidait Mavis pour le raccommodage. Au lieu de rester seule dans son coin, Lori avait décidé d'occuper son temps en s'installant tout de suite derrière son chevalet pendant que Jack recevrait le rapport de Tarik et donnerait ses ordres pour la journée.

Au moment de quitter Alice après le petit déjeuner, celle-ci l'avait mise en garde contre la possible mauvaise humeur de Jack. Le capitaine, lui avait-elle expliqué, avait passé une bonne partie de la nuit à boire et jouer aux cartes avec quelques-uns de ses hommes. Or, d'après Alice,

Jack était toujours d'une humeur d'ogre lorsqu'il n'avait pas dormi ses huit heures.

Lori avait jugé qu'après tout ses éventuels grommellements seraient quand même plus agréables que l'indifférence qu'il lui témoignait depuis deux semaines.

Elle ouvrit donc sa porte et se figea sur le seuil.

Encore endormi, Jack était étendu nu sur son lit, le corps emmêlé à ses draps.

Lori contempla ce spectacle le souffle coupé. Ce qu'il était beau ! Sa poitrine se soulevait doucement au rythme de sa respiration, et son visage détendu offrait presque un air enfantin.

La première réaction de la jeune femme fut de refermer la porte et de s'éclipser discrètement. Toutefois, ses jambes refusèrent de lui obéir pour la bonne raison que, tout au fond d'elle-même, elle n'avait qu'une envie : s'approcher du lit, pour mieux voir.

Après tout, quel mal y aurait-il à cela ? À en juger par le bruit de sa respiration, Jack dormait profondément. Personne ne saurait ce qu'elle avait fait, et elle ne risquait pas de le raconter à qui que ce soit.

Allez, Lori. Vas-y. Fais-le.

Elle lâcha le battant, qui se referma doucement derrière elle, mais resta quelques minutes encore immobile, à se demander s'il était bien sage de s'approcher d'un lion qui dort.

Comme d'habitude, sa hardiesse – ou son inconscience – l'emporta. Le cœur battant la chamade, elle traversa la cabine sur la pointe des pieds, jusqu'à se retrouver à la tête du lit.

Jack était vraiment le plus bel homme qu'elle ait jamais vu et elle brûlait d'envie de le toucher. Seule la crainte de le réveiller et d'être surprise en flagrant délit d'indiscrétion la retint de céder à son désir.

L'une de ses longues jambes dépassait du lit, le pied pendant dans le vide. Lori se demanda comment il pouvait dormir aussi paisiblement dans une position si précaire. Mais elle était surtout fascinée par le fin duvet blond qui recouvrait ses cuisses. Puis son regard remonta plus haut : le ventre musclé et plat, les biceps bien dessinés...

Les draps ne lui cachaient qu'une seule chose : l'objet de toute sa curiosité.

Était-ce aussi petit et flasque que ce qu'elle avait vu sur Justin ?

Probablement pas. Rien n'était jamais petit, concernant Jack Rhys.

Finalement, ne pouvant résister davantage à sa curiosité, Lori tendit la main vers le drap.

C'est alors que, sans prévenir, Jack bougea dans son sommeil.

Paniquée à l'idée qu'il se réveille et la surprenne en train de l'observer, elle fit un bond en arrière.

Par bonheur il n'ouvrit pas les yeux et Lori, soulagée, put constater qu'il dormait toujours profondément.

La leçon avait cependant porté. Ne voulant pas davantage tenter le sort, elle s'éclipsa discrètement.

Ce n'est qu'une fois de retour dans sa cabine, la porte soigneusement verrouillée derrière elle, qu'elle s'autorisa à souffler.

L'expérience la laissait toute frissonnante. Elle n'avait encore jamais rien vu d'aussi beau que Jack Rhys endormi. Il incarnait vraiment la perfection masculine.

Pour ce matin, c'en était donc fini de la séance de pose. Il faudrait attendre que Jack se réveille... et se rhabille. Mais après ce qu'elle avait vu, Lori se demandait si elle oserait encore porter le regard sur lui sans devenir cramoisie.

Le souvenir de son corps athlétique la...

Nom d'une pipe ! Ce dont elle avait surtout besoin, c'était d'aller respirer l'air du large. Saisissant un carnet de croquis et quelques crayons, Lori décida de monter sur le pont, dessiner un peu. Cela lui permettrait de se changer les idées et de chasser le capitaine de son esprit.

Elle pourrait dessiner Billy, par exemple. Ou Mavis et Alice, pendant qu'elles travaillaient au raccommodage.

N'importe quoi qui la distrairait de ces visions indignes d'une jeune lady convenable.

Jack se réveilla avec la désagréable sensation qu'un pivert lui martelait l'intérieur du crâne.

Il ouvrit péniblement les yeux, se protégea avec sa main du soleil qui entrait déjà à flots dans sa cabine, et se maudit d'avoir trop bu la veille.

Tout ce qu'il y avait gagné, c'était une folle envie d'étrangler Lori pour le nouveau supplice qu'elle lui faisait endurer.

Non, mon vieux. C'est toi, l'unique responsable de ta gueule de bois, se corrigea-t-il.

Il avait cherché, en se saoulant, à tuer ce désir qui lui incendiait les veines. Là au moins, il avait réussi. Comment avoir encore la force de penser au sexe, quand votre crâne menaçait d'exploser et que votre gorge était à peu près aussi sèche que le Sahara en plein mois d'août ?

Il se leva en grimaçant.

Bon sang, pourquoi se laissait-il obséder par cette femme ? C'était sa propre stupidité, et elle seule, qui l'avait conduit à s'enivrer cette nuit.

— Séduis-la, Jack, se murmura-t-il tandis qu'il s'aspergeait le visage d'eau froide.

Oui, c'était la seule solution. Il la séduirait. Et cette fois, il irait jusqu'au bout.

Quelques heures plus tard, Lori, excédée, fusilla sa main du regard, comme si elle lui reprochait de la trahir.

Pourquoi n'arrivait-elle pas à restituer la silhouette de Jack étendu sur son lit ?

Elle ferma les yeux et tenta à nouveau de se concentrer. Elle revoyait le pirate aussi nettement que si elle se trouvait toujours dans sa cabine, mais chaque fois qu'elle essayait de dessiner ses formes parfaites, elle n'aboutissait à rien.

Tu as tort de t'entêter à prendre cet homme pour modèle, lui chuchotait sa raison.

Sa raison lui rappelait cependant aussi que les artistes s'étaient toujours inspirés des plus beaux modèles, et que si elle voulait vraiment commencer à peindre des gens, plutôt que des natures mortes, Jack Rhys s'imposait de toute évidence. Michel-Ange avait bien sculpté David, et Botticelli peint Vénus. Aucun corps humain ne pouvait se soustraire à la main d'un authentique artiste.

Le problème était donc ailleurs : Jack Rhys l'obsédait trop.

Forte de cette conviction, Lori décida de regarder ailleurs. Henri et Billy étaient grimpés dans la mâture pour renforcer les voiles, afin de donner plus de vitesse au navire. Kesi, Mavis et Alice faisaient la lessive et quelques marins lavaient le pont.

— Vous faites quoi ? demanda soudain une voix dans le dos de la jeune femme.

Lori se retourna et vit Kit venir à sa rencontre. Elle s'empressa de dissimuler son dessin de Jack sous le portrait d'Alice. Mieux valait que le garçonnet ne voie pas son vrai travail.

— Oh ! je dessine juste un peu !

— Ah... fit-il, l'air déconfit.

— Et toi, Kit ?

Il haussa les épaules.

— Je voulais aider pour les voiles, expliqua-t-il en désignant Billy. Mais Billy refuse que je grimpe aux mâts. Ensuite, j'ai essayé de donner un coup de main pour les cordages, mais Bart prétend que je vais les embêter plutôt qu'autre chose. Après, je suis descendu aux cuisines, pour causer avec Peter. Sauf qu'il n'avait pas le temps. Et vous aussi, vous êtes occupée, à ce que je vois.

Lori se rappelait toutes les heures passées à s'ennuyer lorsqu'elle était petite, quand aucune grande personne ne voulait d'elle. C'était bien la seule chose qu'elle avait détestée dans l'enfance : devoir attendre le bon vouloir des adultes, trop préoccupés par leurs affaires pour s'intéresser à elle.

— Non, ça va, j'ai du temps, répondit-elle.

Avisant le couteau et le morceau de bois à moitié sculpté qu'il tenait à la main, elle ajouta :

— Tu fabriques un soldat ?

— Vous avez deviné ? s'exclama l'enfant soudain radieux.

Il courut chercher une boîte et la déposa aux pieds de Lori avant d'en tirer une ribambelle de petits soldats de bois, qu'il aligna en deux groupes.

— Ça, c'est les Anglais, dit-il en montrant l'un des deux groupes.

— Les méchants ? ironisa Lori.

— Évidemment ! Et ça, c'est les pirates. Celui-là, je l'ai fait pour ressembler à Henri.

Lori examina de plus près la figurine. Elle ne mesurait pas plus de dix centimètres de haut ; cependant la ressemblance avec Henri était en effet frappante.

Elle s'intéressa ensuite aux autres personnages.

— Celui-ci, je parie que c'est ton père ?

— Oui ! acquiesça Kit, aux anges.

Lori était impressionnée par la qualité du travail.

— Tu sais, reprit-elle, on pourrait se servir de mes tubes pour les peindre.

— C'est vrai ? Henri n'a jamais voulu. Il dit que ce serait gâcher la peinture.

— Disons que je ne partage pas son avis. Amusons-nous un peu, d'accord ?

Jack étouffa un juron en débouchant sur le pont supérieur. Le plein soleil ravivait sa migraine.

— Ça va, capitaine ? lui demanda Kesi qui faisait la lessive.

— Je suis mort, répliqua-t-il d'une voix enrouée. En tout cas, j'aimerais mieux l'être.

Kesi s'essuya les mains à son tablier et vint vers lui, un sourire amusé aux lèvres.

— Je vais vous chercher quelque chose pour apaiser votre mal de crâne.

— Un bourreau et sa hache feront parfaitement l'affaire.

Elle ignora son humour et partit vers les cuisines. Pendant ce temps, Jack déambula sur le pont en attendant que Tarik vienne lui faire son rapport.

Au bout de quelques pas, il aperçut Lori, agenouillée et qui lui tournait le dos.

Sa robe jaune moulait à merveille ses hanches, offrant un spectacle si appétissant que Jack sentit aussitôt son désir se réveiller.

Jugeant qu'il n'avait vraiment pas besoin de cela maintenant, il voulut se détourner. Le rire de la jeune femme l'arrêta dans son mouvement.

— Si tu fais ça, tu vas en tuer un ! disait-elle.

Jack fronça les sourcils. De quoi diable pouvait-elle bien parler ?

— Non, je vais mettre qu'un petit peu de poudre dans la serrure, répliqua Kit. Juste de quoi l'ouvrir.

— Mais tu risques que ton soldat perde la jambe dans l'explosion.

— Mais non. Le capitaine a fait pareil pour s'échapper quand Waymard Haynes l'a capturé en Jamaïque, et il a toujours ses deux bras.

Kit avait dit cela sur un ton de fierté qui fit sourire Jack. Lori avait raison : il adorait ce garçon.

Comment aurait-il pu en être autrement, du reste ? Kit était tout ce qu'il aurait voulu être dans l'enfance – innocent, gentil et, par-dessus tout, affectueux. Le destin avait interdit tout cela à Jack, mais il serait prêt à se battre jusqu'à la mort pour empêcher que quoi que ce soit ne ravisse la joie de vivre du gamin.

— Je crois plutôt que ton père t'a raconté des histoires pour t'impressionner, Kit, objecta Lori, qui peignait un petit soldat de bois.

Blessé dans son amour-propre, Kit la fusilla du regard.

— Non, c'est vrai ! Tarik était là, vous pouvez lui demander.

— Ne te fâche pas, répliqua Lori du ton indulgent qu'emploierait une mère – précisément le ton que la mère de Jack n'avait jamais employé avec lui. Je sais bien que ton père est courageux.

— Et terriblement bel homme, ajouta Jack.

Lori se retourna en sursaut.

— Terriblement présomptueux, ça c'est sûr.

— Je lui racontais comment tu t'es échappé des griffes de Waymard Haynes, expliqua Kit. Elle ne veut pas croire que tu as fait sauter les chaînes de tes poignets.

Se précipitant vers son père, il le tira par la manche de sa chemise.

— Fais-lui voir ta cicatrice, ajouta-t-il.

Jack retroussa docilement sa manche, révélant une marque de brûlure à son poignet gauche.

Lori resta d'abord médusée puis tendit la main vers la cicatrice.

Jack se raidit, s'attendant à ce que son toucher lui envoie une fois de plus des étincelles dans tout le corps.

Mais, comme si elle avait deviné sa réaction, Lori suspendit son geste. Elle approcha ses doigts de la cicatrice, sans toutefois les poser dessus.

Continue... murmura mentalement Jack, avide de sentir la peau de la jeune femme contre la sienne.

— Ça a dû vous faire mal, dit-elle en laissant retomber sa main.

Jack soupira de déception.

— J'ai connu des expériences certes plus agréables, avoua-t-il.

Comme danser avec vous, par exemple, ajouta-t-il pour lui-même.

Ou embrasser vos lèvres.

Votre nuque.

Vos...

— Et vous n'avez pas eu peur ? voulut-elle savoir, empêchant du même coup ses pensées de vagabonder plus loin.

Jack redescendit sa manche et la reboutonna.
— Il n'y a pas grand-chose qui puisse me faire peur.
— Je vous l'avais dit, que le capitaine était parfait, intervint Kit avec un air de supériorité.
— Et vous vous demandez pourquoi j'ai la grosse tête ! s'esclaffa Jack.
Serrant Kit contre lui, il ajouta :
— Avec ce chenapan qui passe son temps à vanter mes mérites, c'est difficile de rester humble.
Lori allait répliquer quand Billy appela Kit. Trop heureux de se joindre aux marins qui déployaient la voilure, l'enfant s'éclipsa aussitôt.
Lori en profita pour se relever.
— Alors ? l'interpella Jack. Comme ça, on raconte que je suis courageux ?
Elle fronça les sourcils.
— Vous avez entendu ça ?
— Hum.
La jeune femme croisa un instant son regard, puis détourna les yeux.
— C'était pour Kit. Je ne pouvais décemment pas lui dire ce que je pense vraiment de vous.
Jack adorait la taquiner. Surtout lorsqu'elle lui répondait du tac au tac. Jamais encore il n'avait rencontré de femme à la repartie aussi vive.
— Et que pensez-vous vraiment de moi ?
— Que vous êtes arrogant.
Il sourit.
— C'est possible.
Lori parut réfléchir, avant d'ajouter :
— Obstiné.
— Je vous l'accorde.
— Exaspérant.
Il sourit.
— Du moins, je m'y efforce.
Elle reporta son regard sur lui.
— Pourquoi acquiescez-vous à chaque fois ?
Il haussa les épaules.

— Vous dites la vérité. Or, je ne discute jamais la vérité.

Lorsque Jack posa ses deux mains sur le bastingage, emprisonnant la jeune femme entre ses bras, une odeur de savon à la rose chatouilla délicieusement ses narines.

— Et moi, voulez-vous savoir ce que je pense vraiment de vous ?

— Non, merci, ça ne m'intéresse pas.

Ses cheveux flottaient au vent. Jack se pencha un peu plus vers elle, pour profiter davantage de son parfum.

— Je vous trouve délectable.

Elle détourna à nouveau le regard.

— Pardon ?

— Ravissante. Magnifique, ajouta-t-il, chuchotant chaque mot à son oreille en même temps qu'il lui caressait la nuque.

Lori frissonna à cette caresse. Jack mourait d'envie de l'embrasser.

Si seulement ils n'étaient pas exposés à la vue de tout l'équipage...

Et de Kit, par-dessus le marché.

Jack préféra reculer – mais à contrecœur.

— Billy ! hurla soudain Kit.

Jack se retourna aussitôt. Billy pendait par un pied dans les cordages. Kit, lui, s'agrippait de toutes ses forces à la mâture.

Alice se rua comme une folle au pied du grand mât.

— À l'aide ! criait-elle. À l'aide ! Il faut les secourir !

Jack se précipita immédiatement à la rescousse de Billy et de son fils.

Bouche bée, Lori ne quittait pas l'endroit de l'accident des yeux. Apparemment, Billy avait glissé sur une vergue et sa cheville s'était miraculeusement prise dans un cordage. Sans cela, il se serait écrasé sur le pont.

Mais maintenant, il se balançait dans le vide, à quinze mètres au-dessus d'eux.

Un des marins voulut se lancer à l'assaut du mât, mais un autre le retint par le bras.

— C'est sans espoir, lui dit-il. La corde aura lâché avant que tu n'arrives à sa hauteur.

Alice, pendant ce temps, continuait d'implorer qu'on sauve son mari.

Jack prit le temps d'étudier la scène, avant de se saisir d'une corde qui traînait sur le pont et de l'assujettir à sa taille. Puis il grimpa au mât jusqu'à hauteur de la bôme et rampa ensuite sur celle-ci afin d'approcher Billy.

La gorge nouée par l'émotion, Lori contemplait ce spectacle. Un peu au-dessus de Billy, Kit était toujours cramponné au mât. Il ne criait pas, mais son visage exprimait toute sa terreur.

Mon Dieu, pria-t-elle, *ne leur ôtez pas la vie maintenant !*

Rampant sur la bôme, Jack semblait dans une situation tout aussi précaire. Cependant, il gardait un calme étonnant.

— Billy, appela-t-il, une fois parvenu à hauteur du marin, essaye d'attraper ça.

Il balança dans sa direction l'extrémité de la corde qui n'était pas attachée à sa ceinture.

— Je n'y arrive pas ! cria Billy, au désespoir.

— Mais si, tu vas y arriver, affirma Jack.

Lori était sidérée de le voir rester aussi serein, alors que son fils et l'un de ses hommes risquaient de mourir sous ses yeux. Sans parler du fait que lui-même pouvait tomber aussi.

— Si tu n'attrapes pas cette corde, ajouta-t-il, Alice refera sa vie avec Davy.

— Je les tuerai tous les deux avant ! répliqua Billy, ulcéré par cette idée.

L'instant d'après, il parvenait à se saisir de la corde.

Une fois accroché des deux mains à la corde, Billy réussit à libérer son pied. Jack commença alors à le descendre doucement vers le pont. Mais à peine avait-il fait faire la moitié du chemin à Billy, qu'emporté par le poids de son fardeau il glissa sur la bôme, menaçant à son tour de basculer dans le vide.

— Papa ! hurla Kit en même temps que Lori criait : « Jack ! ».

Jack tenait bon mais le temps, sur le navire, semblait s'être arrêté. Tout l'équipage avait les yeux rivés sur son capitaine, qui tentait de retrouver son équilibre, tandis que Billy continuait à se balancer dangereusement dans le vide.

Pourquoi personne ne montait les aider ? se demanda Lori, horrifiée.

C'est alors que Kit, dominant sa frayeur, voulut se rapprocher de son père.

— Reste où tu es ! lui ordonna celui-ci.

Lori murmura une prière pour eux.

Finalement, Jack parvint à se rétablir sur la bôme. Il reprit alors sa manœuvre et Billy continua sa lente descente vers le pont, qu'il finit par atteindre sain et sauf. Alice, sanglotante, se précipita pour serrer son mari dans ses bras.

Encore médusée par ce qu'elle avait vu, Lori regarda Jack se défaire de la corde, qu'il laissa tomber sur le pont, puis rebrousser chemin sur la bôme, pour aller récupérer Kit, toujours agrippé au mât. Après quoi ils redescendirent ensemble jusqu'au pont.

À peine Jack eut-il touché le plancher qu'il se tourna, furieux, vers Billy :

— Qu'est-ce qui s'est passé ?

— Ce n'est pas ma faute, capitaine. Une vergue s'est brisée sous mon poids.

Un matelot apporta à Jack la pièce incriminée, qu'il avait ramassée sur le pont.

— Ce doit être la dernière tempête qui l'aura endommagée, capitaine, dit-il.

Jack prit la pièce et l'étudia avant de reporter son attention sur ses hommes.

— Combien de fois vous ai-je répété de vérifier plutôt deux fois qu'une les éléments de la voilure ?

Les pirates, qui n'en menaient pas large, n'osèrent pas répliquer.

Jack jeta sur le pont le morceau de vergue brisée.

— Nettoyez-moi tout ça, ordonna-t-il.

Se tournant vers Billy, il ajouta :

— Et toi, occupe-toi de calmer ta femme, sinon elle va perdre son bébé.

Il confia ensuite Kit à Kesi :

— Quant à toi, fiston, je t'interdis dorénavant de grimper dans la mâture jusqu'à nouvel ordre. Tu attendras d'être devenu grand avant de recommencer.

— C'est pas moi qui ai glissé, capitaine ! protesta Kit.

— Non, mais ça aurait très bien pu t'arriver, répliqua Jack, intraitable. Et pour Kesi, il précisa : Conduis-le en bas, qu'il ne nous crée plus d'ennuis.

— Mais c'est pas ma faute ! insista le garçon.

Jack le fusilla du regard.

— Tu m'obéis et tu ne discutes pas !

Kit se mordit la lèvre pour ne pas répliquer et laissa Kesi l'entraîner vers la première échelle venue.

Lori fit les trois pas qui la séparaient de Jack.

— J'ai cru que vous alliez mourir.

Jack haussa les sourcils.

— Vous voulez dire que vous avez espéré me voir mourir ?

— Non, corrigea-t-elle. En dépit de ce que vous pensez, je ne souhaite pas votre mort, capitaine Rhys. Je suis même très contente que vous n'ayez pas été blessé.

Là-dessus, plantant Jack au milieu du pont, elle tourna les talons.

Les paroles de Lori résonnaient étrangement à ses oreilles. Il en vint à se poser une question incroyable : que deviendrait sa vie si une femme telle que Lori tenait à lui ? Si elle était capable de crier pour son salut comme Alice avait crié pour Billy ?

Malgré ses dénégations devant Lori, Jack savait pertinemment que l'amour existait – du moins pour les autres car, en ce qui le concernait, il n'y avait jamais goûté.

L'amour, c'était quand quelqu'un vous aimait plus que lui-même. Quand votre vie devenait plus importante à ses yeux que la sienne.

Or, personne ne lui avait encore jamais fait ce cadeau.

Et personne ne le lui ferait jamais.

Lori se moquait bien de savoir si tu risquais de mourir ou pas, lui rappela sa raison.

Pourquoi se serait-elle souciée de son sort ?

Thadeus, par contre, se serait inquiété pour lui. Et il y avait Kit, bien sûr.

Tu ne vaux rien, mon garçon, lui répétait souvent sa mère, lorsque l'alcool la rendait cynique et amère. *Rien de rien. J'aurais mieux fait de me tuer le jour où j'ai découvert que je te portais dans mon ventre. Mais j'ai été assez stupide pour croire que je pourrais t'aimer. Quelle idiote ! Sans toi, j'aurais connu une existence autrement plus convenable. Tu as tout ruiné, et tu ruineras toujours tout ce que tu toucheras. C'est la faute au sang de ton père qui coule dans tes veines.*

Jack ferma les yeux. Sa mère avait si bien fait, qu'il était persuadé de porter cette malédiction en lui.

Quelqu'un lui toucha le bras. Il se tourna et découvrit Sarah qui lui tendait une tasse de thé chaud. Il s'en empara.

— Merci, Sarah.

Par gestes, elle lui demanda s'il allait bien.

— Je vais toujours bien, Sarah.

Elle secoua la tête pour signifier sa désapprobation.

Jack n'avait pas le cœur à rire.

— Ne t'inquiète pas pour moi. Il n'y a aucune épreuve que je ne puisse surmonter.

La jeune femme lui demanda s'il faisait allusion à Lori.

— Non. Je pensais au passé. Mais j'avais tort, du reste : c'est perdre son temps que de se pencher toujours sur son passé.

Elle hocha la tête.

— Sarah ! appela Mavis. Tu peux venir m'aider une seconde ?

Sarah s'excusa auprès de Jack et courut la rejoindre. Jack en profita pour s'exiler dans un coin désert du navire et tenter de savourer un peu de tranquillité, en s'efforçant de ne penser ni à son passé ni à une certaine jeune femme qui lui faisait désirer des choses auxquelles il n'aurait jamais droit.

Lori but son thé de l'après-midi dans les cuisines, en compagnie de Kesi, Mavis, Alice et Sarah. Jack s'était retiré depuis un moment dans sa cabine et personne ne l'avait vu en ressortir.

— Quand même, dit Mavis, je suis bien soulagée que Billy s'en soit sorti indemne.

— Mais toi, Alice, ajouta Kesi d'un ton réprobateur, tu aurais dû nous prévenir que tu étais enceinte.

Alice devint toute rouge.

— Je voulais justement l'annoncer à tout le monde aujourd'hui. Je ne l'ai dit à Billy qu'hier. Il aura dû le répéter à Jack cette nuit, pendant leur beuverie.

— Il va falloir fêter ça, décréta Kesi.

Sarah se tourna vers Lori et agita ses mains.

— Je suis navrée, Sarah, mais tu bouges tes mains trop vite. Je n'arrive pas à suivre.

— Elle dit qu'ellc s'inquièle pour Jack, traduisit Mavis.

Lori fronça les sourcils.

— Pour Jack ?

Sarah continua ses gestes.

— Elle dit qu'il a changé, depuis quelque temps, traduisit Kesi. Il n'est plus tout à fait lui-même.

Étonnée, Lori interrogea Kesi du regard. Celle-ci haussa les épaules.

— C'est vrai. Il ne passe pratiquement plus jamais de temps avec nous – excepté avec Kit.

— C'est peut-être qu'il a envie d'intimité, suggéra Lori.

Alice but une gorgée de thé, avant de risquer :

— Moi je pense surtout qu'il se sent seul et qu'il ne sait pas comment nouer le contact avec les autres.

Lori trouva la déduction comique.

— Honnêtement, je ne crois pas que ce soit ça son problème. J'ai plutôt le sentiment qu'il est très doué pour s'adapter aux autres.

— Non, corrigea Kesi. Il sait s'adapter aux situations. Mais pour ce qui est des gens...

— Il ne sait pas montrer ses sentiments, termina Alice à sa place. Oh ! bien sûr, il ne rechigne pas à boire avec ses hommes ! Et il peut leur témoigner de l'affection. Mais quand il s'agit de parler de lui-même, ou de ce qu'il aime dans la vie, il devient aussi silencieux qu'une tombe.

Lori acquiesça. Elle était d'accord là-dessus.

— Mais avec vous, reprit Alice, c'est différent. On dirait qu'il vous cherche pour vous parler.

— Sauf que c'est pour me tourmenter, figurez-vous.

Mavis se pencha vers elle.

— Est-ce que sa présence vous tourmente ?

En voyant Lori rougir, Alice éclata de rire.

— C'est bien ce que nous pensions !

— Je suis fiancée, les informa Lori.

— Vous êtes peut-être fiancée, mais ça n'empêche pas que vous aimez beaucoup Jack, trancha Mavis.

— Je dois reconnaître qu'il lui arrive parfois d'être gentil, confessa Lori. Mais ce n'est pas souvent.

Cependant, malgré ses dénégations, elle était bien obligée d'admettre qu'elle se sentait attirée par le pirate. Terriblement, même, et qu'elle appréciait de plus en plus sa compagnie.

— De toute façon, reprit-elle, c'est uniquement parce qu'il cherche à me séduire.

Mavis éclata de rire à son tour.

— Nous avons bien vu. Mais c'est un homme, après tout.

— Oh oui ! renchérit Kesi, hilare elle aussi.

Alice croisa le regard de Lori.

— Mais toute la question est de savoir si vous, vous avez envie de vous laisser séduire ?

11

Lori reposa sa tasse dans sa soucoupe.

— Je réponds non, dit-elle avec emphase.

— Pffft ! fit Alice. Je suis sûre que c'est un mensonge. Il n'y en a pas une de nous, ici, qui n'ait rêvé au moins une fois de cet homme.

Toutes rougirent.

— Eh bien ? insista Alice. J'ai raison ou non ?

— Il est beau comme un diable, reconnut Mavis.

— Et charmant comme le péché, ajouta Alice avant de reporter son attention sur Lori : Maintenant, avouez-le, vous avez des vues sur lui.

Lori était cramoisie.

— Cette conversation devient indécente.

Alice la toisa d'un regard amusé.

— Admettons. Mais n'avez-vous jamais songé à demander à une femme ce qui se passe quand on est avec un homme ?

Les joues de Lori la brûlaient.

— Je connais les détails, merci, répliqua-t-elle.

— Vraiment ? demanda Mavis.

Lori hocha la tête.

— Alors, vous avez déjà été avec un homme ? interrogea Kesi sans prendre de gants.

— Non ! se récria Lori. C'est ma grand-mère qui m'a raconté que... enfin, vous savez de quoi je veux parler.

— Votre grand-mère ! ironisa Alice. Ça m'étonnerait qu'elle vous ait dit...

— Alice ! la coupa Mavis, une note de réprobation dans la voix. Nous avons déjà assez importuné Lori comme cela.

Alice reprit sa tasse.

— Bon, d'accord, fit-elle.

Se tournant vers Lori, elle ajouta :

— Mais permettez-moi de vous dire que si j'avais eu la chance de voir Jack Rhys tout nu avant de rencontrer Billy, je ne l'aurais pas laissée passer.

Cette fois, Lori se sentit rougir jusqu'à la racine des cheveux. Les paroles d'Alice lui rappelaient le spectacle qui s'était offert à elle ce matin – Jack nu dans son lit – et qu'elle semblait incapable de bannir de sa mémoire.

— Si vous voulez bien m'excuser, je vais me retirer dans ma cabine, dit-elle en se levant de table.

Elle voulait fuir ses compagnes, fuir les images indécentes qui la hantaient. Non seulement elle n'arrivait pas à avoir honte de ses pensées mais elle prenait du plaisir à se remémorer Jack nu dans ses draps !

La jeune femme claqua la porte de sa cabine derrière elle et se jeta sur son lit.

— Ça suffit, maintenant, Lori ! se morigéna-t-elle. Pense un peu à Justin !

Elle s'obligea à se représenter mentalement son fiancé dans son uniforme d'officier. Il avait belle allure, ça c'était sûr. Grand, fier et... Le problème, c'est qu'il ne dégageait pas le même magnétisme que Jack. En sa présence, Lori n'avait jamais vibré comme elle vibrait devant le pirate. Jack était le premier à la faire se sentir complètement femme.

Et la vérité, c'est qu'elle le désirait plus qu'elle ne désirait Justin...

— Non ! non ! non ! essaya-t-elle de se défendre.

Ce n'était pas possible. Justin arriverait bientôt pour la délivrer, alors Jack sortirait de son existence et tout redeviendrait comme avant.

Malheureusement, ses sens n'obéissaient pas à la même logique.

Elle attrapa son carnet à dessins et feuilleta les pages où elle avait fait des esquisses du pirate. Finalement, elle n'était pas si mécontente de son travail. Le dos et la nuque étaient bien rendus. Les cheveux aussi. Et même les cuisses.

Par contre, elle avait plus de mal avec ses fesses.

Elle ferma les yeux et tenta de se les représenter, mais sans succès.

Il n'y avait donc qu'une solution : il fallait qu'elle revoie ses fesses.

Lori, bon sang, à quoi penses-tu !

— Mais je suis une artiste, se murmura-t-elle, pour sa défense. J'ai besoin de voir ce que je peins.

La difficulté venait du fait qu'elle n'avait pas vraiment vu les fesses de Jack, puisqu'elles étaient dissimulées par les replis du drap.

Tout à coup, elle entendit le pirate sortir de sa cabine.

Mue par une impulsion, elle alla à sa porte et l'ouvrit discrètement. Jack venait juste de passer à sa hauteur. En passant la tête par l'entrebâillement, elle pourrait jeter un coup d'œil à...

Il s'arrêta brusquement et se retourna.

Elle était découverte !

Mortifiée au-delà du possible, Lori ouvrit la porte en grand et tenta de trouver une excuse à son comportement.

— Elle grince, dit-elle en secouant le battant d'avant en arrière.

Malheureusement, celui-ci n'émit pas le moindre bruit.

Jack haussa les sourcils.

— La porte grince ?

— Hum, fit Lori, feignant de s'abîmer dans la contemplation des gonds pour cacher son embarras.

Un sourire aux lèvres, Jack rebroussa chemin.

— Pourquoi êtes-vous rouge ? demanda-t-il de l'air le plus innocent du monde.

Lori déglutit péniblement.

— C'est, euh...

Trouve quelque chose, bon sang !

— ... parce qu'il faisait chaud dans les cuisines.

— Ah oui ?

— Très chaud, même.

Jack croisa les mains dans son dos et s'intéressa aux gonds.

— Voulez-vous que je vous apporte du lubrifiant ?

— Euh... non, merci, je me débrouillerai toute seule.

— Très bien. Dans ce cas je vous laisse... à votre bricolage.

Et il tourna les talons.

Lori en profita pour jeter un coup d'œil à ses fesses. Absorbée dans sa contemplation, elle ne s'aperçut même pas que Jack la regardait par-dessus son épaule.

— Ce que vous voyez vous plaît ? demanda-t-il.

Elle sursauta.

— Vous avez une tache sur votre pantalon.

Il baissa les yeux.

— Où ça ? Je ne la vois pas.

— Ah... euh, je me suis peut-être laissé abuser par la lumière.

— Oui, ça doit être ça, répliqua-t-il, une pointe de moquerie dans la voix.

Écarlate comme si elle se tenait devant un brasier infernal, Lori rassembla ce qui lui restait de dignité pour lâcher :

— À plus tard, capitaine.

— À plus tard, mademoiselle Duprée.

Là-dessus, elle rentra dans sa cabine avec le plus de nonchalance possible.

Une fois la porte refermée, elle se jeta sur son lit, mortifiée.

— Mon Dieu ! Il m'a surprise à regarder ses fesses ! marmonna-t-elle.

Elle aurait voulu que le plancher s'ouvre sous elle et l'engloutisse à tout jamais.

Jack traversa le pont, un sourire aux lèvres. Ainsi donc, malgré ses dénégations, Lori s'intéressait à lui.

La question était de savoir, maintenant, comment utiliser cette nouvelle carte dans son jeu.

Elle n'avait pas terminé son portrait : il pouvait donc se servir de ce prétexte pour l'attirer dans sa cabine.

Cependant, cette solution ne le satisfaisait pas complètement. Il aurait préféré trouver quelque chose de plus subtil.

Enfin, plus subtil, c'était vite dit ! S'il s'écoutait, Jack emporterait sur-le-champ Lori dans son lit, pour éteindre l'incendie qui coulait dans ses veines. S'il ne la possédait pas, et vite, son désir finirait par le rendre fou.

Calme-toi, Jack, se dit-il. *En matière de séduction, tu as toujours été un maître. Alors, que proposes-tu cette fois ?*

Un dîner aux chandelles. Voilà la solution ! Il paierait Klein et les autres pour qu'ils leur jouent un peu de musique sur le pont pendant qu'il laisserait ses fenêtres ouvertes. Après dîner, ils danseraient, puisqu'elle aimait danser. Et ensuite... ensuite, il lui montrerait certains pas de danse dont elle ignorait encore l'existence.

Oui, ce soir, elle serait à lui.

— Kit ! appela-t-il en apercevant son fils un peu plus loin. J'ai une mission à te confier.

Kit accourut à sa rencontre.

— Une mission, capitaine ?

— Oui. Je voudrais que tu ailles porter un message.

Lori referma sa porte derrière Kit. Ainsi, Jack l'invitait à dîner ce soir. Voilà longtemps qu'il ne l'avait pas conviée à sa table et elle ne se rappelait que trop bien la dernière fois où ils avaient partagé un repas.

Ce stupide pari ! Qu'il devienne fou amoureux d'elle pour qu'elle consente à se rendre à lui ! Mais quelle mouche l'avait donc piquée, ce soir-là ?

Pour cette fois, elle avait un autre plan. Fini, les paris. Ce qu'elle voulait, c'était terminer son nu de Jack – et sans qu'il n'en sache rien. Heureusement, elle connaissait un moyen d'arriver à ses fins.

Elle quitta sa cabine pour rallier les cuisines. Par chance, les femmes s'y trouvaient toujours.

— Kesi ? appela Lori depuis la porte.

Toutes se tournèrent dans sa direction.

— Désolée de vous interrompre, s'excusa Lori, prête à débiter une nouvelle fable – elle n'était plus à un mensonge près, désormais... – mais j'aimerais essayer ce sirop soporifique dont vous m'avez parlé, Kesi.

— Vous avez besoin de dormir ? s'inquiéta cette dernière.

— Oui, je me sens fatiguée.

Kesi s'excusa auprès des autres et suivit Lori dans sa cabine. Celle-ci sortit la petite fiole de son coffre à vêtements et la brandit à la lumière. Le liquide avait une teinte rouge-brun.

— Combien dois-je en prendre ?

— Juste une cuillère à café. Si vous dépassez la dose, vous risquez d'être malade.

Lori tourna la bouteille dans ses doigts, pour tenter d'évaluer la fluidité de son contenu.

— Ça a mauvais goût ? demanda-t-elle, sachant que si le liquide était trop amer, Jack devinerait tout de suite son jeu.

— Non, c'est très doux, en fait. Si vous le mélangez à du vin, vous ne le sentirez même pas passer.

Dieu soit loué !

— Merci, Kesi. Je crois que j'en ferai bon usage cette nuit.

Lori se sentait un peu honteuse de mentir ainsi, mais si elle lui avouait la vérité, son amie regretterait de lui avoir donné la fiole.

Kesi quitta la cabine avec la mission de préparer un bain pour Lori. Cette dernière, pendant ce temps, mit au point sa petite décoction pour Jack.

Deux heures plus tard, Jack était fin prêt pour se lancer à la conquête de Lori. La table était dressée comme pour un dîner d'apparat – porcelaine de Chine, argenterie et verres en cristal. Les fenêtres grandes ouvertes laissaient filtrer les premières notes du concert improvisé par ses hommes et lui-même avait revêtu son plus bel habit de soirée.

Il ne manquait plus que Lori.

Satisfait de ses préparatifs, Jack coula un regard vers la porte qui séparait la salle à manger de sa cabine.

Il avait parfumé ses draps, en prévision de la reddition de la jeune femme, et allumé quelques chandelles en des points stratégiques de la pièce, pour qu'il puisse au mieux profiter du festin qui l'attendait tout à l'heure.

On frappa timidement à la porte.

C'était elle. Dans un instant, elle serait prise dans ses filets.

— Entrez.

Jack alla à sa rencontre pour l'accueillir. La jeune femme portait une ravissante robe couleur crème, qui rehaussait son teint. Ses cheveux formaient un halo de boucles auburn qui encadraient son délicat visage.

Il s'inclina longuement devant elle. Elle lui tendit sa main, pour qu'il la baise.

— Rose, toujours ? dit-il, savourant son parfum.

Elle lui sourit.

— Vous m'avez dit que c'était votre préféré.

Prends-la, bon sang ! Qu'est-ce que tu attends ?

Cependant, Jack s'obligea à la patience. Chaque chose en son temps, même s'il lui fallait faire appel à toute sa volonté pour ne pas précipiter l'issue de la soirée.

— Le dîner est déjà servi ? demanda-t-elle en découvrant les plats disposés sur la table. Serais-je en retard ?

Il secoua la tête.

— Vous êtes à l'heure. Mais comme je ne voulais pas que nous soyons dérangés, j'ai tout fait venir des cuisines.

— Ainsi, nous ne serons vraiment que tous les deux.

Ces paroles, inattendues, ne firent qu'aviver le désir de Jack.

— Attention, Lori. Vous jouez avec le feu. Ne me tendez pas une perche si vous ne voulez pas vraiment que je m'en saisisse.

À en juger par la lueur de ses prunelles, Jack sut qu'elle avait une autre flatterie sur le bout de la langue, mais elle la garda pour elle. Un court instant, il se surprit à vouloir être Justin : ainsi, elle se sentirait en confiance avec lui et n'aurait plus peur de dévoiler tous ses charmes.

Il lui approcha une chaise sur laquelle elle s'assit dans un agréable bruissement de soie.

— Vous êtes particulièrement en beauté, ce soir, dit-il au moment de s'installer face à elle.

Lori déplia sa serviette sur ses genoux.

— Merci. Je pourrais vous retourner le compliment, mais je crois que vous êtes suffisamment conscient sans cela de votre allure.

— Ah ?

— Vous êtes trop arrogant pour ne pas savoir que vous êtes bel homme.

Il s'esclaffa.

— Je me demandais combien de temps vous réussiriez à garder cette façade polie devant moi.

Lori fronça les sourcils.

— Je ne comprends pas pourquoi je me conduis ainsi avec vous, Jack. Ça n'a jamais été dans ma nature de tourmenter les gens. Mais quand je suis devant vous, je ne peux pas m'en empêcher.

Ses paroles éveillèrent un douloureux écho en Jack.

— Si cela peut vous rassurer, ma mère prétendait que je faisais toujours ressortir le mauvais côté des gens.

Elle parut stupéfaite.

— Pourquoi disait-elle une chose pareille ?

Jack porta son verre de vin à ses lèvres, l'air désabusé.

— Ce n'est pas vrai, peut-être ?

Il but une gorgée, avant d'ajouter :

— Quoi qu'il en soit, je ne souhaite plus parler de cela.

Lori appuya ses avant-bras sur la nappe.

— Vous détestez parler de vous-même. Pourquoi ?

— Je ne suis pas un sujet de conversation passionnant.

— Faux. Vous êtes la personne la plus fascinante qu'il m'ait été donné de rencontrer.

— Merci du compliment.

— Vous n'avez pas vraiment répondu à ma question, insista Lori.

Jack but une autre gorgée de vin, puis reposa son verre. Les choses ne se passaient pas tout à fait comme il l'avait prévu. Cependant, une chose était sûre : il n'irait pas se confier à la jeune femme – ni à qui que ce soit d'autre.

— Rappelez-moi votre question ?

— Pourquoi refusez-vous toujours de parler de vous-même ? répéta-t-elle avec la ténacité que mettrait un chien de chasse à poursuivre sa proie. J'ai passé des heures en votre compagnie et pourtant, je ne sais pratiquement rien de vous. Je ne connais même pas vos goûts en matière de lecture. Auriez-vous donc peur, en me disant des choses personnelles, de me donner une sorte de pouvoir sur vous ?

Devant une hypothèse aussi absurde, il éclata de rire.

Lori se raidit.

— C'est pourtant bien connu : la connaissance donne du pouvoir.

— Peut-être, mais ça n'a rien à voir dans mon cas.

— Alors, expliquez-moi.

Jack réfléchit quelques instants. Quel mal y aurait-il, après tout, à être sincère avec elle ?

— Bon, très bien. Si vous voulez tout savoir, je ne parle jamais de moi parce que personne ne se donne jamais la peine de vraiment m'écouter.

— Que voulez-vous dire ?

— Réfléchissez, Lori. Combien de fois par jour demandez-vous à des gens si « ça va » ? Leur réponse est toujours la même : « Bien, merci, et vous ? » Personne n'est disposé à écouter les problèmes des autres. C'est une des leçons que j'ai apprises très tôt, dans la vie.

— Cacher ses sentiments et avancer, coûte que coûte.

— Exactement.

— Mais supposez que quelqu'un s'intéresse vraiment à vous ?

— Je suis sûr que ce quelqu'un ne peut pas être vous.

— Qu'en savez-vous ? Si vous ne tendez pas le bras, personne ne vous saisira jamais la main.

Il ricana.

— Si je ne tends pas le bras, personne ne me mordra la main.

— Dans quel monde effrayant vivez-vous donc ? répliqua Lori, visiblement horrifiée. En ce qui me concerne, je ne peux pas imaginer ne jamais dire aux autres ce que je ressens.

— Je vous l'accorde volontiers. Vous m'en avez assez administré la preuve.

Lori ne se formalisa pas de sa réponse.

— Je suis sûre qu'un jour j'arriverai à vous soutirer quelque chose de personnel.

Il esquissa un sourire.

— Le jour où je m'agenouillerai devant vous pour vous déclarer ma flamme ?

Au grand étonnement de Jack, elle éclata de rire.

— Vous aviez raison. Maintenant que je vous connais mieux, je ne peux pas vous imaginer faisant une chose pareille. Vous êtes bien trop fier et cynique pour cela.

Jack leva les yeux au plafond, comme s'il s'adressait au Ciel.

— Enfin, elle devient raisonnable, dit-il avant de reporter son regard sur Lori : Dois-je en conclure que j'ai gagné notre pari ?

Elle médita un instant sa question, avant de répondre :

— Non. La vérité, c'est que nous avons tous les deux perdu.

Sa réponse perturba étrangement Jack, sans qu'il eût pu dire pourquoi.

Ils dînèrent en silence. La soirée ne se passait pas du tout comme Jack l'avait espéré. Mais de toute façon, rien, avec Lori, ne se passait jamais comme prévu.

Lori regardait Jack manger et lui trouvait des manières impeccables.

Où avait-il appris à se tenir aussi bien à table ? En outre, il s'exprimait comme s'il avait fréquenté les meilleures écoles et s'habillait comme s'il avait grandi à la cour.

C'était décidément un homme hors du commun. D'une force incroyable. Pas seulement physiquement, mais aussi intérieurement. C'était à croire qu'il avait été forgé dans l'acier.

Pourtant, il savait comment donner de la tendresse, ce qui le rendait d'autant plus énigmatique. Alors qu'il vivait dans un monde de violence, il était parfaitement capable de témoigner de l'attention aux autres, et même de la compassion.

Ce mystère intriguait Lori. Elle aurait voulu mieux connaître Jack afin de mieux le comprendre.

Quand elle eut fini de manger, elle s'adossa à son siège, son verre de vin à la main. L'anneau d'or que Jack avait à l'oreille la fit sourire. Il tranchait avec son costume.

Il haussa les sourcils.

— Qu'y a-t-il de drôle ?

— Je regardais votre anneau. Je le vois à votre oreille depuis que nous sommes en mer, mais vous ne le portiez pas le soir du bal.

Il sourit à son tour.

— Ç'aurait été un indice trop voyant de mon identité.

Lori but une gorgée de vin.

— Exact, je n'y avais pas pensé. Pourquoi le portez-vous ?

— Une vieille légende maritime prétend qu'un pirate doit payer pour entrer au paradis, dit-il en haussant les épaules. Alors, nous portons tous de l'or sur nous, afin de nous acquitter de notre péage le moment venu.

— Votre anneau est tout petit : il ne doit pas avoir une grande valeur.

— J'ai entendu dire qu'il n'y aurait jamais assez d'or sur terre pour payer mon passage.

— Vous y croyez ?

— J'ai bien précisé que c'était une légende : je n'ai pas dit que j'y croyais.

Et voilà ! Une fois de plus, il se retranchait dans sa coquille, sans rien dévoiler de ses sentiments personnels. En avait-il seulement conscience ? Il devait agir ainsi depuis si longtemps que c'était devenu chez lui une seconde nature.

La musique s'arrêta quelques minutes, puis reprit.

— Voulez-vous danser ? demanda-t-il.

— Avec plaisir, répondit Lori avec sincérité.

Jack se leva de table, recula la chaise de la jeune femme et l'entraîna là où il y avait le plus d'espace, devant les fenêtres.

Quand il la serra dans ses bras puissants, Lori crut qu'elle allait défaillir.

Il était décidément beau à couper le souffle.

Et ce soir, il danserait rien qu'avec elle.

— Vous savez ce que j'aimerais ? lui demanda-t-elle.

— Que je vous ramène à votre père ?

— Oui, mais en dehors de ça ?

— Je ne sais pas.

Lori se mordit la lèvre. Aurait-elle l'audace de le lui dire ? Avant de perdre courage, elle se lança :

— J'aimerais, au moins pour une minute, que vous me laissiez vous pénétrer.

Il eut un sourire taquin.

— C'est drôle. Je pensais la même chose à votre sujet.

Lori sentit ses joues s'empourprer.

— Vous êtes obsédé, Jack.

— Non. Juste sous le charme.

Comme moi, pensa Lori.

C'était la pure vérité, du reste. Il lui fallait toute sa volonté pour ne pas capituler devant ce pirate qui avait plus de séduction que le diable en personne.

Embrassez-moi, Jack, plaidait chaque fibre de son être.

Mais s'il l'embrassait maintenant, Lori savait qu'elle serait à lui cette nuit.

Comme s'il avait deviné ses pensées, il baissa les yeux sur ses lèvres.

— J'aime danser avec vous. Vous sentir tout près de moi, murmura-t-il. Votre souffle, dans mon cou, me donne des frissons dans tout le corps.

Lori aurait dû être choquée par des paroles aussi directes. Or, c'était tout le contraire.

Prenez-moi, Jack...

Par chance, cette supplique ne franchit pas la barrière de sa gorge.

Il approcha ses lèvres. Lori entrouvrit les siennes...

Au même instant, quelqu'un frappa à la porte.

Jack étouffa un juron.

— Quoi encore ? hurla-t-il en direction de la porte. On ne me laissera donc jamais tranquille sur ce bateau ?

— Ca... capitaine... bredouilla Kit derrière le battant. Désolé, je repasserai plus tard.

Jack regretta aussitôt son éclat. Il s'écarta de Lori.

— Attends, Kit. Je croyais que c'était quelqu'un d'autre. Je viens t'ouvrir.

Lori s'empressa de se recomposer une attitude. Dieu soit loué, Kit était arrivé au bon moment ! Une minute de plus, et elle aurait sans doute...

Elle préférait ne pas penser à ce qui se serait passé.

Jack se tourna vers elle, depuis la porte :

— Je reviens dans une seconde, dit-il.

La jeune femme eut juste le temps de hocher la tête : la porte s'était déjà refermée sur lui. D'une main tremblante, elle tira de son corsage la petite fiole de Kesi. C'était le moment ou jamais d'en faire usage. Ne serait-ce que pour protéger sa vertu...

Elle versa quelques gouttes dans le verre de Jack, remua avec son doigt, puis replaça la fiole dans son corsage.

Après quoi elle attendit le retour du pirate devant les fenêtres en contemplant la mer. Le clair de lune scintillait à la surface des vagues. Tout semblait si tranquille...

La porte se rouvrit. Lori se retourna.

— Qu'est-ce qu'il avait ?

— Il a cru qu'une des têtes des sauvages s'était introduite dans sa chambre. En fait, c'était la tête d'un cheval de bois qu'il a cassé le mois dernier.

Lori éclata de rire.

Jack s'approcha, et son rire mourut dans sa gorge. Son cœur s'emballa à l'idée qu'il la reprenne dans ses bras. Que devrait-elle faire ?

— Si vous m'apportiez mon verre ? lui demanda-t-elle.

Il parut hésiter.

— Je voudrais porter un toast, ajouta-t-elle.

Il haussa les sourcils.

— Un toast ?

— Oui.

Jack alla chercher leurs verres et revint vers Lori. Elle prit le sien d'une main légèrement tremblante.

— Un toast à quoi ? voulut savoir Jack.

— Un toast à... à l'océan. Puisse-t-il demeurer toujours aussi magnifique !

Jack l'observait du coin de l'œil ; il la trouvait bizarre.

À peine eut-il goûté à son vin qu'il comprit pourquoi.

Cette petite peste voulait le droguer ! Il avait reconnu sans peine la saveur de la décoction dont se servait Kesi pour apaiser les douleurs des marins blessés. À force d'en avoir lui-même fait usage, Jack avait fini par devenir insensible à cette mixture.

Que pouvait bien espérer Lori en le rendant inconscient ?

Elle ne pouvait lui échapper, puisqu'elle ne pouvait pas quitter le bateau.

Henri ! songea soudain Jack. Et si elle allait se réfugier chez Henri ?

Il fronça un instant les sourcils, avant d'abandonner cette hypothèse. Henri n'était pas assez fou pour tenter de conquérir une femme que Jack traitait comme la sienne. Non, Lori avait une autre idée en tête. Mais laquelle ?

C'est ce qu'il n'allait pas tarder à savoir : il vida son verre d'un trait.

Le cœur battant la chamade, Lori le regarda boire tout son vin.

Combien de temps mettait la mixture à produire son effet ?

Après quelques instants, Jack porta une main à son front.

— Je me sens bizarre, dit-il.

Lori s'inquiéta. Aurait-elle forcé la dose ?

— Ça va ? demanda-t-elle anxieusement.

— Je... je crois que j'ai besoin de m'allonger.

Il tituba.

— Oh ! ma tête ! Vite, mon lit... mais je crois que je n'y arriverai pas tout seul.

Mon Dieu ! Pourvu que je ne lui aie pas fait de mal ! implora Lori.

— Je vais appeler Tarik, pour qu'il vous aide.

— Ooh... gémit Jack. Je ne sais pas si je pourrai tenir jusqu'à son arrivée.

Il tituba derechef.

Comprenant qu'il n'était plus temps d'attendre Tarik, Lori lui offrit son épaule.

— Appuyez-vous sur moi. Je vais vous conduire.

Jack passa le bras sur son épaule.

— C'est par là, dit-il en désignant la porte qui communiquait avec sa cabine.

La minute d'après, Lori l'avait aidé à s'installer sur son lit. À peine allongé, il sombra dans l'inconscience.

— Jack ? appela-t-elle en le secouant. Jack, vous m'entendez ?

Pour toute réponse, il émit un léger ronflement.

Rassurée, elle s'assit près de lui. Une odeur de bois de santal l'environnait. Intriguée, elle se pencha vers les draps et les renifla.

— Oh ! le scélérat ! s'exclama-t-elle à l'adresse de Jack. Vous comptiez me porter dans ce lit après dîner, hein ? Eh bien, regardez qui est le plus malin ?

Lori se releva pour mieux le contempler. Il semblait si vulnérable, ainsi endormi. Elle avait l'impression de pouvoir lui faire tout ce dont elle avait envie : il n'était pas en état de l'arrêter.

Ne pouvant résister à la tentation, elle tendit la main vers sa joue. Sa peau était si ferme, si... masculine.

— Je ne ferais jamais cela si vous étiez réveillé, chuchota-t-elle. Mais j'en avais envie depuis si longtemps !

Elle lui caressa les cheveux et s'émerveilla de leur texture soyeuse. Les boucles couleur miel étaient entrelacées d'autres, dorées ou brunes.

Lori savait qu'elle prendrait grand plaisir à terminer son dessin. Cette perspective la faisait même sourire jusqu'à ce qu'elle comprenne qu'elle ne pourrait pas reprendre ses crayons tant qu'il serait habillé...

— Oh non ! Comment faire ? murmura-t-elle.

Certes, elle pouvait le déshabiller elle-même. Après tout, il était inconscient : ni lui ni personne n'en saurait jamais rien. Cependant, elle ne se sentit pas le courage d'un tel geste.

— Je vais chercher Tarik, décréta-t-elle.

Rapidement, elle quitta la cabine, à la recherche du quartier-maître.

Quelques minutes plus tard, elle revenait avec lui.

— Il est ivre ? demanda-t-il, étonné.

— Il a beaucoup bu, pendant le dîner.

Tarik fronça les sourcils.

— Bu quoi ?

— Du vin.

Le quartier-maître paraissait décidément sceptique.

— Il n'y a pas assez de vin sur ce bateau pour saouler le capitaine.

Lori haussa les épaules, de l'air le plus innocent possible.

— Alors, il avait peut-être bu autre chose avant mon arrivée. En tout cas, vous voyez bien qu'il est inconscient.

Tarik approcha du lit.

— Bon, d'accord, mademoiselle Lorelei. Je vais m'occuper de lui. Retournez dans votre cabine.

Elle s'esquiva aussitôt.

Une fois la porte refermée sur elle, Tarik voulut déshabiller Jack.

— Tu touches seulement un bouton de ma chemise et je t'envoie mon poing dans la figure ! dit celui-ci en ouvrant les yeux.

Tarik se figea.

— J'ai cru que vous étiez dans le cirage, capitaine.

— Tu me connais pourtant assez pour savoir que je tiens bien l'alcool, répliqua Jack.

S'asseyant sur le lit, il ajouta :

— Disons que je m'amuse un peu avec notre invitée.

Tarik éclata de rire.

— Oh, parfait ! Je m'en vais, alors.

Dès qu'il fut seul, Jack ôta ses vêtements et se recoucha. Puisque la petite sorcière le voulait nu, il allait lui donner satisfaction.

Mais fasse le Ciel qu'elle ne tarde pas trop ! Son désir lui brûlait trop les sangs.

12

Lori attendit patiemment, pour être sûre que Tarik avait eu tout le temps de déshabiller Jack et de réintégrer sa propre cabine. Mais les minutes semblaient durer une éternité.

Ce qu'elle s'apprêtait à faire était mal, et elle le savait. Cependant, elle avait toujours été un peu trop curieuse.

Finalement, elle se décida à entrouvrir la porte de sa cabine pour jeter un coup d'œil dans la coursive.

Personne.

C'était le moment.

La gorge serrée, son carnet à dessins sous le bras, elle se dirigea vers la cabine de Jack. Arrivée à destination, elle posa son carnet et ses crayons sur le bureau, puis s'approcha du lit.

Jack était étendu sur le côté, face à elle, les draps remontés jusqu'au menton.

— Vous dormez toujours ? voulut-elle s'assurer en le secouant un peu pour faire bonne mesure. Jack ? Vous dormez ?

Pas de réponse.

Satisfaite, Lori sourit. C'était merveilleux : désormais, Jack était tout à elle, sans qu'elle ait à se soucier de croiser le fer avec lui. Elle pouvait lui faire tout ce qu'elle voulait, il n'en saurait jamais rien. Lori aimait cette sensation de pouvoir. C'était d'ailleurs sans doute la première fois que quelqu'un avait autant de pouvoir sur lui.

Alors, elle comptait bien en profiter.

Pour commencer, elle tira le drap, de façon à exposer son torse.

Bien sûr, elle mourait d'envie de caresser ses pectoraux musclés. Ne sachant pas à quel point il était endormi, elle n'osa toutefois pas le toucher. Elle ne voulait surtout pas risquer de le réveiller : juste arranger les draps comme ils étaient ce matin, afin qu'elle puisse terminer son dessin.

Lori retroussa donc le bas du drap, afin de dévoiler ses longues jambes. Puis elle compara la pose avec son croquis.

— Ce n'est pas encore tout à fait ça, murmura-t-elle.

Elle reposa son carnet, et ajusta le drap autour de sa taille. Dans la manœuvre, elle effleura le bas-ventre de Jack et sentit quelque chose sous sa main.

Aussitôt, ses joues s'empourprèrent.

Pousserait-elle l'audace jusqu'à tenter de voir à quoi *ça* ressemblait ?

Après tout, puisqu'il n'en saurait rien...

Mais elle, elle saurait. Et après cela, elle n'oserait sans doute plus jamais regarder Jack dans les yeux. Mieux valait donc renoncer.

Reprenant son carnet, elle alla s'asseoir sur le fauteuil et commença à dessiner.

Les paupières entrouvertes, Jack l'observait du coin de l'œil. Il devait faire appel à toute sa volonté pour ne pas bouger et ne savait pas combien de temps il pourrait résister. Surtout depuis que la main de la jeune femme l'avait effleuré, ravivant son désir comme jamais. Il avait été sûr, à cet instant, qu'elle enlèverait complètement le drap pour le voir nu.

Au lieu de cela, elle s'était arrêtée en chemin.

La sorcière voulait seulement le dessiner. C'était à peine croyable !

Ah ! les femmes ! Elles étaient décidément incompréhensibles.

Lori semblait très concentrée sur sa tâche. Jack adorait la regarder à l'œuvre : il aimait la grâce avec laquelle elle faisait courir son crayon sur le papier.

Comment Justin pouvait-il lui refuser de se consacrer à sa passion ?

Si Lori était sa femme, il...

À quoi bon penser à cela ? Elle n'était pas pour lui et ne le serait jamais. Tout ce qu'il pouvait espérer, c'était goûter à son corps pour en garder ensuite le souvenir. Comme un trésor pour sa mémoire.

À un moment, elle releva les yeux, et il devina qu'elle avait terminé. Elle brandit son dessin devant elle pour le comparer au modèle.

— Parfait, dit-elle. J'y suis finalement arrivée !

Jack aurait bien aimé pouvoir dire la même chose.

Lori s'était relevée et refermait déjà son carnet. Elle était entièrement satisfaite du résultat. Jack la tuerait, s'il apprenait ce qu'elle avait fait, mais le jeu en avait valu la chandelle.

— Alors, c'est ressemblant ?

Elle sursauta au son de la voix du pirate.

— Vous étiez réveillé ?

— Depuis le début.

Horrifiée, Lori se retourna. Il se tenait devant elle, nu. Elle dévia prestement le regard.

— N'ayez pas peur de moi, Lori, dit-il en s'approchant pour lui caresser la nuque. Je n'ai pas l'intention de vous faire de mal.

— Vous êtes nu.

— Je suis au courant.

Lori était cramoisie. Jamais encore elle ne s'était trouvée dans une situation aussi embarrassante !

— Voulez-vous bien remettre vos vêtements, s'il vous plaît ?

— Si vous préférez...

— Je préfère.

Il laissa courir ses doigts sur sa nuque. Lori en eut des frissons dans tout le corps.

— Tournez-vous et regardez-moi, Lori.

Comme si elle avait perdu toute volonté, elle obéit. Cependant, elle n'osa pas baisser les yeux et s'obligea à croiser son regard.

Il lui prit la main, pour la poser sur son torse. Elle pouvait sentir son cœur battre sous sa paume.

Puis il se pencha vers elle. Leurs bouches n'étaient plus séparées que par quelques centimètres.

— J'ai envie de te faire l'amour, Lori, murmura-t-il. J'ai envie de sentir ton corps contre le mien, et de te caresser partout.

Là-dessus, il s'empara de ses lèvres. Son baiser était impérieux et tendre à la fois.

Lori s'agrippa à son cou. Elle sentit les mains de Jack se poser dans son dos et commencer à délacer sa robe. Tout en sachant qu'elle aurait dû l'arrêter, elle se sentait incapable de lui dire non, n'avait pas envie de lui dire non...

La robe était à présent entièrement déboutonnée et Jack l'embrassait de plus belle. Lori sentit le tissu glisser sur sa peau. Quand Jack posa ses mains sur ses fesses, elle sursauta. C'était la première fois qu'un homme la touchait à cet endroit.

— Cette fois, je ne te laisserai pas partir, chuchota-t-il.

Il s'écarta légèrement ; la robe de Lori tomba en corolle à ses pieds.

La jeune femme se tenait maintenant devant lui avec pour tous vêtements sa camisole et ses jupons. Elle aurait voulu s'enfuir, mais restait figée sur place. Contre toute raison, elle désirait passer cette nuit avec Jack.

Il la souleva dans ses bras et la porta jusqu'au lit.

— Jack, je...

— Chuuut, dit-il en la déposant délicatement sur les draps. Oublie tout le reste. Ce soir, il n'y a que nous deux.

Il l'embrassa derrière l'oreille, lui infligeant de nouveaux frissons qui ne firent qu'attiser son désir. Elle lui caressa les épaules, s'émerveillant de sentir ses muscles rouler sous ses doigts.

Jack s'allongea ensuite sur le dos et fit rouler sa compagne sur lui. Puis il la débarrassa de sa camisole.

— Tu es belle... si belle... murmura-t-il avant de prendre un de ses tétons dans sa bouche.

Lori laissa échapper un gémissement de pur plaisir en sentant sa langue titiller son téton. Elle enfouit ses mains dans l'épaisse chevelure de Jack.

Au bout d'un moment, il la fit basculer afin qu'elle se retrouve à son tour sur le dos. Cette fois, il lui ôta ses jupons.

— Je te désire comme je n'ai jamais désiré aucune femme, dit-il. Tu ne peux pas savoir ce que je souffre de me retenir de te posséder déjà.

Ses paroles déroutèrent Lori, d'autant plus qu'il avait fermé les yeux comme s'il était vraiment en proie à une torture.

— Jack ?

Il rouvrit les yeux.

— Tout va bien, murmura-t-il. Il faut juste que je... que je me contrôle.

Il lui caressa la joue.

— Je ne veux pas te faire mal.

Émue par son attention, Lori l'embrassa.

Il s'allongea ensuite contre elle et elle put savourer le bonheur de sentir son corps robuste collé au sien, leurs jambes emmêlées.

Jack. Son pirate. Son...

Son amant, oui. Il ne fallait pas se cacher la réalité. Ce soir la changerait pour toujours. Elle ne serait plus jamais la jeune innocente que Jack avait kidnappée à l'auberge du Sanglier couronné. Après ce qui allait se passer dans ce lit, elle serait une femme, dans toute l'acception du terme.

Jack abandonna ses lèvres pour déposer une traînée de baisers le long de son cou et jusqu'à ses seins, attisant le désir de la jeune femme partout où sa bouche entrait en contact avec sa peau.

En même temps, il avait immiscé une main entre ses cuisses et commençait de la caresser au plus intime de son corps.

— Tu aimes ça, hein ?

— Oui... gémit-elle.

Il sourit.

— Tout à l'heure, ça va être encore mieux.

— J'ai peine à te croire, tellement c'est déjà bon.

Jack éclata de rire et fit descendre ses lèvres plus bas, sur son ventre, puis sur ses hanches. Lori s'arqua instinctivement sous ce nouveau déluge de plaisir qu'il faisait naître en elle.

C'était si fort qu'elle était persuadée qu'elle allait en mourir. Il lui semblait impossible de résister à des sensations aussi puissantes.

Jack ôta sa main d'entre ses cuisses. Lori n'eut pas le temps de protester : avant qu'elle n'ouvre la bouche, il avait déjà remplacé ses doigts par sa langue.

— Jack, non ! Pas ça !

C'était une caresse tellement intime, tellement inimaginable, que Lori en était choquée. Mais Jack, la gratifiant de son sourire le plus charmeur, lui assura :

— Crois-moi, Lori. Tu ne vas pas tarder à m'implorer de continuer.

Sans lui laisser le temps de répliquer, il reprit ses caresses avec sa langue.

Lori faillit crier, tellement les sensations étaient intenses, tandis que Jack, imperturbable, continuait ses caresses. Agitée de spasmes, elle enfouit ses mains dans ses cheveux et s'arqua pour venir à sa rencontre. Tout à coup, alors qu'elle pensait vraiment succomber à un plaisir si intense, sa jouissance explosa dans une myriade d'étoiles. Elle cria sa libération, alors que les murs de la cabine semblaient danser autour d'elle.

Triomphant, Jack releva la tête. Il avait réussi à contrôler son propre désir jusque-là, mais à présent, il voulait sa part. Clouant la jeune femme sur le matelas, il lui écarta les jambes et plongea dans le paradis.

La douleur se mêlant subitement au plaisir, Lori se raidit.

— Désolé, lui murmura Jack à l'oreille. Ça va ?

Elle inspira à pleins poumons. Son corps commençait déjà à s'habituer à cette intrusion et elle en éprouvait un étrange sentiment de plénitude.

Cette fois, ils étaient vraiment unis l'un à l'autre.

— Si ça te fait trop mal, dis-le-moi et j'arrêterai.

Émue et médusée à la fois, Lori le regarda. À son regard, elle vit qu'il était sincère.

C'était à peine croyable. Lui, un pirate, disant cela à sa prisonnière !

Elle lui caressa les cheveux.

— Ça va, le rassura-t-elle avec un sourire.

Jack parut aussitôt soulagé. Il se mit alors à se mouvoir lentement en elle. Lori avait encore un peu mal, mais la douleur était atténuée par la certitude que Jack ne lui voulait aucun mal – bien au contraire, puisqu'il accordait plus d'importance à ce qu'elle ressentait qu'à son propre désir.

Cette conviction lui donna une joie si profonde qu'elle se sentit comme pousser des ailes. Elle n'était pas, pour lui, une conquête de plus dans la longue liste de ses maîtresses.

Non, avec elle, elle en était sûre, c'était différent.

Les ondulations de ses reins se faisaient plus rapides, à présent, et à chaque nouvelle poussée, Lori s'émerveillait de le sentir en elle. Qu'il l'admette ou non, il partageait en ces instants un peu de lui-même avec elle. Cette expérience changerait-elle Jack aussi profondément qu'elle-même en ressortirait métamorphosée ?

Le plaisir, maintenant, l'emportait de nouveau sur la douleur. Jack se mouvait inlassablement en elle, toujours plus vite, toujours plus fort.

Tout à coup, il laissa échapper un gémissement, se retira précipitamment et envoya sa semence sur les draps avant de s'écrouler, pantelant, sur la jeune femme.

— Merci, lui chuchota-t-il, quand il eut recouvré ses esprits.

Lori essuya la sueur qui perlait sur son front et lui embrassa un sourcil.

— Tu avais raison. Je n'aurais jamais pu imaginer quelque chose de pareil.

Au lieu de se montrer ravi du compliment, Jack parut gêné et s'écarta d'elle.

— Jack ?

Il se leva sans un mot pour aller récupérer ses vêtements qu'il enfila rapidement.

Perplexe, Lori s'assit dans le lit en tirant le drap sur elle pour cacher sa nudité. Que lui arrivait-il ? Elle aurait pourtant pensé que ce qui s'était passé entre eux le rendrait heureux. Au lieu de cela, il était renfrogné comme s'il venait d'entrer dans une taverne bourrée de soldats anglais.

— Jack ? Qu'y a-t-il ?

Il resta muet et quitta la cabine sans même un regard en arrière.

Une fois sur le pont, Jack se passa une main dans les cheveux en maudissant sa conduite. Il avait cru que posséder Lori le libérerait. Mais non : le désir qui lui avait incendié le corps était toujours là, intact. En revanche, il ne se pardonnait pas ce qu'il avait fait subir à la jeune femme.

Et tout ça pour quoi ? Pour assouvir sa vengeance ?

Même pas. Il n'avait agi que pour lui-même. En égoïste.

Il se laissa choir sur le plancher, dos au bastingage, et se prit la tête dans les mains. Il ne valait pas mieux que ces bâtards qui emportaient aux enchères les filles nouvellement arrivées dans les bordels.

Combien de fois n'avait-il pas entendu ces filles se plaindre de leur sort et lui raconter leur souffrance ? C'était d'ailleurs pour cela qu'il avait toujours évité les vierges. Il n'avait jamais voulu souiller une innocente. Ni entendre pleurer une femme pour ce qu'il lui aurait fait.

— Jack ?

Il releva la tête. Lori se tenait devant lui, sa silhouette se détachant contre le clair de lune. Ses cheveux cascadant sur ses épaules et sa robe frémissant au vent lui donnaient l'air d'un ange.

Qu'était-elle venue lui dire ?

Elle devait le haïr, maintenant ; mais après tout, il ne méritait pas mieux que sa haine.

Le pire, cependant, c'est qu'il la désirait toujours aussi fort. La posséder ne l'avait pas satisfait.

— Que fais-tu ici ? lui demanda-t-il.

— Je m'inquiétais à ton sujet.

Elle s'inquiétait pour lui ? Jack n'arrivait pas à y croire.

Lori s'agenouilla pour lui caresser les cheveux, ramenant en arrière une mèche tombée sur son front. Jack fut médusé de la voir lui témoigner de la tendresse – surtout après ce qui s'était passé.

Il s'abandonna un moment à cette caresse si délicieuse. Pour un peu, en fermant les yeux, il pourrait imaginer qu'il était quelqu'un d'autre. Qu'il était, par exemple...

Mais non, il n'était personne d'autre ! C'était bien lui, Jack Rhys, le pirate, l'assassin. L'incarnation du péché.

Il ne pouvait déjà pas parier sur sa propre vie, donc encore moins offrir un avenir à une femme.

— J'aimerais que tu me dises ce qui te rend si soucieux, murmura-t-elle.

Il émit un rire amer.

— Je crois entendre Morgan !

— Le capitaine du bateau qui nous suit ?

Jack hocha la tête.

— Tu l'as rencontré. C'est lui qui essayait de me raisonner, le soir où je t'ai kidnappée.

Appuyant sa nuque au bastingage, il contempla un moment les étoiles, avant d'ajouter :

— J'aurais dû l'écouter.

Lori s'assit à son côté.

— Jack, j'ai ma part de responsabilité dans toute cette histoire.

— Non. J'ai profité de ton innocence.

Il y eut un long silence, que Lori se décida à briser.

— Donc, tu as quand même une conscience.

Jack se tourna vers elle et vit de la tendresse dans ses yeux. Il ne la méritait pas.

— Étonnant, n'est-ce pas ?

Elle lui étreignit la main.

— Il y a quelques semaines, ça m'aurait étonnée, oui. Mais plus maintenant.

— Bon sang, Lori, tu ne me connais pas ! Tu ne sais pas qui je suis, ni d'où je viens.

— Mais je ne demande pas mieux que d'apprendre.

Pour la première fois de sa vie, Jack eut envie de se confier à quelqu'un, de tout dire à Lori, dans l'espoir qu'elle puisse l'apaiser. Mais le ferait-elle ?

Ne fais jamais confiance à personne, se rappela-t-il. Ce principe lui avait plusieurs fois sauvé la vie. Même à Morgan, il n'avait jamais complètement ouvert son cœur et pourtant, malgré toutes ses préventions, il avait envie de faire confiance à Lori.

Mû par une impulsion, il l'attira dans ses bras et la serra très fort contre lui, s'enivrant une nouvelle fois du parfum de ses cheveux.

Lori ferma les yeux, afin de mieux savourer leur étreinte. Elle pria le Ciel pour que, cette fois, Jack se décide à s'ouvrir à elle et attendit patiemment.

— Je n'ai jamais voulu être capitaine de navire, Lori, commença-t-il d'une voix à peine plus forte qu'un murmure.

La jeune femme rouvrit les yeux mais résista au désir de croiser son regard.

— Alors, pourquoi l'es-tu devenu ?

— Quand Robert Dreck a pris sa retraite, l'équipage m'a désigné pour lui succéder.

— Je ne comprends pas... Tu donnes le sentiment d'aimer ton rôle. Et tu le remplis très bien.

— Peut-être. Mais j'aurais préféré rester quartier-maître.

— Dans ce cas, pourquoi n'as-tu pas refusé ?

— C'est plus facile à dire qu'à faire. À plusieurs reprises, quand Robert a été blessé, j'ai mené l'équipage à la victoire. Si j'avais refusé, ils m'auraient probablement massacré.

Lori frissonna.

— C'est terrible.

— Les pirates sont rarement des enfants de chœur.

Elle appuya sa joue contre l'épaule de Jack.

— Mais toi, Jack, tu n'es pas un barbare.

— Tu te fais des illusions, répliqua-t-il d'une voix amère. Je t'assure que ma réputation n'est pas usurpée.

Cette fois, Lori ne put s'empêcher de le regarder en face.

— Ce n'est pas vrai. J'ai parcouru ton journal de bord. Je sais que tu as payé des hommes pour colporter ta légende de sauvagerie.

Il secoua la tête.

— J'ai fait cela, c'est vrai. Mais j'ai aussi réellement commis des crimes. Et quand je dis crimes, je n'emploie pas ce mot à la légère. J'ai tué des gens, Lori.

13

Lori était sidérée par sa confession. Se pouvait-il que l'homme qui la serrait si tendrement dans ses bras ait réellement commis des assassinats ? Certes, c'était un pirate, mais à présent, elle savait que sa réputation de tueur de sang-froid n'était qu'une légende. Le Jack Rhys qu'elle avait appris à connaître n'aurait pas pu se livrer à des actes aussi horribles – du moins, pas sans de bonnes raisons.

— Tu as tué quelqu'un de sang-froid ?

Le visage impassible, il hocha la tête.

— Pourquoi ?

Jack détourna le regard. Lori devina que cette histoire l'emplissait de tristesse.

— Parce qu'il avait tué ma mère, répondit-il d'une voix sans timbre.

— Que s'était-il passé ? voulut savoir Lori, désireuse de comprendre.

Il soupira. Lori sentit qu'il avait envie de cesser là leur conversation, de ne rien dire de plus sur ce sujet sensible. Avec l'espoir qu'il lui ferait assez confiance pour lui révéler toute la vérité, elle attendit donc patiemment.

À sa grande joie, sa patience fut récompensée.

— C'était le propriétaire du bordel où travaillait ma mère. L'année de mes huit ans, elle m'avait vendu à lui pour le prix d'une paire de chaussures neuves, avant de s'enfuir avec un matelot.

Lori ferma les yeux. Elle comprenait maintenant pourquoi il avait gardé son secret si longtemps.

C'était déjà dur qu'une mère abandonne son enfant, mais le vendre, par-dessus le marché... Quelles autres horreurs allait lui confier Jack ?

— Elle revint quatre ans plus tard, reprit-il. Baxter accepta de la reprendre, mais ces quatre années avaient ravagé sa beauté. Plus personne ne voulait d'elle. Un soir, n'ayant pu parvenir à...

Sa voix mourut dans sa gorge et il contempla un moment le ciel, avant de pouvoir continuer.

— Comme elle n'avait pas gagné un sou, Baxter, fou furieux, se débarrassa d'elle en la tuant.

Bonté divine ! Comme s'il n'avait pas déjà assez souffert, il avait fallu que sa mère soit assassinée par l'homme qui le possédait.

— Et tu l'as tué en représailles ?

Jack secoua la tête.

— Non. J'avais trop peur de lui, à l'époque. Tout ce que j'ai pu faire, c'est sortir le corps de ma mère et l'enterrer dans le petit carré de cimetière réservé aux prostituées.

Lori avait l'estomac noué par l'émotion.

— Oh, Jack ! s'exclama-t-elle en lui caressant la joue. C'est si horrible. Je suis désolée pour toi.

Lui aussi était ému. Des larmes brillaient dans ses yeux, mais il s'empressa de les refouler.

— Ne sois pas désolée. J'ai survécu.

Oui, il avait survécu – du moins, physiquement. Mais il avait perdu sa capacité à aimer. Les épreuves de son enfance l'avaient marqué à jamais et Lori se demandait s'il pourrait les surmonter un jour.

Ils restèrent enlacés, silencieux, un long moment. Cependant, Lori avait encore une question à lui poser :

— Quand as-tu tué Baxter ?

— Deux ans plus tard. Je faisais du ménage dans les chambres, quand une nouvelle fille a été présentée à Baxter. Elle ne devait pas avoir plus de douze ans. Il la fit monter dans la pièce où il avait coutume d'inspecter sa « marchandise ». Je l'ai entendue crier et implorer pitié, mais lui, il riait de la situation. Et puis, je l'ai entendu la frapper.

Une colère sourde se percevait dans sa voix. Lori comprit qu'il revivait ses souvenirs.

— Quelque chose en moi s'est violemment révolté et j'ai vu rouge, murmura-t-il. Quand j'ai repris mes esprits, j'avais un couteau à la main et Baxter gisait à mes pieds, baignant dans son sang. La fille s'est mise à crier de plus belle. Alors, je me suis enfui et j'ai embarqué sur le premier bateau venu.

Lori se représentait la scène comme si elle y avait assisté. Ce n'était pas un meurtre de sang-froid.

— Tu n'es pas un criminel, Jack. Tu as tué Baxter pour sauver cette fille.

Il soupira, comme s'il s'était d'avance résigné à son destin.

— Je n'étais qu'un esclave qui venait de supprimer son maître. Aucun tribunal ne m'aurait acquitté.

Anéantie, Lori réalisa qu'il disait vrai. Aux yeux de la justice, son geste aurait été jugé comme un meurtre.

Mais pour elle, il ne serait jamais un assassin.

Elle entrelaça ses doigts aux siens.

Jack les étreignit brièvement, avant de porter sa main à ses lèvres pour y déposer un baiser.

— Tu ne peux pas savoir combien j'ai vu de femmes à l'existence détruite par des types comme Baxter. Ou comme mon père.

Il avait dit cela le regard plein d'une tristesse insondable.

— Et ce soir, reprit-il, j'ai découvert que je ne valais pas mieux qu'eux.

— C'est faux ! se récria Lori.

— C'est faux ? Pourtant, je t'ai ruinée de réputation. Justin refusera de t'épouser, désormais.

Lori se mordit la lèvre. C'était un problème qu'elle préférait ne pas regarder en face pour l'instant. Comment pourrait-elle confesser son geste à son fiancé ?

— Il ne sera pas content, admit-elle.

— Ne sois pas naïve. Il sera furieux.

— Peut-être. Mais je connais Justin depuis toujours. C'est un garçon bien. Il honorera quand même sa parole.

Jack se raidit.

— Parce que, de ton côté, tu comptes toujours l'épouser ?

Lori réfléchit avant de répondre. Épouser Justin serait sans doute la solution la plus sage. Personne n'oserait lui faire honte de son comportement avec Jack dès lors qu'elle serait l'épouse de lord Wallingford.

Ce ne serait cependant pas loyal envers Justin. Lori devait être honnête avec elle-même : désormais, ses sentiments allaient ailleurs.

— Non, répondit-elle finalement. Je ne peux plus l'épouser, à présent. Même s'il insiste. Le connaissant, je suis persuadée qu'il endossera toute la responsabilité de cette affaire.

— Personnellement, j'en doute fort.

— Tu as tort, répliqua Lori qui tenait à prendre la défense de Justin. Il jugera que c'est entièrement sa faute si son plan a échoué.

Jack ne paraissait toujours pas convaincu. Lori comprit qu'il n'était pas décidé à entendre raison sur ce point ; elle commençait à le connaître, maintenant !

— Mais alors, reprit-il, que va-t-il advenir de toi ?

— Ne t'inquiète pas pour moi. Mon père m'aime beaucoup. Et quel que soit le scandale, j'y survivrai.

Il leva les yeux au ciel et soupira, comme si l'attitude de la jeune femme l'exaspérait.

— Si tu savais le nombre de femmes fortes que j'ai vues brisées par la vie. Je reste persuadé que j'ai eu tort de te ravir ton innocence.

C'est à cet instant précis que Lori fit une découverte capitale – et, à bien des égards, terrifiante.

Elle était tombée amoureuse de Black Jack Rhys. Amoureuse folle d'un pirate !

C'était terriblement angoissant mais en même temps, à l'écouter ainsi s'épancher aussi sincèrement au clair de lune, comment aurait-elle pu ne pas l'aimer ?

En dépit de tous les forfaits qu'il avait pu commettre, Jack avait un cœur généreux. Et il tenait à elle : il venait de le lui prouver.

Serait-il capable, pour autant, de lui rendre l'amour qu'elle lui vouait ? Un homme ayant connu de telles épreuves dans sa jeunesse saurait-il jamais accepter ce qu'elle désirait lui donner ?

Malgré tout, Lori voulait avoir confiance. Elle se jura de gagner son cœur. Il devait bien exister un moyen de lui faire comprendre qu'il pouvait être aimé pour lui-même.

Tout à coup, une pensée lui traversa l'esprit. Elle se redressa.

— Tu sais donc qui est ton père ?

Il parut surpris.

— Quoi ?

— Tu as dit tout à l'heure que ta mère avait été brisée par Baxter et par ton père. Comment pouvais-tu savoir, pour ton père ?

Lori le sentit se raidir.

— Elle m'en avait parlé.

Elle devina qu'il ne lui disait pas toute la vérité.

— Et elle t'avait aussi appris qui il était.

À son regard, Lori comprit qu'il méditait de lui échapper, pour échapper à sa question. S'il essayait, elle comptait bien le retenir.

Il se décida néanmoins à lâcher :

— Oui. Je sais qui c'est.

Bien qu'elle se fût doutée de la réponse, Lori en resta médusée.

— Mais alors, pourquoi n'as-tu pas couru te réfugier auprès de lui, après la mort de ta mère ?

— Je n'ai pas eu à le faire. Il est passé au bordel quelques jours après l'assassinat.

Lori ne comprenait plus.

— Il venait te chercher ?

Jack s'esclaffa.

— Il ignorait que je me trouvais là. Mais moi, je savais qui il était. Et je lui vouais un véritable culte. Je n'avais qu'une ambition : lui ressembler quand je serais grand.

Mon Dieu, non ! songea Lori, horrifiée. La tragédie de Jack ne s'était pas arrêtée au meurtre de sa mère. Quelque chose était arrivé aussi avec son père.

— Que s'est-il passé ?

Le regard de Jack se fit plus sombre.

— Je lui ai demandé de racheter ma liberté pour une guinée.

— Et alors ?

— Il m'a répondu de lui foutre la paix.

— Oh non, Jack ! Il n'a pas pu dire ça !

— Si. Et quand je me suis agenouillé devant lui pour l'implorer, il m'a chassé d'un coup de pied, comme si je n'étais qu'un chien venu pisser sur ses bottes.

Bonté divine ! Il ne fallait plus s'étonner, après cela, que Jack ait hérissé une forteresse autour de son cœur.

Lori sentit les larmes lui monter aux yeux. Sachant que Jack n'aimerait pas ça, elle s'empressa toutefois de les refouler.

— C'est pour cela que tu as racheté Kit, n'est-ce pas ? Pour lui éviter ce que ta mère et ton père t'avaient fait subir.

Il hocha la tête.

— Et c'est aussi pour cela que je préfère qu'il ignore la vérité sur sa mère.

Très émue, Lori le serra contre elle. Jack se raidit avant de finalement se rendre à son étreinte et de l'enlacer à son tour.

Comprenant qu'il désirait l'embrasser, elle entrouvrit les lèvres en une invitation muette qu'il s'empressa d'accepter.

Lovée contre lui, Lori sentit que son désir renaissait.

— Retournons au lit, Jack, lui murmura-t-elle.

Jack se releva aussitôt, prit Lori dans ses bras et la reconduisit dans sa cabine, où il la déposa devant son lit.

— Veux-tu que j'aille nous chercher du vin ? demanda-t-elle.

Il haussa un sourcil soupçonneux.

Elle éclata de rire.

— Du vin pur, rassure-toi.

— Oui, si tu veux.

La jeune femme passa dans la salle à manger. Quand elle revint, elle surprit Jack occupé à feuilleter son carnet de croquis.

— Tu as vraiment du talent, dit-il tandis qu'elle lui tendait son verre.

— Merci.

Ils burent chacun une gorgée de vin puis Jack s'approcha pour caresser la joue de Lori.

— J'ai envie de te dévorer toute crue, murmura-t-il.

Elle sourit.

— Eh bien, ne te gêne pas.

Souriant à son tour, il reposa son verre, pour l'attirer dans ses bras et lui embrasser la gorge.

Lori sentit aussitôt son corps s'embraser à nouveau.

Jack lui retira son verre des mains, le déposa à côté du sien, puis la porta sur le lit. Cette fois, ils prirent le temps de se déshabiller mutuellement.

— Ce que tu es beau... murmura la jeune femme, allongée sous lui.

Il se pencha pour l'embrasser mais au moment où il allait la pénétrer, Lori le repoussa.

— Attends.

Interloqué, Jack fronça les sourcils.

Lori voulait lui faire un cadeau. Il avait tellement partagé de choses avec elle, ce soir, qu'elle voulait lui montrer l'importance qu'il avait prise dans son cœur.

— Dis-moi ce qui te ferait plaisir, Jack.

Il fronça un peu plus les sourcils.

Lori l'obligea à s'allonger sur le dos. Puis elle entreprit de lui lécher le cou. Il voulut en profiter pour lui caresser les seins, mais elle repoussa ses mains sur le matelas.

— Non, Jack. C'est mon tour.

Jack retint son souffle, tandis qu'elle explorait son torse avec ses lèvres. Aucune femme ne l'avait encore traité ainsi

– ses maîtresses prenaient ce qu'il leur donnait, mais elles étaient toujours aussi ravies que lui de continuer leur chemin une fois qu'ils en avaient fini.

Lori était donc différente. Ses mains délicates lui caressaient à présent le bas-ventre et Jack dut s'agripper aux draps quand elle commença à caresser son sexe.

Et puis, tout à coup, elle le prit dans sa bouche.

Jack ferma les yeux et s'abandonna à cette exquise torture, savourant l'un des moments les plus merveilleux de son existence.

Son plaisir était si intense qu'il aurait juré voir des étoiles danser au-dessus du lit.

Lori éclata soudain de rire.

— J'ai comme l'impression que tu aimes ça.

Jack ne put répondre, car elle avait déjà repris ses caresses magiques avec sa langue.

Et dire qu'il avait pensé lui enseigner l'art de l'amour !

Il lui prit la tête entre les mains, pour l'obliger à se redresser.

— J'ai envie de toi, dit-il. Maintenant.

Elle s'assit à califourchon sur lui, ses longs cheveux cascadant sur ses épaules. Jack ajusta ses hanches puis la fit s'empaler sur lui. Cette fois, il la pénétra lentement, avec beaucoup de douceur.

Lori s'émerveilla à nouveau de le sentir en elle. Elle brûlait d'envie de lui crier son amour, mais s'obligea à se taire. Ce n'était pas le moment.

Jack ondulait de plus en plus vite sous elle. Tout à coup, il se retira et laissa sa semence.

Roulant sur le côté, il serra la jeune femme contre lui.

— Désolé, mais je n'ai pas pu attendre que tu jouisses.

Elle sourit.

— Ça ne fait rien. Je voulais te satisfaire.

Bouleversé, Jack lui embrassa le bout du nez. Lori reposa sa tête sur son torse et écouta battre son cœur dans sa poitrine.

— Pourquoi t'es-tu retiré ? lui demanda-t-elle.

— Je ne veux pas te rendre enceinte.

— Tu fais toujours ça ?

— Toujours.

— Alors...

— Écoute, Lori, ce n'est pas un sujet que je souhaite discuter avec toi, répliqua-t-il en lui caressant les cheveux. Il n'y a donc jamais rien qui t'embarrasse ?

La jeune femme traçait, avec son doigt, des cercles sur son torse.

— Si. Beaucoup de choses m'embarrassent. Mais je suis très curieuse et ma grand-mère m'a toujours dit que je ne devais pas avoir peur de poser des questions.

— Elle avait raison. Ce sont souvent les réponses, qui sont délicates.

Là-dessus, il ferma les yeux.

— Tu veux dormir ?

— J'aimerais bien, oui.

— Veux-tu que je parte ?

Il rouvrit les yeux.

— Je voudrais que tu restes exactement dans cette position.

Lori ferma à son tour les yeux tout en continuant de tracer des cercles avec son doigt, cette fois dans le petit triangle de poils sous son nombril.

— Lori, murmura Jack, si tu continues à faire ça, nous ne pourrons dormir ni l'un ni l'autre, et demain tu seras exténuée.

Elle referma sa main.

— Désolée.

— Ne t'excuse pas. C'est très agréable, seulement je crois que nous avons tous les deux besoin de repos.

Lori ne dit plus rien et le regarda sombrer dans le sommeil.

Elle avait appris beaucoup de choses, cette nuit. Des choses sur Jack, et aussi sur elle-même.

La situation aurait dû la rendre honteuse, mais pas du tout. Elle trouvait même normal d'être là, dans les bras du pirate.

Je vais te faire tomber amoureux de moi, se promit-elle. *Que tu le veuilles ou non, Jack Rhys, tu seras à moi.*

Jack se réveilla, les narines flattées par un délicat parfum de rose.

Il crut d'abord qu'il rêvait en découvrant le corps lové contre le sien.

Mais non, ce n'était pas un rêve.

Cette matinée était bien réelle, comme l'avait été la nuit qui venait de s'écouler. Lori dormait toujours dans ses bras, ses seins pressés contre ses flancs. Elle était magnifique.

C'était la première fois que Jack se réveillait avec une femme dans son lit – et il trouvait cela très agréable.

Tu es fou ! Les femmes n'apportent que des soucis et du chagrin.

Après tout, il y était habitué, songea-t-il amèrement.

Par la fenêtre restée ouverte, il pouvait entendre son équipage s'activer aux tâches habituelles. À en juger par les bruits, il devait être aux alentours de midi et Jack savait qu'il aurait dû se montrer depuis longtemps sur le pont. Or, il n'avait aucune envie d'abandonner Lori.

Pour dire la vérité, il avait plutôt envie de revivre avec elle le charme de cette nuit.

On frappa soudain à la porte.

Jack soupira, puis se décida à sortir doucement du lit – pour ne pas réveiller la jeune femme. Il alla entrouvrir la porte et se retrouva nez à nez avec Tarik.

— Une tempête se prépare, capitaine. J'ai pensé que vous voudriez vous rendre compte par vous-même.

— Donne-moi cinq minutes.

— Oui, capitaine.

Jack referma la porte.

— Quelque chose ne va pas ? demanda Lori quand il regagna le lit.

Jack s'arrêta pour l'admirer. Ses boucles auburn formaient, autour de sa tête, un halo de feu sur l'oreiller et le haut de sa gorge dépassait des draps. Le spectacle était si envoûtant qu'il n'arriva pas à se souvenir de ce qu'elle lui avait demandé.

— Excuse-moi, dit-il tandis qu'il récupérait son pantalon. Quelle était ta question ?

— Je t'ai demandé s'il y avait un problème.

Jack agrafa son pantalon avant de répondre.

— Tout va bien, mais une tempête vient dans notre direction. Je vais aller voir.

Le temps de remettre ses bottes, il s'assit au bord du lit. Lori se redressa pour l'entourer de ses bras. Au contact de ses seins contre son dos, Jack sentit instantanément son désir renaître.

— Je ne regrette rien de ce qui s'est passé cette nuit, Jack. Et je veux que ce soit pareil pour toi.

Il se retourna et lui prit le visage entre ses mains.

— J'espère que tu n'auras pas à en souffrir.

— Si jamais ce devait être le cas, ce que j'aurai vécu en valait la peine.

Il laissa retomber ses mains.

— Ce n'est pas un jeu, Lori. Tous les jours, des femmes sont battues, enchaînées ou tuées pour ne pas avoir été chastes.

— Je sais, répliqua-t-elle, riant presque. Ma grand-mère m'avait avertie de ce qui attend les femmes qui donnent libre cours à leurs passions. Elle m'avait même mise en garde contre les pirates trop séduisants !

Voyant que Jack n'appréciait pas son humour, elle se fit plus grave :

— Ne t'inquiète pas pour moi, ajouta-t-elle. Tout ira bien.

Du bout de son index, Jack suivit le contour de ses lèvres.

Fasse le Ciel qu'elle dise vrai !

— Embrasse-moi, Jack.

Il en avait lui-même trop envie pour ne pas céder à son invitation.

— Capitaine ! cria au même moment une voix depuis la coursive.

Jack rompit leur baiser à contrecœur.

— Je reviendrai, promit-il.

L'après-midi s'écoula lentement pour Lori pendant que Jack était occupé avec son équipage, à préparer le navire pour affronter la tempête.

Lorsque le ciel s'assombrit trop, Jack ordonna à la jeune femme de quitter le pont. Lori descendit alors dans les cuisines où elle aida Sarah et les autres à confectionner des réserves de nourriture déjà cuite, au cas où la tempête durerait.

— Un incendie est la pire chose qui puisse arriver à un bateau, expliqua Mavis.

Alice hocha la tête.

— C'est sûr. Ce soir, nous n'aurons pas le droit d'allumer de lumières.

Kit fit soudain irruption dans la pièce et déposa des vêtements d'homme – pantalon et chemise – devant Lori qui l'interrogea du regard.

— Le capitaine vous demande d'enfiler ça, en prévision de la tempête, expliqua le gamin.

Intriguée, elle se tourna vers Mavis, qui confirma.

— Ah oui, j'avais oublié de vous prévenir ! Pendant les tempêtes, nous portons toutes des pantalons, au cas où le bateau viendrait à couler.

Horrifiée, Lori en lâcha la pomme de terre qu'elle était en train d'éplucher.

— Quoi ?

Alice récupéra la pomme de terre, qui roulait sur la table, et la rendit à Lori.

— On ne sait jamais ce qui peut arriver. Personnellement, je ne me suis jamais trouvée à bord d'un navire qui coule, mais je touche du bois.

Elle frappa trois fois la table avec sa main avant d'ajouter :

— En tout cas, mieux vaut prendre ses précautions.

Kit désigna du regard les jupes de Lori :

— Votre robe vous entraînerait au fond, expliqua-t-il.

Mavis le retint par le bras alors qu'il s'apprêtait à repartir.

— Où vas-tu trouver refuge, ce soir, mon garçon ?

Kit se rengorgea comme un petit coq.

— Je resterai avec les matelots. Je n'ai pas besoin d'être materné. Je suis un homme, Mavis, au cas où tu ne l'aurais pas remarqué.

Elle rit.

— Tu es un petit morveux, oui, si tu veux mon avis.

Kit lui tira la langue, et s'enfuit.

Mavis soupira.

— Parfois, ce gamin est aussi mature qu'un homme, et parfois il n'a pas plus de bon sens qu'un gosse de trois ans.

Toutes rirent de bon cœur.

L'après-midi se poursuivit ainsi, jusqu'à ce que l'orage devienne imminent. Les femmes partirent alors se changer et troquèrent leurs jupes contre des tenues masculines. Sur les conseils de Mavis, Lori abandonna même son corset. Au cas où elle devrait nager, elle aurait besoin de tout son souffle pour tenir le coup.

Si Lori ne goûtait pas beaucoup cctte perspective, le fait de se passer de son corset lui était beaucoup plus agréable.

Quand le soir tomba, le bateau commençait déjà d'être ballotté de tous côtés. Persuadée que sa présence la rassurerait, Lori aurait voulu voir Jack, mais lui et Tarik se tenaient sur le pont, à guider le navire au milieu des flots déchaînés. Lori resta donc enfermée avec Kesi dans la cabine de celle-ci et toutes deux essayèrent de ne pas trop penser au danger que couraient leurs hommes.

La seule lumière provenait des éclairs qui illuminaient la pièce à intervalles irréguliers.

— Combien de temps cela va-t-il durer ? voulut savoir Lori, agrippée comme sa compagne aux montants du lit.

— Le moins longtemps possible, j'espère, répondit Kesi. Je déteste les tempêtes.

— Moi aussi.

Lori chercha dans sa tête un jeu, ou une chanson, qui pourrait l'occuper mentalement. Il fallait absolument qu'elle se change les idées, sinon elle allait devenir folle !

— Il y a longtemps que vous connaissez Jack ? demanda-t-elle à Kesi avec l'espoir que celle-ci lui débiterait une longue histoire.

Kesi resta silencieuse un moment, comme si elle méditait sa réponse.

— Oh ! cela doit faire huit ou neuf ans, maintenant !

Pas de chance : Kesi n'était apparemment pas d'humeur à bavarder.

Lori insista malgré tout :

— Il ne vous a jamais parlé de ses parents ?

Kesi haussa les épaules.

— Juste de sa mère. Pour autant que je sache, il ne connaît pas son père.

Bon sang ! Kesi ne pouvait-elle donc pas offrir des réponses de plus de deux phrases ? Lori chercha une autre question qui appellerait un plus long développement.

— Et Morgan ? demanda-t-elle. Que représente-t-il pour le capitaine ?

Un nouvel éclair illumina la cabine et un coup de tonnerre résonna au-dessus de leurs têtes.

Kesi attendit que le grondement se soit éloigné avant de parler.

— Vous voulez savoir la vérité, ou ce qu'ils racontent tous les deux aux gens ?

— Les deux, suggéra Lori qui désirait plus que jamais entendre Kesi lui faire la conversation.

Celle-ci s'installa plus à son aise sur le matelas.

— Bon, si vous posiez la question à l'un d'eux, il vous répondrait que Jack a capturé un jour le bateau de Morgan et qu'il s'apprêtait à le tuer, quand Morgan n'a pas cillé devant son sabre. Alors, il vous dirait que Jack, admirant son courage, lui laissa la vie sauve, ainsi qu'à son équipage.

— Et la vérité ? demanda Lori pour inciter Kesi à continuer son histoire.

— Morgan avait déserté la marine britannique, parce qu'il ne voulait plus combattre les Patriotes. Un de ses anciens camarades officiers l'a reconnu en ville, et toute une bande s'est lancée à sa poursuite. Morgan courait se réfugier dans une ruelle, juste au moment où Jack quittait une taverne. Ils se sont rentrés dedans. Croyant à une agression, Jack a tiré son sabre, puis il a vu les Anglais. Décidant qu'il les préférait pour cible, il s'est jeté sur eux. Morgan et lui ont eu raison de la bande d'officiers. Après la bagarre, Jack a demandé à Morgan s'il voulait naviguer avec nous.

Lori ne s'attendait pas du tout à ce récit.

— Morgan était prêt à devenir pirate ?

— Pas vraiment, admit Kesi. On ne peut pas dire qu'il ait été enchanté de découvrir qui était Jack, mais le capitaine a toujours eu le chic pour obtenir ce qu'il souhaite des gens.

— J'avais remarqué.

Kesi s'esclaffa.

— Ma chère, on ne peut pas reprocher aux fleurs d'attirer les abeilles. Jack est séducteur et charismatique par nature.

Lori pouvait difficilement la contredire là-dessus.

—Dites-moi la vérité, Kesi : Jack est-il assoiffé de sang, comme le prétend sa légende ?

Kesi marqua un silence, avant de répondre :

— Oui, Jack est parfois cruel, je ne vais pas vous mentir sur ce point. Mais un renard pris en embuscade peut difficilement échapper à la meute sans faire couler le sang. S'il a le choix, il sait se montrer clément. Quand il est acculé, il ne recule devant rien pour sauver sa peau.

Un éclair zébra encore la cabine, suivi d'un autre coup de tonnerre. Lori ferma un instant les yeux et pria pour son salut tandis que le bateau tanguait dangereusement.

Les deux femmes ne dirent plus un mot, jusqu'à ce qu'un cri affolé parvienne à leurs oreilles :

— Feu à bord !

14

Trempé et furieux, Jack regardait les flammes consumer la grand voile. La foudre l'avait embrasée d'un coup et il n'y avait aucun moyen de combattre l'incendie qui se propageait trop vite.

Un sentiment d'échec s'abattit soudain sur ses épaules.

Son navire était perdu.

Tarik et les autres s'activaient déjà pour libérer les chaloupes de leurs liens et préparer l'abandon du bateau. Chacun connaissait parfaitement son rôle et tout se faisait dans un étrange silence. Personne ne criait. On aurait dit que la scène relevait d'un quelconque rêve fantastique.

— Vous ne croyez pas que toute cette pluie a des chances d'éteindre le feu ? risqua Tarik.

Jack secoua la tête.

— Non. Le bateau y passera en entier. J'en suis sûr.

Au moins, Morgan apercevrait l'incendie et comprendrait ce qui s'était passé. Le *Roxanna* viendrait repêcher les survivants, et l'île n'était plus très loin, à présent.

— Capitaine !

Jack se retourna pour voir Kit courir à sa rencontre. Il l'étreignit très fort pendant quelques instants puis, le portant dans ses bras, il le déposa dans la plus grande chaloupe, où Alice, Billy et d'autres marins attendaient déjà d'être mis à la mer.

— Tu restes là, lui dit-il.

— Mais toi ? lui demanda Kit.

— Je dois m'assurer que tout l'équipage va bien quitter le navire.

Avant que l'enfant n'ait pu protester, Billy et les autres hommes embarqués à bord de la chaloupe tirèrent eux-mêmes sur les cordes qui descendirent leur embarcation à la mer.

Jack les regarda toucher l'eau, puis il désigna la seconde chaloupe à son quartier-maître.

— Tu vas monter dans celle-là, lui dit-il. Avec Kesi. Je prendrai la troisième.

Tarik ne chercha pas à discuter.

Lori se tenait sur le pont, avec Kesi. Elle était livide.

— Tout va bien se passer, la rassura Jack. Nous avons trois grandes chaloupes, pour seulement soixante-cinq membres d'équipage. Il y a largement de la place pour tout le monde.

La jeune femme hocha la tête. Jack voulut alors la persuader d'embarquer avec Kesi, mais elle refusa fermement.

— Pas si tu ne viens pas avec moi, répliqua-t-elle.

Jack insista, mais elle lui renouvela sa réponse, ce qui le fit bien sûr enrager.

Quand le pont fut presque désert, Jack et Lori se dirigèrent vers la troisième chaloupe. Avant de monter à bord, Jack jeta un dernier regard à son cher bateau, déjà à moitié ravagé par les flammes.

— Whaooh ! fit Merrimen, l'un des derniers matelots à embarquer. Je suis jamais passé si près de l'enfer !

Jack sauta à son tour dans la chaloupe, où Lori avait déjà pris place.

— Et Ernie ? demanda Peter, un charpentier, au moment où la chaloupe touchait l'eau. Quelqu'un a pensé à l'avertir ?

Jack se figea.

— Où était-il ?

— Endormi dans sa couchette, expliqua Merrimen.

— Malgré cette tempête ? s'étonna Jack.

Tout à coup, il entendit Ernie crier au-dessus d'eux. Le temps de lever la tête, et il l'aperçut qui sautait à l'eau pour échapper aux flammes qui s'attaquaient à ses vêtements.

Sans hésiter, Jack plongea à son tour.

— Jack ! s'écria Lori.

Mais c'était déjà trop tard. Elle se pencha par-dessus le bord de la chaloupe, pour tenter de l'apercevoir au milieu des vagues.

— Asseyez-vous ! lui ordonna Peter. Vous allez nous faire chavirer.

— Il faut que nous retournions les aider ! protesta la jeune femme.

— Pas question, répliqua Peter alors que tous les hommes tiraient déjà sur les rames de la chaloupe. Les soutes sont bourrées d'explosif. Ça va sauter d'une minute à l'autre. Plus vite nous nous en éloignerons, et mieux ça vaudra pour tout le monde.

— Mais Jack ? insista Lori qui ne comprenait pas que ses hommes puissent abandonner aussi facilement leur capitaine derrière eux.

— Le capitaine sait nager et il sait comment survivre, répliqua Merrimen. Maintenant, si vous ne vous asseyez pas tout de suite, je me chargerai moi-même de vous jeter par-dessus bord.

Il n'eut pas à le faire : Lori sauta à l'eau pour rejoindre Jack.

Hérissées par la tempête, les vagues ralentissaient Lori qui devait lutter pour garder la tête hors de l'eau et chacune semblait plus haute que la précédente. Très vite, elle perdit tout sens de l'orientation et ne vit plus aucune chaloupe, ni même le bateau.

Dieu du Ciel ! Qu'avait-elle fait ?

Personne ne pouvait survivre au milieu de ces éléments déchaînés.

Pas même Jack.

La panique commença à la gagner. Juste au moment où elle se résolvait à l'inévitable, une main lui saisit le bras.

— Que fais-tu là ? lui cria Jack.

Elle faillit rire de soulagement.

— Je te cherchais.

Sans cesser de nager, Jack enroula son bras autour de sa poitrine et la tira à lui. Lori était trop heureuse pour protester.

Les vagues continuaient de déferler sur eux, mais Jack ne semblait pas les remarquer. Il tira la jeune femme vers la chaloupe qu'elle avait quittée.

Soudain, une violente explosion déchira la nuit.

— Inspire à fond ! lui ordonna Jack.

Elle eut à peine le temps de s'exécuter que déjà il l'entraînait avec lui vers le fond, loin sous les vagues.

Lori paniqua à nouveau.

Que faisait-il ? Cherchait-il à les noyer tous les deux ?

Elle voulut se débattre, mais il la tenait fermement, lui interdisant tout mouvement. Ses poumons commençaient à la brûler et elle consacra ses dernières forces à lutter contre la panique qui lui commandait d'ouvrir la bouche pour crier.

C'est alors qu'elle croyait ne plus pouvoir supporter cette épreuve qu'ils entamèrent leur remontée. Lori contint tant bien que mal la brûlure de ses poumons.

Enfin, ils refirent surface. Lori haletait pour reprendre son souffle.

Des morceaux de bois, certains embrasés, flottaient tout autour d'eux : les restes du bateau.

Celui-ci avait donc explosé, ainsi que l'avait prédit Peter ! Jack attrapa un morceau de bois qui passait à sa portée et le tendit à la jeune femme.

— Cramponne-toi à ça un moment.

Là-dessus, il disparut.

— Jack ! cria-t-elle, terrifiée à l'idée de le perdre après l'avoir retrouvé de justesse.

Il ne répondit pas.

Lori avait beau regarder autour d'elle, elle ne voyait rien. Ni chaloupes ni Jack.

L'angoisse lui tira des larmes. Qu'allait-elle devenir, sans lui ? Comment pourrait-elle s'en sortir ?

Jack revint peu après en tirant un gros morceau de bois, qui se révéla être un fragment du pont.

— Monte dessus, lui dit-il en l'aidant à se hisser sur l'épave.

Dès qu'elle fut installée, il la rejoignit sur leur radeau de fortune.

— Tu n'as pas pu trouver Ernie ?

— Non, dit-il. J'ai cru que c'était lui, quand je t'ai aperçue.

— Je suis désolée, Jack.

Il la serra très fort contre lui.

— Ça ne fait rien. Tout va bien, maintenant, Lori.

Pour la rassurer, il ajouta :

— Quelqu'un nous trouvera demain matin.

Bizarrement, Lori le crut, alors que sa raison lui criait le contraire.

La tempête cessa au milieu de la nuit. Le ciel était encore trop sombre pour qu'on pût distinguer quoi que ce soit, mais les vagues étaient moins hautes et Lori réussit à dormir un peu.

Lorsque le soleil réapparut avec l'aube, ni les chaloupes ni le bateau de Morgan n'étaient visibles à l'horizon.

Lori s'abstint de demander à Jack ce que cela signifiait : elle le savait déjà. Sans eau ni nourriture, ils ne tiendraient pas longtemps.

Comme s'il devinait ses pensées, Jack lui fit un sourire encourageant avant de dire :

— Ils vont nous chercher.

— Je sais. Mais la question est de savoir s'ils nous trouveront.

Il haussa les épaules.

— Dans ces moments-là, on se prend à rêver d'un océan plus petit.

— Ou d'un radeau plus grand.

Il rit.

Lori humecta ses lèvres desséchées.

— T'es-tu déjà trouvé dans une situation pareille ?

— Non, admit Jack. C'est une nouvelle expérience. En tant que pirate, j'ai toujours eu un bateau.

Elle sourit de son humour.

— Je suis navrée qu'il ait coulé.

— Tu seras encore plus navrée dans trois jours, si on ne nous a pas retrouvés d'ici là.

Les traits de Lori durent trahir sa frayeur, car il s'empressa de rectifier :

— Je n'ai pas voulu dire ça. Ce n'était pas très malin de ma part.

— Mais c'est la vérité...

Jack la serra contre lui. Allongés, ils contemplèrent le ciel bleu au-dessus de leurs têtes, pendant que le radeau dérivait au milieu des vagues.

— J'ai peur, Jack, avoua Lori au bout d'un moment. Je n'ai pas envie de mourir. Et surtout pas comme ça.

Il se redressa sur un coude et lui caressa la joue.

— Ne t'inquiète pas, Lori. Je te jure que nous n'allons pas mourir ici.

— Qu'en sais-tu ?

Son hésitation à répondre se lut dans ses yeux.

— Je sais où je vais mourir, dit-il finalement. Et ce ne sera pas en mer.

Elle fronça les sourcils.

— Qu'en sais-tu ? demanda-t-elle à nouveau.

Jack détourna le regard.

— Il y a des années de cela, alors que j'étais à peine plus âgé que Kit, j'ai découvert une petite île. Dès que j'ai posé le pied dessus, j'ai su, instinctivement, que c'est là que Jack Rhys mourrait.

Lori ne s'attendait pas à ce genre de réponse. Jack Rhys, superstitieux ? Cela ne lui ressemblait guère...

— Tu le crois vraiment ? demanda-t-elle.

— Je sais que ça peut paraître ridicule. Mais Thadeus me répétait toujours qu'on ne peut pas combattre le destin. Et je sais, au plus profond de moi, que mon destin est de mourir là-bas.

— Comment s'appelle cette île ?

— L'île des Âmes perdues.

— C'est là que nous nous rendions, n'est-ce pas ?

Jack hocha la tête.

— J'ai pensé que c'était l'endroit idéal pour une confrontation.

Lori se redressa, furieuse.

— Je n'arrive pas à y croire ! Si je comprends bien, tu voulais aller là-bas pour te suicider ?

— Non, rectifia Jack. Je voulais simplement accomplir une prophétie. Mais je n'ai aucunement l'intention de laisser Wallingford gagner. Je te promets que je me battrai pour ma vie.

Lori n'était pas convaincue par son ton.

— Mais tu n'es pas vraiment sûr de gagner.

Jack croisa son regard, et elle put y lire toute sa détermination.

— Je me moque de gagner, du moment que j'aurai empalé Wallingford sur mon sabre.

Qu'avait donc pu lui faire l'amiral, pour que Jack soit prêt à sacrifier sa propre vie par vengeance ? se demanda Lori, médusée.

— Je ne comprends pas pourquoi tu le hais à ce point.

Jack exhala un long soupir.

— Je ne tiens pas à ce que tu comprennes. Cette histoire ne regarde que lui et moi.

— Et elle mérite que tu y risques ta vie ?

— Oui.

Lori enrageait de ne pas arriver à lui faire entendre raison.

— Comment peux-tu être aussi désinvolte avec ta propre existence ? Personnellement, je détesterais te voir mourir. Et as-tu seulement pensé à Kit ?

— Morgan s'en chargerait. Nous en avons déjà parlé.

— Tu lui confierais ton fils ?

— Je n'aurais pas le choix.

Au comble de la frustration, elle croisa les bras sur sa poitrine. C'était décidément inutile de parler avec lui.

Comme tous les hommes qu'elle connaissait, Jack avait décidé les choses une fois pour toutes et aucun argument ne le ferait changer d'avis.

Les hommes étaient-ils donc tous aussi bornés et entêtés ?

Finalement, elle se rallongea et laissa Jack l'enlacer.

Mon Dieu, Jack, pourquoi ne veux-tu pas regarder le monde avec mes yeux ?

Elle aurait aimé pouvoir rêver à leur avenir, comme elle avait rêvé, naguère, à son avenir avec Justin.

En fermant les yeux, elle pouvait aisément s'imaginer vivant dans une grande maison, environnée d'enfants à qui Jack ferait la lecture pendant qu'elle peindrait dans son atelier.

Sauf que Jack était un pirate dans l'âme, et qu'il était aussi indomptable que l'océan.

Ne renonce, pas Lori. Il en vaut tellement la peine...

Après tout, combien de gens lui avaient-ils répété qu'elle n'épouserait jamais Justin ?

Descends de tes nuages et regarde la réalité en face, lui avait seriné Amanda. *Pourquoi un Wallingford irait-il épouser la fille d'un vulgaire banquier ?*

Sur le coup, Lori avait failli étrangler son amie. Toutefois, Amanda avait raison : Justin avait toujours été fasciné par le prestige et les titres de noblesse.

Et pourtant, elle avait gagné son cœur.

Ce qui voulait dire qu'elle pouvait aussi gagner celui de Jack.

À condition, bien sûr, qu'ils ne meurent pas au milieu des vagues.

Le radeau dérivait toujours et les heures passaient lentement. Lori s'était rendormie ; assis à côté d'elle, Jack la contemplait.

Son visage commençait à rosir sous l'effet du soleil, et il aurait voulu avoir quelque chose pour la protéger.

Elle aurait dû être chez elle, en ce moment, à préparer son mariage. Bien qu'il détestât l'idée qu'elle puisse partager la vie de Justin, il aurait préféré cela à la voir périr à petit feu sur un radeau perdu sur l'océan.

Jack s'en voulait de l'avoir mêlée à son histoire. Lori était trop délicate, trop précieuse, pour partager quoi que ce soit avec un homme comme lui.

C'était étrange, mais en la regardant ainsi, il pouvait presque croire en l'amour. Du moins, pour la première fois de sa vie, il aurait voulu y croire. Croire que Lori pouvait réellement l'aimer pour lui-même...

Il lui prit la main. Elle était si menue, en comparaison de la sienne ! Et pourtant, Lori possédait une force de caractère qui appelait l'admiration.

Jack leva les yeux vers ce soleil implacable qui brûlait la peau de son ravissant visage, mais c'est au Ciel, qu'il s'adressa :

— Seigneur, murmura-t-il, je sais bien que Vous n'avez pas beaucoup de considération pour les mécréants comme moi. Du reste, Vous et moi sommes de parfaits étrangers. Malgré tout, je Vous serais infiniment reconnaissant si Vous aviez la bonté d'épargner la vie de ma compagne.

Il baissa les yeux sur Lori, qui dormait presque paisiblement.

— J'aimerais passer un marché avec Vous, Seigneur. Vous promettre, par exemple, de ne plus jamais me livrer à la piraterie. Voire, de renoncer pour toujours à la mer. Mais nous savons bien, l'un et l'autre, que je ne tiendrais pas ma parole. Alors, plutôt que de Vous mentir, je préfère être honnête et Vous demander simplement que Lori survive à cette épreuve.

Même si ça devait être sans lui.

Lui, par contre, n'était pas sûr de pouvoir survivre sans elle...

Inspectant la mer du regard, il essaya une nouvelle fois d'apercevoir les chaloupes, ou le bateau de Morgan. Il ne vit que le bleu du ciel et des vagues. À l'infini.

Il ne restait plus qu'à espérer un miracle qui devenait hélas ! de moins en moins probable au fil des minutes.

Quand Lori se fut réveillée, ils restèrent à peu près silencieux, autant pour épargner leurs gorges desséchées que parce qu'ils étaient tous deux perdus dans leurs pensées et leurs regrets.

La nuit tomba enfin, leur apportant un relatif soulagement : au moins, ils n'avaient plus à endurer la brûlure du soleil. Toutefois, un vent frais s'étant levé, ils se lovèrent l'un contre l'autre pour s'en protéger.

Un peu après minuit, ils réussirent enfin à s'endormir.

Lori se réveilla la première, alors que l'aube pointait à l'horizon. Son estomac commençait à crier famine et sa gorge était plus desséchée et douloureuse que jamais. La perspective de pouvoir se rendormir un peu lui apparaissait la seule possibilité d'échapper à sa situation. Cependant, elle trouva la force de relever la tête pour ausculter une fois de plus les vagues.

Et c'est là qu'elle aperçut...

Des arbres ?

Elle se redressa d'un bond.

— Jack ! s'écria-t-elle en le secouant pour le forcer à se réveiller. Jack ! La terre !

Jack se rassit si rapidement, que leurs têtes se cognèrent.

— Aïe ! fit Lori, qui se massa la tempe pour atténuer la douleur.

Mais Jack ne lui prêta pas attention : il regardait en direction de l'île vers laquelle les entraînait leur esquif.

— Bon sang, c'est trop beau ! murmura-t-il.

Se tournant vers Lori, il ajouta :

— Viens, finissons à la nage.

Il se laissa tomber du radeau.

Lori le suivit sans hésiter. Ils n'étaient plus très loin du rivage et il ne leur fallut que quelques minutes pour atteindre une petite plage de sable fin.

La terre ferme ! s'extasia Lori. Et une terre magnifique, en prime. Avec des arbres et de l'ombre.

Jack grimpa au premier cocotier qu'il trouva et fit tomber deux noix sur le sol. Lori les ramassa, mais resta perplexe devant la dureté de leur écorce.

— Comment allons-nous les ouvrir ?

Jack, qui était redescendu du tronc, tira une dague de sa botte.

— Avec ça, dit-il en prenant l'une des noix qu'il fendit en deux d'un coup de lame.

Il tendit une moitié à Lori, qui s'empressa d'en boire le lait. Elle était trop affamée et assoiffée pour se souvenir qu'elle détestait le lait de coco. Pour l'heure, c'était assurément la meilleure chose qu'elle ait jamais goûtée.

En un rien de temps, ils eurent vidé les deux noix. Jack rangea alors sa dague dans sa botte.

— Maintenant, il ne nous reste plus qu'à trouver de l'eau douce. Et un peu de viande.

— Oui, confirma Lori. De l'eau serait la bienvenue.

Jack effleura ses joues rougies par le soleil.

— Je vais aussi essayer de dénicher un peu d'aloès, pour apaiser tes brûlures.

Avant qu'elle n'ait pu répondre, il avait de nouveau tiré sa dague de sa botte.

— Sais-tu comment pêcher les huîtres ?

— J'ai grandi à Charleston, lui rappela-t-elle. Évidemment, que je sais pêcher les huîtres !

— Parfait.

Il lui tendit la dague, ainsi que les noix de coco évidées :

— Tu pourras les mettre là-dedans. Va nous en récolter quelques-unes, pendant que je cherche de l'eau. Je reviens dès que possible.

Lori prit la dague et les noix et partit vers le rivage, tandis que Jack s'enfonçait dans l'intérieur de l'île.

Vers midi, Jack avait trouvé de l'eau douce, ils s'étaient régalés d'huîtres, de baies, et d'une petite caille que Jack avait réussi à attraper. Repue, Lori s'assit au bord du ruisseau qui coulait à quelques centaines de mètres seulement de la plage où ils avaient abordé. Penchant la tête dans l'eau, elle rinça ses cheveux poisseux de sel puis entreprit de les démêler avec ses doigts.

Allongé sur le côté, Jack la regardait faire. Sa chemise, déchirée par endroits, laissait entrevoir les muscles de son torse et il arborait une barbe de trois jours. Lori ne put résister à l'envie de sourire.

— Qu'y a-t-il de si drôle ? voulut-il savoir.

— Tu ressembles plus que jamais à un pirate. Il ne te manque plus qu'une jambe de bois et un bandeau sur un œil.

Il s'esclaffa.

— J'ai toujours été assez chanceux pour éviter des blessures trop graves. Notamment au visage. Thadeus disait que c'était un miracle, parce que j'avais la tête tellement gonflée d'orgueil que personne n'aurait dû la manquer.

Lori rit avec lui.

— Qui était Thadeus ?

Jack perdit aussitôt sa bonne humeur ; un voile de tristesse assombrit son visage. Lori s'arrêta de démêler ses cheveux.

— Jack ?

Il soupira et arracha une touffe d'herbe qu'il tritura entre ses doigts cependant qu'il contemplait le petit cours d'eau.

— Thadeus était mon mentor. En fait, l'équivalent d'un père.

— Était-il l'un des hommes fréquentant le bordel où travaillait ta mère ?

Jack parut incroyablement choqué par cette supposition.

— Grands dieux, non ! Je l'ai rencontré après avoir tué Baxter. Je savais que, pour survivre, je n'avais d'autre choix que de rallier le premier bateau pirate prêt à larguer les amarres. Je m'imaginais en effet que les pirates, à l'inverse des marins marchands, ne se soucieraient pas de savoir que j'avais tué quelqu'un. Il s'est trouvé que Robert

Dreck allait prendre la mer lorsque je suis arrivé sur le port.

— Robert Dreck ? répéta Lori.

Elle se souvenait que Jack avait déjà mentionné ce nom devant elle ; par contre, elle ne se rappelait pas que lord Wallingford, ou un quelconque autre officier anglais qu'elle connaissait, l'ait une seule fois évoqué en sa présence.

— Je n'ai jamais entendu parler de lui, ajouta-t-elle.

— C'est parce qu'il ne recherchait pas la célébrité. Il était devenu pirate uniquement pour le profit qu'il pouvait en retirer. Une fois fortune faite, il a pris tranquillement sa retraite, et s'est offert une vie de luxe.

Lori trouvait l'idée presque romantique.

— Il a vraiment fait ça ?

— Oui.

Elle reprit le démêlage de ses cheveux.

— Donc, tu as rencontré Thadeus sur le bateau de ce Robert Dreck ?

Jack hocha la tête.

— J'avais quatorze ans et le cœur plein de haine. Robert n'était pas convaincu de pouvoir me faire confiance, alors il a demandé à Thadeus de me prendre en main pour se charger de mon éducation.

— J'imagine qu'il a eu du pain sur la planche.

— C'est le moins que l'on puisse dire ! Mais c'était un modèle de patience. J'ai encore du mal à comprendre comment il a pu ne pas m'étrangler, au cours des premiers mois où nous nous sommes fréquentés.

Jugeant qu'elle avait assez démêlé ses cheveux, Lori s'installa plus confortablement sur l'herbe.

— Pourquoi ?

— Dire que je lui manquais de respect serait bien en dessous de la vérité. Thadeus avait à peu près ta taille. Ce n'était pas un bonhomme costaud. Il ne lui restait que quelques touffes de cheveux gris parsemant son crâne dégarni et il portait des lunettes. Bref, il avait plus l'air d'un savant que d'un marin. Je ne comprenais pas pourquoi Robert le tolérait dans son équipage. Je n'ai jamais vu Thadeus jurer ni boire de l'alcool. Par contre, il portait toujours un livre sur lui.

— Tu l'admirais, devina Lori à son ton.

— Pas au début. Je le prenais pour un lâche qui ne savait pas se battre. Et je le plaisantais là-dessus. J'étais le seul à le faire, mais j'étais trop aveugle et stupide pour voir ce que les autres savaient.

— Qu'est-ce qui t'a fait changer d'avis ?

Jack jeta ses brins d'herbe dans l'eau et les regarda filer avec le courant.

— Un soir où nous étions à terre, j'avais suivi une partie de l'équipage dans une taverne, commença-t-il. Robert envoya Thadeus nous chercher. Dans la taverne, il y avait des matelots d'autres bateaux pirates. Quand Thadeus a poussé la porte, ils ont tous éclaté de rire en le voyant. Trois d'entre eux l'ont même bousculé et ont cherché à lui voler le livre qu'il tenait. Il les a ignorés et s'est approché de mon siège. J'avais envie de le venger contre les imbéciles qui le tourmentaient, mais quand j'ai tiré mon sabre, Thadeus m'a retenu la main en m'expliquant que si je commençais à tuer tous les gens qui m'insupportaient, je finirais vite par me retrouver bien seul.

Il baissa les yeux, avant d'ajouter :

— J'étais si furieux contre lui que je l'ai traité de couard et de poltron. Et je lui ai même dit que j'espérais que les trois gredins auraient sa peau.

Lori ne pouvait imaginer le Jack qu'elle connaissait proférant des choses aussi monstrueuses. Mais elle sentait bien, à son ton, qu'il avait eu honte, après coup, de son comportement.

D'ailleurs, il soupira longuement, avant de poursuivre son récit :

— Quand il devint clair que Thadeus ne rentrerait pas dans leur provocation, les types s'en sont désintéressés. Ils ont alors reporté leur attention sur l'une des serveuses de la taverne. L'un d'eux l'avait plaquée sur une table, et ses comparses la menaçaient de la violer devant tout le monde. La pauvre fille criait, mais personne n'a bougé. Sauf Thadeus. Je l'ai vu tirer son sabre de sa ceinture et rien que ça, c'était à peine croyable ! J'avais fini par m'imaginer qu'il n'en portait un que pour la décoration. Je n'en revenais pas de voir qu'il savait parfaitement le tenir en main. Mais le plus étonnant, pour moi, c'est qu'il ne manifestait aucune rage, aucune colère. Il s'est contenté de s'approcher des types pour leur expliquer qu'ils avaient le choix : ou laisser la fille tranquille, ou mourir.

C'était pratiquement les mêmes mots qu'avait employés Jack au Sanglier couronné, lorsqu'il l'avait sauvée d'un sort comparable. Lori n'eut donc aucune peine à deviner l'influence que Thadeus avait pu exercer sur lui.

— Les marins ont voulu se battre ? demanda-t-elle.

— Évidemment. La fille en a d'ailleurs profité pour leur échapper. En moins de cinq minutes, Thadeus avait désarmé les deux premiers, et blessé le troisième. Il exécutait, avec son sabre, des passes que je n'avais encore jamais vues. Et la rapidité de ses mouvements me stupéfiait. C'est à ce moment-là que j'ai su que j'avais envie de devenir l'homme qu'il essayait de faire de moi.

Lori lui sourit.

— Et c'est Thadeus qui t'a appris à lire.

— À lire, à écrire, à réfléchir, à regarder le monde pour le comprendre. Il a fait de moi l'homme que tu as devant toi aujourd'hui.

Il y avait tellement d'affection, dans sa voix, que Lori comprit qu'il avait réellement aimé Thadeus comme un père.

— Où est-il, maintenant ? voulut-elle savoir.

— Il est mort, il y a quelques mois.

— Oh ! Jack, je suis navrée ! Que lui est-il arrivé ?

15

Jack faillit révéler à Lori qui avait tué Thadeus et comment.

Mais il se retint à la dernière minute. Qu'est-ce que cela apporterait à Lori de savoir quel monstre était Wallingford ? Ce serait, au fond, très égoïste de sa part que de lui faire haïr un homme qu'elle avait toujours admiré.

Qu'elle garde ses illusions, après tout ! Elle avait déjà assez souffert comme cela. Jack ne voulait pas lui infliger d'épreuves supplémentaires.

— Thadeus est mort au combat, se contenta-t-il de répondre.

Ce qui n'était qu'un demi-mensonge.

— Sur ton bateau ?

Jack secoua la tête.

— Non. Il s'était engagé aux côtés des Patriotes. Il prétendait qu'il existait certaines causes qui dépassaient le sort d'un individu. Des causes qui méritaient qu'on leur sacrifie sa vie.

À son expression, Jack comprit qu'elle partageait ce noble point de vue. Cela ne l'étonnait pas vraiment : Lori était une rêveuse idéaliste, bien différente de toutes les femmes tellement terre à terre qu'il avait pu connaître jusqu'alors.

Et elle avait encore tous ses rêves et ses espoirs.

Sauf un, celui d'épouser Justin. Et c'était sa faute à lui. Oh, bien sûr, il aurait pu trouver à se justifier en se répétant que c'était mieux pour elle, mais les faits étaient bien là : il lui avait fait perdre le fiancé qu'elle s'était choisi.

Il voulut lui caresser la joue mais Lori, que ses coups de soleil faisaient souffrir, grimaça.

— Je comprends, maintenant, pourquoi on m'a toujours recommandé d'éviter le soleil. C'est terriblement douloureux.

Jack laissa retomber sa main. Voilà au moins une épreuve qu'il pouvait lui épargner.

— Attends-moi ici. Je reviens tout de suite.

Il se rendit dans un bosquet d'aloès qu'il avait repéré un peu plus tôt, cueillit quelques feuilles et revint.

S'agenouillant devant Lori, il lui appliqua délicatement sur le visage la sève des feuilles qu'il pressait sur ses doigts. Lori ferma les yeux et s'abandonna à ses mains expertes avec un soupir de pur contentement.

Aussitôt, Jack sentit son désir renaître. Il dut faire appel à toute sa volonté pour continuer à soigner ses brûlures plutôt que de chercher à apaiser celles qu'elle lui inspirait.

— C'est merveilleux, murmura-t-elle. Je sens que ma peau va déjà beaucoup mieux.

Rendu muet par le désir, Jack étendit un peu de sève sur la naissance de sa gorge, là où l'échancrure de sa chemise avait exposé son épiderme aux rayons du soleil. Ce faisant, il fut bien obligé d'immiscer ses doigts dans le sillon qui séparait ses seins.

La jeune femme retint son souffle.

Incapable de se contenir plus longtemps, Jack s'empara alors de ses lèvres, et la fit s'allonger avec lui sur l'herbe.

— Jack... oh ! Jack... gémit-elle.

Il ferma les yeux, savourant d'entendre son nom prononcé par ces lèvres qui lui étaient devenues si chères. La voix de Lori résonnait à ses oreilles comme une merveilleuse caresse. Auprès d'elle, il se sentait étrangement libre, honnête. Héroïque.

Porté par l'émotion, il lui déboutonna lentement sa chemise, pour exposer ses seins à son regard. Il brûlait d'envie de lui révéler l'importance qu'elle avait prise à ses yeux, et combien l'idée qu'elle puisse le quitter le faisait souffrir. Les mots restèrent toutefois dans sa gorge.

Pourquoi, après tout, irait-il lui donner des espoirs sur leur avenir, alors qu'il savait le destin qui l'attendait ? D'une manière ou d'une autre, Jack Rhys allait mourir. Soit il serait tué par Wallingford lui-même, soit par l'un de ses hommes, s'il parvenait à accomplir sa vengeance.

Tu pourrais t'enfuir avec elle...

Bien sûr, mais cette solution obligerait Lori à fuir également son père, qu'elle chérissait par-dessus tout. Et à tourner définitivement le dos au monde confortable qu'elle avait connu.

Jack n'était pas assez égoïste pour lui imposer cela. Il avait déjà assez obtenu d'elle pour ne pas lui prendre davantage.

— Jack ? murmura-t-elle. Quelque chose ne va pas ? Tu as l'air soucieux.

— Non, non, tout va bien, répondit-il, la réduisant au silence par un autre baiser tandis qu'il lui dégrafait maintenant son pantalon.

Puis il entreprit de se déshabiller à son tour.

Quand ils furent nus l'un et l'autre, Jack prit la jeune femme dans ses bras. Lori laissa échapper un gémissement de plaisir lorsqu'il emprisonna l'un de ses tétons dans sa bouche. En réponse, elle lui empoigna les fesses à pleines mains, pour l'attirer plus près d'elle.

— Je te veux en moi, l'implora-t-elle. S'il te plaît.

— Tes désirs sont des ordres, répliqua-t-il avant de s'exécuter.

La jeune femme noua ses jambes aux hanches de son compagnon, pour s'ouvrir davantage à lui. Les yeux fermés, Jack s'abandonna à leur étreinte avec un étrange sentiment de complétude.

Pour la première fois de sa vie, il sentait que quelque chose le reliait vraiment à quelqu'un d'autre que lui-même.

Mais cette découverte avait de quoi l'angoisser.

Lori bascula tout à coup la tête en arrière et cria sa jouissance. Jack s'enfonça plus profondément en elle, avide maintenant de connaître lui aussi cette libération du corps. Son plaisir arriva avec une telle fulgurance qu'il eut juste le temps de se retirer avant qu'il ne soit trop tard.

Il roula ensuite sur le côté, afin de reprendre son souffle. Il tremblait à l'idée de ce qui avait failli arriver. Jamais, auparavant, il n'avait consommé l'acte jusqu'au bout avec aucune femme.

La vérité c'est que, cette fois, il n'avait pas eu envie de se retirer. Son corps s'était presque révolté à cette idée, et il avait dû faire appel à toute sa volonté pour ne pas l'écouter.

Puisque c'était ainsi, il se promit de ne plus jamais toucher Lori. Elle le mettait trop en danger, et il n'était pas sûr de pouvoir combattre encore longtemps les étranges sentiments qu'elle lui inspirait.

Ils restèrent un moment enlacés en silence. Puis Lori demanda :

— Crois-tu que cette île soit habitée ?

Jack hésita. La plage où ils s'étaient échoués lui avait paru vaguement familière, mais il n'aurait pas su dire pourquoi. Il avait tellement croisé d'îles semblables, au cours de ses navigations, qu'elles avaient tendance à se confondre dans sa mémoire.

— Je n'en sais rien, répondit-il finalement. Mais ce serait une bonne idée d'inspecter les environs pour nous rendre compte.

Lori se redressa aussitôt et récupéra sa chemise pour la remettre.

— Ça peut quand même attendre un peu, objecta Jack, surpris par sa réaction.

— Reste allongé tout nu si ça te chante. Moi, je n'ai aucune envie d'être surprise en petite tenue par un étranger.

Jack la regarda s'habiller.

— Il n'y a peut-être que toi et moi, ici, avança-t-il.

Un peu déroutée, Lori se tourna vers lui.

— Ça t'embêterait, si nous devions passer le restant de nos jours ici ? demanda Jack, surpris lui-même par sa question, et comprenant encore moins pourquoi la réponse de la jeune femme lui semblait tout à coup si importante.

— Peut-être, admit-elle honnêtement. Mon père me manquerait beaucoup.

— Que regretterais-tu d'autre ?

— Les tartes aux pommes d'Agatha. Et Samson, mon cheval.

Ne lui demande pas !

Il ne put cependant s'empêcher de poser la question qui lui brûlait les lèvres :

— Et Justin ?

Lori le regarda droit dans les yeux.

— Qu'attends-tu que je te dise, Jack ?

— La vérité. Dis-moi la vérité.

Elle soupira.

— Si tu tiens absolument à savoir si je l'aime encore, alors oui, une partie de moi l'aimera toujours.

La déception de Jack était si grande qu'il eut subitement l'impression qu'un poids énorme lui oppressait la poitrine.

Mais qu'espérais-tu, mon vieux ? Qu'elle te réponde : « Non, Jack, je ne m'intéresse plus à ce crétin. C'est toi que j'aime, désormais. »

Ne rêve pas...

Il se releva à son tour et entreprit de se rhabiller.

— Je suppose que si tu avais eu le choix, tu aurais préféré te retrouver sur une île déserte avec lui.

Lori le fusilla du regard.

— Je n'ai pas dit ça.

— Tu n'avais pas besoin d'aller jusque-là.

Les mains plaquées sur les hanches, elle le toisa.

— Pourquoi es-tu en colère ?

— Je ne suis pas en colère, répliqua-t-il en enfilant sa chemise avec des gestes trop brusques.

— Si, tu l'es ! Tu m'avais dit que tu voulais la vérité.

— Et tu me l'as dite.

Le problème, c'est que cette vérité lui avait fait l'effet d'un coup de poignard en plein cœur.

Bon sang, pourquoi ne pouvait-elle pas l'aimer *lui ?*

Ce serait... ce serait merveilleux, oui.

Mais aussi terrifiant.

Ses bottes enfilées, Jack s'éloigna du ruisseau.

— Jack, où vas-tu ?

— J'ai besoin de réfléchir.

Les bras croisés sur la poitrine, Lori regarda Jack disparaître dans la végétation.

Ah ! les hommes ! pesta-t-elle. Quand vous leur donnez ce qu'ils réclament, ils ne sont jamais contents.

— Bon, parfait, murmura-t-elle. Va bouder dans ton coin.

Attends une minute, ma petite, lui chuchota sa raison. *Et s'il avait eu envie de t'entendre dire que tu l'aimais ?*

En y réfléchissant un peu, elle se dit que c'était quand même peu probable. Jack Rhys s'enorgueillissait de n'avoir jamais besoin de personne. Si elle lui avait fait cet aveu, il lui aurait probablement ri au nez.

Ou pire : il se serait enfui à toutes jambes.

Non. Pour le gagner, elle devait absolument obtenir qu'il lui déclare son amour en premier.

Une préoccupation plus importante lui vint soudain. Elle était seule, dans une petite clairière sur une île dont elle ne connaissait rien, et la seule personne possédant une arme venait de la planter là !

— Jack ! s'écria-t-elle en se mettant à courir derrière lui.

Elle l'aperçut enfin qui suivait un sentier serpentant entre les arbres. La végétation devenait si dense, à présent, que la lumière du soleil n'y pénétrait que difficilement. Des cris étranges résonnaient dans l'air – sans doute émis par des animaux exotiques. Lori se rappela alors les histoires angoissantes qu'elle avait lues sur les dangers de la jungle : bêtes sauvages, sables mouvants...

Comme s'il avait deviné ses pensées, Jack se retourna tout à coup :

— Ce n'était pas une bonne idée de te laisser derrière moi, hein ?

Pour toute réponse, elle secoua la tête.

Quand elle fut parvenue à sa hauteur, il la prit par la main.

— Viens, lui dit-il. Voyons où mène ce sentier.

Au bout d'une bonne heure de marche, le chemin déboucha soudain sur une bourgade, constituée pour l'essentiel de bicoques en bois ou en terre battue. Son allure rappela à Lori les faubourgs pauvres de Charleston.

Des hommes, des femmes et des enfants se promenaient dans les rues. Des étals proposaient du poisson ou des légumes frais. Il y avait même des charrettes et des chevaux !

— Je n'en crois pas mes yeux ! marmonna Jack, éberlué.

— Jack ! cria soudain une voix.

Lori regarda autour d'elle et vit un cavalier monté sur un étalon noir. C'était un grand gaillard, élancé, avec des cheveux bruns et des yeux gris. Une cicatrice, probablement provoquée par un coup de sabre, lui mangeait la moitié de la joue droite.

— Ben ! s'exclama Jack en lâchant la main de la jeune femme. C'est pas vrai ! Toi ici !

— C'est plutôt à moi d'être surpris, répliqua Ben. Morgan m'a raconté que ton bateau avait coulé.

— C'est vrai. Mais j'ai pu dériver sur un radeau et j'ai abordé de l'autre côté de l'île.

Ben s'esclaffa.

— Il n'y a que Black Jack Rhys pour avoir une chance pareille !

Il sauta de selle et serra la main de Jack.

— Où est Morgan ? demanda celui-ci.

— Il te cherche.

Lori ne comprenait pas très bien la situation. Elle devinait qu'ils avaient échoué par hasard sur la bonne île, mais elle ignorait qui était cet homme, et ce qu'il représentait pour Jack.

Ce dernier se tourna vers elle, pour la désigner :

— Ben Gerrit, je te présente Lorelei Duprée, mon otage.

Ben claqua des talons et s'inclina respectueusement devant la jeune femme, comme un authentique gentilhomme.

Lori lui offrit sa main, qu'il s'empressa de baiser.

— Vous me voyez charmé, mademoiselle.

— Ravie de vous rencontrer, répliqua poliment Lori.

Jack saisit le bras de Lori pour éloigner sa main des lèvres de Ben.

— Ne sois pas trop charmé quand même, dit-il à celui-ci.

Ben s'esclaffa.

— Tu me connais !

— Ben est l'un de mes plus vieux ennemis, expliqua Jack à Lori.

Ennemi ? Ils ne se comportaient pourtant pas en ennemis ! Décidément, Lori ne comprenait plus rien.

— C'est vrai, avoua Ben. La première fois que j'ai été nommé gouverneur de l'île des Âmes perdues, j'ai juré de faire pendre ce ruffian. Mais à la fin, c'est moi qui me suis retrouvé à me balancer au bout d'une corde. Sans l'intervention de Jack, je ne serais pas là aujourd'hui pour en parler.

— Quoi ? s'exclama Lori, stupéfiée par cette histoire.

— Ben a un don pour se faire détester par tout le monde, expliqua Jack non sans humour. En seulement deux semaines, il avait imposé tant de lois impopulaires que les habitants se sont révoltés.

Ben hocha la tête.

— Mais je suis meilleur, maintenant, assura-t-il.

— Meilleur pour te faire détester de tes sujets ? le taquina Jack.

— Jack ! protesta Lori.

Ben rit de bon cœur.

— Ne faites pas attention à ce qu'il raconte. Cela dit, je me demande encore aujourd'hui pourquoi il m'a sauvé la vie.

Jack croisa les bras sur sa poitrine.

— Parce qu'il n'est jamais mauvais d'avoir un potentat local qui vous soit redevable de quelque chose.

— C'est vrai, convint Ben.

Changeant de sujet, il ajouta :

— J'imagine qu'après vos aventures, vous avez besoin de vous rafraîchir un peu. Venez chez moi, je vais vous faire préparer des chambres.

Jack déclina son offre.

— Ne te donne pas cette peine, expliqua-t-il à Ben, manifestement déçu par son refus. Un vaisseau anglais nous pourchasse. Il ne devrait pas tarder à arriver, et il vaut mieux pour toi que son capitaine ne découvre pas que tu nous héberges. Cette fois, je risquerais de ne plus être là pour empêcher la corde de se resserrer autour de ton cou.

Ben grimaça.

— Je suppose que tu as raison.

— Je savais que tu comprendrais.

— En tout cas, je vais immédiatement faire prévenir Morgan de ton arrivée, reprit Ben. La plupart de tes hommes sont descendus chez Régina.

Puis, regardant dans la direction de la mer, il demanda :

— Un Anglais, dis-tu ?

— Oui. Et probablement armé jusqu'à la gueule.

Ben paraissait sceptique.

— Morgan m'aurait prévenu.

— Il aura oublié de le faire.

— Sans doute. Bon, je vais vous laisser, maintenant. J'ai des dispositions à prendre, annonça Ben.

S''inclinant à nouveau devant Lori, il ajouta :

— Je vous dis à bientôt, mademoiselle.

Là-dessus, il remonta sur son cheval et partit au galop.

— Tu lui as vraiment sauvé la vie ? demanda Lori à Jack tandis qu'ils se remettaient en marche.

— Oui.

— Tu es décidément un homme formidable.

— N'exagérons rien.

Ils croisèrent des matelots à mine patibulaire, des mendiants qui imploraient leur générosité et même des prostituées outrageusement fardées, qui vendaient sans vergogne leurs charmes sur le trottoir.

— Ce n'est pas un endroit très agréable, commenta Lori qui venait d'éviter de justesse un ivrogne titubant.

— Il n'a pas été baptisé l'île des Âmes perdues pour rien. Mais tant que tu resteras à côté de moi, tu ne courras aucun danger.

Apercevant deux hommes qui se battaient un peu plus loin, Lori se fit la réflexion qu'elle n'avait de toute façon aucune envie de s'éloigner de lui.

Jack l'entraîna vers une imposante bâtisse, à l'extrémité d'une rue poussiéreuse. Sa façade avait été bleue, autrefois, mais la peinture avait pâli sous le soleil et s'écaillait en maints endroits.

— Ne t'inquiète pas, la rassura Jack. L'intérieur est beaucoup mieux.

Il avait raison. En passant le seuil, Lori fut médusée de découvrir une demeure luxueuse. Tapissé d'un somptueux papier peint doré, le hall se terminait par un grand escalier à balustrade.

Une salle à manger aux dimensions impressionnantes s'ouvrait à droite et un salon à gauche. Jack la poussa vers le salon richement décoré. Les fauteuils et les sofas tendus de velours étaient de style Chippendale. Des tables en bois sculpté, occupées par plusieurs hommes et femmes à l'allure rustre, étaient disséminées dans la pièce. La plupart cessèrent de boire et de jouer aux cartes pour dévisager les nouveaux arrivants.

— Mais c'est Jack Rhys ! s'exclama soudain une voix sensuelle. Il est donc bien vivant !

Une créature pulpeuse d'environ trente ans venait d'entrer derrière eux. Ses cheveux bruns étaient relevés en chignon, sa robe moulante mettait en valeur sa silhouette généreuse et ses yeux évoquaient ceux d'une tigresse. Lori n'aima pas du tout la manière dont elle regardait Jack.

— Régina... répondit celui-ci avec un sourire charmeur qui donna à Lori l'envie de lui décocher un coup de coude dans les côtes.

La dénommée Régina donna à son visiteur une accolade qui dura un peu trop longtemps au goût de la jeune femme.

— Mon chéri, tu as une allure épouvantable ! Pour un peu, tu ressemblerais à ces bâtards, murmura-t-elle en désignant d'un geste de la main les hommes présents dans la pièce.

Jack s'écarta enfin d'elle.

— Figure-toi que j'ai connu quelques mésaventures, ces derniers jours.

Régina humecta ses lèvres peinturlurées de rouge avec un mouvement de langue suggestif.

— Je vais te donner ma meilleure chambre. Et Davis va s'occuper de te préparer un bain.

— Merci, répondit Jack.

C'est alors seulement que Régina le quitta des yeux pour s'intéresser de plus près à Lori.

— Bonté divine ! s'exclama-t-elle. J'ai cru que c'était un de tes hommes.

Lori avança d'un pas, pour bien montrer à la créature qu'elle était une femme.

— Je te présente Lorelei Duprée, dit Jack. C'est la fille de sir Charles Duprée. Et pour l'heure, mon otage. J'aurai besoin de vêtements pour elle. Il lui faudra aussi un bain.

— Ah ! Jack... susurra Régina. J'adorerais que tu me prennes en otage !

— Une autre fois, peut-être.

Lori contenait à grand-peine sa fureur, mais Jack ne perdait rien pour attendre. Elle l'étriperait à la première occasion. À moins qu'elle ne l'étrangle dans son sommeil.

— Tu sais où trouver ta chambre, reprit Régina. Quant à ton otage...

Elle dévisagea Lori avec hauteur avant d'ajouter :

— ... j'ai ma petite idée sur l'endroit où la loger.

Jack secoua la tête.

— Non, il vaut mieux qu'elle partage ma chambre. Je ne veux pas lui donner d'occasions de s'échapper. Elle est rusée, tu sais.

Lori commençait à être passablement exaspérée qu'on parle d'elle comme si elle n'était pas là. Elle dut faire appel à toute sa volonté pour ne pas provoquer d'esclandre.

Régina fit une moue boudeuse.

— Si tu insistes...

— J'insiste.

— Bon, d'accord. Davis va monter vous rejoindre.

Jack salua Régina, puis entraîna Lori dans le hall puis vers l'escalier.

— « Quant à ton otage, j'ai ma petite idée sur l'endroit où la loger... » répéta Lori, imitant le ton méprisant de Régina. Moi, je sais ce que je lui logerais bien. Non mais, pour qui se prend-elle ?

Jack ouvrit une porte et s'effaça pour laisser la jeune femme entrer dans une grande chambre, bien tenue, et pourvue d'un lit à baldaquin.

Il semblait beaucoup s'amuser.

— Eh bien, Lori ! Je ne t'avais encore jamais vue de cette humeur.

— Oh, toi ! Quand j'aurai étranglé cette femme, je m'occuperai de te régler ton compte.

Jack referma la porte.

— Si tu veux un bon conseil, évite de t'en prendre à Régina. La confrontation tournerait à ton désavantage : elle n'hésiterait pas à t'empoisonner.

Lori sursauta.

— Quoi ?

— Elle ne se laisse pas facilement marcher sur les pieds, et la cruauté ne lui fait pas peur.

— Alors pourquoi m'as-tu amenée ici ? Pour me montrer ta maîtresse ?

Il éclata de rire.

— Ma quoi ?

Lori vit rouge.

— Ne me raconte pas d'histoires. J'ai très bien compris, à la façon dont elle t'a accueilli, que vous étiez intimes. Et je n'aime pas du tout ça, Jack Rhys !

— Sapristi, mais tu es jalouse !

— Oui, figure-toi !

Jack lui prit le visage dans ses mains.

— Franchement, il n'y a aucune raison pour que tu sois jalouse. Je viens ici uniquement parce que c'est l'hôtel le plus décent de la ville, et que la nourriture y est correcte. Régina a ses défauts, mais elle sait tenir une maison. Quant à être intime avec elle, excuse-moi, mais j'ai meilleur goût. Ce n'est pas moi qui vais t'apprendre que son charme est un peu... vulgaire.

Lori eut la conviction qu'il ne mentait pas. Elle alla s'asseoir à la table placée devant la fenêtre.

— Pourquoi me présentes-tu à tout le monde comme ton otage ?

— Parce que cette ville, comme tu l'as toi-même remarqué, est violente. Il est préférable que les gens te prennent pour mon otage. C'est le plus sûr pour toi. De plus, ils pourraient te juger durement.

Il avait dit cela d'un ton amer qui intrigua la jeune femme.

— C'est ce qui est arrivé à ta mère, n'est-ce pas ?

Contre toute attente, il n'hésita pas à répondre.

— Oui. Avant d'être prostituée, elle venait d'une famille tout à fait décente.

Jack alla s'asseoir sur le lit pour ôter ses bottes, mais cela ne l'empêcha pas de poursuivre son histoire :

— Son père était major dans l'armée. Il adorait sa fille unique.

Lori vint l'aider à se débarrasser de ses bottes.

— Je ne comprends plus rien, alors, avoua-t-elle. Si ton grand-père aimait ta mère, pourquoi est-elle...

— Elle tomba amoureuse d'un jeune officier de marine qui, hélas ! pour elle, était déjà marié. Quand elle se retrouva enceinte, il lui jura pourtant de ne jamais l'abandonner.

Lori posa les bottes à côté du lit, puis s'assit près de Jack.

— Mais il n'a pas tenu parole, devina-t-elle.

— Au début, si. Mon grand-père possédait une propriété, dans le nord de l'Angleterre, où ma mère s'installa. C'est là que j'ai d'abord grandi. Dans mon esprit, mes parents étaient mariés et si je ne voyais presque jamais mon père, c'était parce qu'il naviguait très loin sur les océans, comme tous les officiers de marine. De temps en temps, toutefois, il venait nous rendre visite. C'est lors de sa dernière visite que tout a basculé. Ce jour-là, il expliqua à ma mère qu'il avait décidé de quitter sa femme. Il voulait que nous nous enfuyions avec lui, et que nous quittions l'Angleterre pour gagner l'Amérique. Là-bas, personne ne nous connaissant, nous pourrions recommencer une nouvelle vie.

— Quel âge avais-tu ?

— Cinq ans. Je me souviens encore de lui me sortant de la maison dans ses bras, en plein milieu de la nuit. Je me sentais tellement en sécurité avec lui, alors, que j'étais assez naïf pour m'imaginer qu'il ne nous ferait jamais de mal.

— Mais tu te trompais...

— Oui. Tout n'était que mensonges. Il ne nous emmena jamais jusqu'en Amérique. Il s'arrêta dans les Caraïbes et là, nous abandonna dans une auberge. Avant de partir, il expliqua à ma mère qu'il allait chercher un autre bateau capable de nous conduire vers les côtes américaines. Il ne revint jamais.

Bouleversée, Lori ferma les yeux. Elle ne se représentait que trop bien l'horreur que cela avait dû être, pour eux deux.

— Qu'a fait ta mère ?

— Évidemment, elle l'a cherché partout. Et elle a fini par découvrir qu'il s'était embarqué sur un navire qui repartait pour l'Angleterre. Sans laisser un penny derrière lui, ni même un mot d'explication. Elle était anéantie.

La gorge serrée, Lori voulut lui prendre la main pour le réconforter. Sentant qu'il n'accepterait aucun geste de compassion pour l'instant, elle se retint cependant.

— Et toi ?

— De ce jour, j'ai voué à mon père une haine implacable, lâcha-t-il. À cause de lui, j'ai vu ma mère s'enfoncer dans la misère et me détester un peu plus chaque jour. Mais d'une certaine manière, elle avait raison : si je n'étais pas né, elle aurait connu une vie respectable.

Cette fois, Lori ne put s'empêcher de lui prendre la main.

— Mais ce n'était pas ta faute !

Jack haussa les épaules et libéra sa main.

— Je sais, murmura-t-il. Mais ça m'a quand même fait souffrir.

Croisant le regard de la jeune femme, il ajouta, solennel :

— Moi, je ne veux pas te faire de mal, Lori. Dieu m'est témoin que je ne souhaite vraiment pas qu'il t'arrive la même chose.

— Ça ne m'arrivera pas.

Il soupira.

— J'aimerais pouvoir te croire.

On frappa à leur porte. Jack alla ouvrir.

Plusieurs servantes entrèrent, apportant le tub pour le bain, des seaux d'eau chaude, du savon, des serviettes ainsi que des vêtements propres. Quand tout fut en place, elles se retirèrent prestement.

Jack désigna le tub à Lori :

— Prends ton bain en premier. Je vais chercher mes hommes, pendant ce temps.

— Nous pourrions le partager... suggéra la jeune femme.

Il sourit.

— Ne me tente pas. Tant que nous serons dans cet hôtel, je préfère protéger ta réputation autant que possible.

Lori soupira.

— Et moi, je préférerais t'avoir pour moi.

— Moi aussi, l'assura Jack. Mais cela doit attendre.

Il retira la clé de la serrure avant d'ouvrir la porte.

— Je vais t'enfermer. Cela rendra nos rôles plus crédibles. N'oublie pas que tu es mon otage !

Là-dessus, il disparut.

Déçue, Lori se débarrassa de ses vêtements et s'immergea dans le bain en repensant à ce que Jack lui avait confessé. Elle imaginait sans peine le chagrin qu'avait dû ressentir sa mère d'avoir été trahie par l'homme qu'elle aimait. Malgré tout, cela n'excusait pas complètement son attitude envers son fils.

Lori aurait tellement voulu donner à Jack l'amour que sa mère lui avait refusé !

— Oh ! Jack... murmura-t-elle. Je t'aime tellement.

Mais il faudrait un miracle pour que Jack oublie son passé et se fasse à l'idée qu'elle, elle ne le trahirait jamais.

Jack ne mit pas longtemps à rassembler tout son équipage dans le salon de l'hôtel. Il ne manquait que Billy et Tarik, partis avec Morgan à sa recherche.

La première question de ses hommes fut de savoir ce qu'il prévoyait pour l'avenir. Il leur annonça bien sûr qu'il achèterait un nouveau bateau.

La vérité, cependant, c'est qu'il rêvait de trouver un havre de paix où il pourrait s'installer avec Lori.

Calme-toi, mon vieux. Sinon, tu vas t'attirer de cruelles déceptions.

— Capitaine ! hurla soudain Kit dans son dos.

Jack se retourna. Escorté d'Alice et de Kesi, le garçon fit irruption dans la pièce et vint se jeter dans ses bras.

— Je savais que tu t'en sortirais ! s'exclama-t-il, ivre de joie.

Désignant les deux femmes qui l'accompagnaient, il ajouta :

— Elles croyaient que tu étais mort, mais moi je savais bien que ce n'était pas vrai.

— C'est exact, confirma Kesi. Il a toujours clamé que vous aviez survécu, capitaine.

— Lori est avec toi ? demanda l'enfant.

Jack hocha la tête.

— Oui. Elle est là-haut. Elle prend un bain.

— Tant mieux ! J'étais moins sûr qu'elle survivrait, vu que c'est une fille.

— Lori est solide, objecta Jack.

— C'est vrai, convint Kit. Pour une fille, elle se débrouille pas mal.

— Si vous permettez, capitaine, Alice et moi, nous aimerions monter la voir, intervint Kesi.

— Mais bien sûr, acquiesça Jack. Elle sera ravie de vous voir.

Il leur tendit la clé de la chambre.

Dès qu'il se retrouva seul avec son père, Kit demanda :

— Tu vas épouser Lori ?

— Quoi ? fit Jack, déconcerté par cette question inattendue.

— J'ai entendu Alice dire à Kesi que tu étais amoureux d'elle. C'est vrai ?

Jack ne sut que répondre à cela.

— L'amour n'a rien à voir dans l'histoire, Kit.

— Alors, tu couches juste avec elle ?

Jack n'en revenait pas : qui avait pu mettre tout ça dans la tête du gamin ?

— Parle moins fort, fiston ! Et non, je ne fais pas que dormir avec elle.

— Pourtant, c'est à ça que ça ressemblait, sur le bateau.

— Nous ne sommes plus à bord du bateau. Tout est différent, désormais.

— Ah... fit Kit. Dommage.

— Pourquoi ?

— Parce que je pense qu'elle t'aime.

16

Où Kit avait-il été chercher que Lori était amoureuse de lui ? Perplexe, Jack se posa cent fois la question tandis qu'il prenait son bain.

Alice et Kesi avaient emmené la jeune femme en bas, afin qu'elle puisse se restaurer pendant qu'il se lavait et se rendait présentable.

Il avait beau se remémorer tous les moments passés avec Lori, il ne comprenait toujours pas. Kit aurait-il vu quelque chose qui lui aurait échappé ?

Certes, ils s'appréciaient mutuellement et aimaient passer du temps l'un avec l'autre. Lori semblait même prendre plaisir à leurs joutes verbales.

Mais de là à parler d'amour ?

Il y avait bien ces regards, qu'elle lui lançait à la dérobée. Ou ce feu, dans ses prunelles, quand ils étaient ensemble...

Mais ce n'est que du désir. Ne te fais pas d'illusions.

Que savait Kit de l'amour, du reste ? Ce n'était encore qu'un gamin.

Lori était installée à l'une des tables du salon, avec Alice, Mavis, Kesi, Sarah et Kit. Ils buvaient du thé et savouraient les petits-fours de Régina en attendant le plat chaud commandé pour Lori.

— Nous nous sommes tellement inquiétées pour vous deux ! expliqua Mavis en versant de la crème dans son thé.

Alice lui passa ensuite le sucrier.

— Surtout quand nous avons retrouvé Ernie, alors que nous avions perdu toute trace de vous, ajouta cette dernière.

— Vous avez retrouvé Ernie ? s'exclama Lori, ravie qu'il ait finalement pu être secouru.

— Oui, confirma Mavis. Il était blessé, mais il s'en est sorti sans trop de dommage.

Régina apporta son repas à Lori, qu'elle regarda dédaigneusement avant de s'adresser aux autres :

— Je m'étonne de vous voir partager la table de cette pimbêche. J'aurais juré que vous détestiez autant que moi les petites snobs dans son genre.

— Ne la juge pas trop vite, Régina, intervint Alice. Lori est très agréable, quand on la connaît.

Régina haussa les épaules.

— Je trouverais surtout agréable qu'elle déguerpisse d'ici. Elle me gâche l'atmosphère.

Se souvenant des paroles de Jack à propos de leur hôtesse et notamment du poison, Lori attendit qu'elle se soit éloignée pour repousser son assiette.

— Pourquoi me déteste-t-elle autant ? demanda-t-elle à Alice.

Alice reposa sa tasse.

— C'est une harpie jalouse, voilà tout. Elle court après Jack depuis des années, mais il ne lui a jamais accordé ne serait-ce qu'une danse.

Mavis tapota affectueusement le bras de Lori.

— Et ici, elle est la reine. Alors, quand elle croise une vraie lady, elle devient fielleuse.

Kesi montra son assiette à Lori :

— Mangez, ma petite. Régina ne se risquerait pas à vous faire du mal. Elle sait trop bien que Jack l'étranglerait.

Lori avait à peine avalé une bouchée qu'un groupe de matelots à la mine patibulaire fit son entrée dans la pièce.

— Bonté divine ! soupira Alice. C'est Gory Galbraith. Voilà des ennuis en perspective.

Lori s'essuya les lèvres avec sa serviette avant de demander :

— Qui est-ce ?

— Le plus atroce pirate qui ait jamais existé, expliqua Kit. À côté de lui, même Barbe noire passerait pour un saint.

— Je crois que nous ferions mieux de nous éclipser, suggéra Alice. Prenez votre assiette, Lori, et montons toutes dans ma chambre.

— Attendez, chuchota Mavis. Il nous a vues. Ne bougeons pas. Avec un peu de chance, il va repartir assez vite.

C'est tout le contraire qui se produisit.

Les quatre nouveaux arrivants vinrent droit à leur table.

— Tiens, tiens, tiens... qu'est-ce que je vois là ? demanda celui qui paraissait être leur chef.

— On dirait des colombes, capitaine.

— Mais oui, acquiesça Galbraith.

L'un des pirates se pencha vers Alice, pour la renifler.

— Hum... et elles sentent bon. J'ai comme l'impression qu'on a affaire à des vraies dames, capitaine. Pas des vulgaires catins.

— Tu dois te tromper, Léo, objecta Galbraith. Régina n'a jamais ouvert sa porte à des vraies dames.

— Si, ce sont des dames ! protesta Kit. Et si vous les importunez, vous aurez affaire à moi.

Galbraith se tourna vers lui :

— Qu'est-ce que t'as dit, l'insccte ?

Kit se leva de sa chaise.

— Je vous ai dit de ne pas les importuner.

— Assieds-toi, Kit ! lui ordonna Mavis. Et ne te mêle pas de ça.

— La vieille a raison, approuva le capitaine. Les rats dans ton genre, j'en fais de la chair à pâté.

Lori ne put s'empêcher d'intervenir.

— Cet enfant n'est ni un insecte ni un rat, dit-elle. Et je vous serais reconnaissante de le laisser tranquille.

Galbraith reporta aussitôt son attention sur elle.

Zut ! pesta Lori qui se reprochait déjà son éclat. Bon sang, pourquoi n'avait-elle pas gardé gentiment le silence ?

— C'est à moi que tu parles ? lui demanda Galbraith.

Lori déglutit péniblement.

— Non.

Galbraith frotta son oreille avec son doigt, comme s'il voulait la nettoyer.

— C'est bizarre. J'aurais pourtant juré que tu m'avais dit quelque chose.

Lori préféra ne rien répliquer.

Galbraith tira brusquement la chaise de Kit en arrière, ce qui fit tomber le gamin par terre.

— Oups, dit-il. Je crois que tu vas devoir te trouver un autre siège.

Puis il s'assit sur la chaise ainsi libérée tandis que ses trois comparses éclataient de rire.

Lori ne pouvait pas laisser ces brutes s'en prendre à un enfant sans réagir.

— Et vous, dit-elle, vous feriez bien d'apprendre les bonnes manières.

Galbraith lui saisit le bras.

— Je crois que c'est plutôt moi qui vais t'apprendre à bien te tenir.

— Lâchez-moi ! protesta la jeune femme.

Elle voulut se libérer, mais c'était sans espoir. Il était beaucoup trop fort.

Ne sachant quelle attitude adopter, les autres femmes restèrent assises autour de la table. Mais Kit s'éclipsa de la pièce.

— Allez, reprit Galbraith, si on faisait la paix, maintenant ? Tu n'as qu'à m'embrasser.

— Désolée, répliqua Lori, mais je n'ai pas envie de me salir les lèvres.

Le pirate l'attira violemment à lui. Folle de rage, Lori se débattit en vain. Juste au moment où elle sentait l'haleine fétide de Galbraith s'approcher de ses lèvres, elle se retrouva libérée d'un coup.

Médusée, elle vit Jack qui tenait Galbraith par les cheveux, tandis que la lame de son poignard lui caressait le cou.

Galbraith ne cilla pas.

— Jack Rhys ! On ne t'a pas invité, que je sache. Mes hommes auraient dû t'écarter.

Jack ne se donna même pas la peine de répondre. Il leva le bras pour plonger sa lame dans la poitrine du gredin.

Lori poussa un cri perçant. Jack suspendit son geste à la dernière seconde.

— Si tu touches encore une fois à ce qui m'appartient, dit-il, je jure devant Dieu de t'écorcher vif.

Là-dessus, il donna un coup de pied dans sa chaise, expédiant l'homme au sol.

— Sors d'ici, maintenant, reprit Jack. Et ne t'avise pas de te retourner tant que tu ne seras pas en pleine mer.

Le pirate se releva en jurant.

— Tu me paieras ça, Rhys. J'aurai ta peau.

Jack haussa les épaules.

— Essaie donc.

Galbraith regarda autour de lui. C'est alors qu'il découvrit ses trois comparses inconscients sur le plancher. Toute couleur disparut soudain de son visage.

Kesi, Alice et Mavis jetèrent le contenu de leur tasses sur la tête des forbans. Ils reprirent leurs esprits en pestant.

Galbraith sembla vouloir ajouter quelque chose, mais il préféra finalement s'abstenir et entraîna ses hommes vers la sortie.

Toute tremblante, Lori soupira de soulagement.

Jack la prit dans ses bras.

— Il ne t'a pas fait de mal, j'espère ?

Avant qu'elle ait pu répondre, Mavis, Kesi et Alice rompirent leur silence.

— Vous avez été formidable, Lori !

— Vous avez entendu un peu ce qu'elle lui a dit ?

— J'ai bien cru que Jack allait le tuer !

Les ignorant, Jack garda son regard rivé sur la jeune femme.

— Ça va ?

Lori l'étreignit.

— Oui, ça va. Merci d'être venu.

Il s'esclaffa.

— Incroyable Lori ! Polie quoi qu'il arrive.

Kit les rejoignit alors, pour expliquer à Mavis et aux autres comment il avait prévenu Jack.

Celui-ci en profita pour déposer un baiser furtif sur le front de Lori. Puis, se tournant vers le groupe, il annonça :

— Je crois que Lori a eu assez d'émotions pour aujourd'hui.

— Oui, acquiesça Mavis. Remontez donc dans votre chambre, tous les deux. Vous avez besoin de repos.

Posant sa main sur l'épaule de Kit, elle ajouta :

— Je me charge de ce polisson.

Jack prit Lori par la main et l'entraîna à l'étage. Une fois dans la chambre, elle ne put résister à l'envie de lui demander :

— Tu l'aurais vraiment tué ?

— Pour avoir osé te toucher, oui.

Son regard implacable trahissait sa sincérité.

— Pourquoi ? insista Lori.

Elle voulait entendre les raisons qui pourraient le pousser à tuer pour elle, car cela signifiait sans doute qu'après tout elle comptait beaucoup à ses yeux.

— Parce que je...

Sa voix mourut dans sa gorge et il regarda autour de lui comme un renard assiégé par la meute.

— Tu... ?

— Je...

— Vous n'êtes pas très loquace, capitaine. Buteriez-vous sur les mots ?

En guise de réponse, Jack l'attira dans ses bras et s'empara de ses lèvres. Son baiser, d'une violence désespérée, la laissa pantelante.

— Je ne veux pas qu'un autre homme te touche, dit-il finalement.

— Moi non plus, je n'ai pas envie qu'un autre homme me touche, répliqua Lori en lui déboutonnant sa chemise.

Jack s'attaqua alors à sa robe. La minute d'après, ils étaient nus et elle s'attendit à ce que Jack la porte jusqu'au lit. À sa grande surprise, il l'assit sur la table.

Lori laissa échapper un gémissement de pur plaisir lorsqu'il commença d'aventurer ses lèvres sur ses seins, puis plus bas. Très vite, elle se sentit incapable de supporter longtemps cette exquise torture.

— Prends-moi, Jack... souffla-t-elle à son oreille. Prends-moi maintenant.

Saisissant son membre, elle le guida vers sa féminité.

Jack sourit.

— C'est ce que j'aime le plus en toi. Tu sais toujours ce que tu veux.

Il la pénétra.

Lori le reçut comme une délivrance. Les jambes nouées à sa taille, elle s'arqua pour le sentir au plus profond d'elle-même.

— Plus vite, murmura-t-elle, d'une voix haletante.

Jack s'exécuta. Lori vit son plaisir monter encore d'un cran ; elle avait l'impression d'être au bord d'un immense précipice, prête à basculer dans le vide. Sa jouissance lui arracha un cri. La seconde d'après, elle sentit Jack se raidir, signe qu'il allait la rejoindre dans l'extase. Pour la première fois, il ne se retira pas d'elle. Au lieu de cela, criant son nom, il s'enfonça plus profondément en elle.

Lori réalisa soudain l'importance de ce qui venait de se passer. Le souffle encore saccadé, elle lui caressa les cheveux.

— Jack, pourquoi n'as-tu pas...

— Que Dieu me pardonne, dit-il, mais tout à coup j'ai eu envie de donner une partie de moi-même à quelqu'un d'autre !

Lori en eut les larmes aux yeux.

Se méprenant, Jack s'écarta sur-le-champ.

— Qu'y a-t-il ? Je t'ai fait mal ?

— Non ! le rassura Lori dont les larmes coulaient à présent sur les joues. Tu ne m'as pas fait mal, idiot. Tu m'as comblée de bonheur.

Jack lui essuya les joues avec son pouce.

— Tu es quand même une femme étrange.

— Il fallait bien ça, pour que je puisse te supporter.

Il la souleva dans ses bras pour la porter jusqu'au lit. Ils y passèrent le reste de la journée ainsi que la nuit, à s'explorer mutuellement, corps et âme. Ce n'est que le lendemain, aux premières heures de l'aube, alors qu'ils avaient fini par s'endormir, qu'ils furent dérangés par des coups frappés à la porte.

Jack alla entrouvrir le battant. C'était Morgan.

Celui-ci ne prit même pas le temps de saluer son ami.

— Wallingford arrive, lâcha-t-il. Je ne le précède pas de beaucoup.

17

Jack eut l'impression de recevoir un coup de poing en plein ventre. Wallingford ! Enfin ! Mais le moment n'était pas le mieux choisi...

— Ben est au courant ? demanda-t-il à Morgan.

— J'ai envoyé Tarik l'avertir.

Jack hocha la tête.

— Dans combien de temps sera-t-il là, à ton avis ?

— Une heure, tout au plus. Il a trois vaisseaux de guerre avec lui.

Jack crispa les mâchoires.

— Et je n'en ai plus un seul.

— Si, tu as le mien.

— Non, Morgan. J'apprécie ton offre, mais c'est une histoire entre lui et moi. Je t'ai déjà assez impliqué dans cette affaire. Tu n'es pas un pirate, toi. Le mieux, à présent, est de te cacher jusqu'à ce que tout soit terminé.

Il coula un regard vers le lit, où Lori dormait toujours.

— Promets-moi juste une chose, ajouta-t-il.

— Tout ce que tu voudras.

— Si je devais disparaître, fais en sorte que ma fortune soit partagée entre Kit et Lori.

— Mais, Jack...

— Promets-moi, Morgan.

— D'accord. Tu as ma parole.

— Maintenant, va dissimuler ton bateau dans une crique, reprit Jack. Si Wallingford le reconnaît, ton compte est bon.

— J'y ai déjà pensé. Mon équipage est en route pour l'autre côté de l'île.

Jack sourit.

— C'est bien. Bravo.

Morgan croisa son regard.

— Je veux être là quand vous vous affronterez.

— Personnellement, j'aimerais autant pas.

— Je sais. Mais je ne peux pas me résoudre à t'abandonner seul à ton sort.

La loyauté sans faille de Morgan avait toujours été pour Jack un sujet d'étonnement. Elle se confirmait, une fois de plus.

— Bon, entendu. Mais à une condition : que tu ne te mettes pas en travers de mon chemin.

— Promis, répliqua Morgan qui avait déjà tourné les talons.

Jack referma la porte et posa son front contre le battant. L'heure n'était plus aux regrets, ni aux remords. Il avait voulu ce qui arrivait et le moment était venu d'honorer ce rendez-vous avec le destin.

De retour près du lit, il admira quelques instants les premiers rayons du soleil qui jouaient sur la peau crémeuse de Lori.

Ils avaient passé si peu de temps ensemble ! Ces quelques jours resteraient les plus beaux de sa vie. S'il devait mourir, autant que ce soit maintenant, alors qu'il avait encore le souvenir de leurs étreintes à l'esprit. La dernière chose que Jack souhaitait, c'était de vieillir seul en se raccrochant à la nostalgie des quelques moments de bonheur qu'ils avaient passés ensemble.

La jeune femme étendue dans son lit avait bouleversé à jamais son existence.

Après avoir remonté les draps sur Lori, il alla s'habiller et se prépara à l'inéluctable.

Lori fut réveillée par les rayons du soleil inondant la chambre. Ouvrant les yeux, elle vit Jack debout devant la fenêtre, en train de contempler la mer.

Comme s'il avait deviné qu'elle était réveillée, il se tourna vers elle.

— Bonjour, dit-il avec une pointe d'ironie dans la voix.

Pourquoi diable manifestait-il cette drôle d'humeur, alors que la journée s'annonçait radieuse ?

Lori n'avait rien prévu d'autre que de la passer avec Jack. En fait, elle avait imaginé commencer un nouveau portrait de lui et était déjà impatiente de se mettre au travail, d'autant que le premier portrait avait coulé avec le bateau.

— Bonjour, répondit-elle. À quoi pensais-tu ? Retourner en mer ?

Jack se remit à observer le paysage. Il soupira avant de répondre :

— Non. Je me demandais dans combien de temps Wallingford poserait pied à terre.

— Quoi ? s'exclama Lori, bondissant du lit.

Avait-elle bien entendu ?

Emportant avec elle le drap pour s'en couvrir, elle courut à la fenêtre. Trois vaisseaux anglais mouillaient dans le port. Elle reconnut immédiatement celui de l'amiral, dont tous les canons étaient braqués sur l'île. En ville, c'était d'ailleurs la désolation. Personne n'était visible nulle part, et la plupart des maisons avaient tiré leurs volets. Tout le monde s'était enfermé, dans l'attente du combat qui ne pouvait manquer de survenir.

Lori voulait rentrer chez elle, mais pas maintenant. Et surtout pas dans ces conditions.

— Qu'allons-nous faire, Jack ?

Son regard désabusé la terrifia bien plus que le spectacle des trois vaisseaux de guerre en embuscade. Dieu du Ciel ! Il comptait vraiment mettre son plan insensé à exécution.

Sa réponse ne fit que confirmer les craintes de la jeune femme :

— Habille-toi et descends prendre ton petit déjeuner, pendant que j'attends Ben. Ensuite, j'irai au port, à leur rencontre.

— Tu ne peux pas faire ça ! protesta Lori, horrifiée.

— Si. Je le dois.

Cherchant désespérément un argument qui lui ferait entendre raison, elle ferma un instant les yeux. Représentait-elle donc si peu à ses yeux, pour qu'il soit ainsi déterminé à perdre la vie pour assouvir une stupide vengeance ?

— Je t'en supplie, non ! l'implora-t-elle, jouant sur la corde sensible.

— Tu préférerais me voir fuir ?

— Oui, répliqua Lori sans hésiter. Nous pourrions nous enfuir tous les deux et trouver un endroit où...

Jack posa un doigt sur ses lèvres pour l'empêcher d'aller plus loin.

— Rappelle-toi ce qui est arrivé à ton grand-père. Et rappelle-toi les dernières paroles que ta grand-mère lui a dites : « Si tu avais combattu comme un homme, tu ne serais pas mort comme un chien ».

Lori faillit exploser de colère.

— Ce ne sont que des mensonges, colportés par un coquin qui voulait faire de ma grand-mère un monstre ! Ses vraies dernières paroles à Calico Jack furent toutes différentes : elle lui dit qu'elle l'aimait plus que tout au monde, qu'elle l'aimerait toujours, et qu'elle ne regretterait jamais les moments qu'ils avaient passés ensemble.

Jack lui sourit.

— Si elle était comme toi, je veux bien te croire. Mais cela ne change rien. Je n'ai jamais été un lâche, et ce n'est pas aujourd'hui que je vais commencer.

Lori aurait voulu l'étrangler pour le punir de son stupide entêtement !

— Bon, très bien, répliqua-t-elle d'une voix glaciale. Va mourir, puisque tu y tiens. Mais ne compte pas sur moi pour assister à ce spectacle.

— Je n'y comptais pas.

Il tourna les talons et quitta la chambre.

Dans un mouvement de rage, Lori jeta son drap par terre. Comment osait-il se comporter de la sorte ? Ne l'avait-il donc séduite que pour mieux l'abandonner ?

— Oh ! mais ça ne se passera pas comme ça, Jack Rhys ! cria-t-elle, dans la chambre vide. Tu m'entends ? Je ne resterai pas là les bras croisés à te regarder mourir, figure-toi. Il n'est pas question que je laisse se répéter l'histoire de ma grand-mère. En tout cas, pas sans me battre.

Là-dessus, elle commença à s'habiller.

Morgan arrivait avec Ben à l'hôtel juste au moment où Jack en sortait. Les trois hommes se rencontrèrent dans la rue totalement déserte.

— Wallingford accepte tes conditions, annonça Morgan. Cinq de ses hommes descendront à terre chercher Lori. Et lui-même t'affrontera sur la plage. Il a choisi le sabre.

Jack regarda en direction des bateaux anglais.

— Je m'en doutais, dit-il.

Avisant le sabre à la ceinture de Morgan, il demanda :

— Je peux ?

— Oui.

Morgan détacha l'arme de sa ceinture et la lui tendit.

— Sers-t'en pour tuer ce gredin, ajouta-t-il.

Jack attacha le sabre à sa propre ceinture.

— C'est bien mon intention.

Ben s'éclaircit la voix.

— J'espère que tu sais ce que tu fais, Jack. Si tu échoues, je ne pourrai pas venir à ton aide.

— J'en suis bien conscient.

Ben regarda Jack comme s'il le voyait pour la dernière fois.

Ignorant sa réaction, Jack entraîna ses deux amis vers le port. Si sa détermination était intacte, il avait le cœur lourd. Malgré toutes ses bonnes résolutions, il ne pouvait s'empêcher de penser à Lori.

L'idée de la quitter à jamais l'emplissait de regrets.

Jack serra les dents. Il ne devait pas laisser ses sentiments le dominer, sans quoi il était mort d'avance. Sa seule chance d'en sortir victorieux résidait dans sa capacité à contrôler ses émotions..

Le port était en fait une crique naturelle, où les bateaux jetaient l'ancre à quelques encablures du rivage. Puis les équipages gagnaient la terre ferme dans des chaloupes, et abordaient une jetée en bois s'avançant dans les flots.

Ce matin, quatre vaisseaux mouillaient au large. L'un d'eux était un navire marchand arrivé la veille, et les trois autres les bateaux de guerre anglais. Malgré la distance, Jack pouvait voir les marins manœuvrer pour mettre à l'eau la chaloupe qui lui amènerait bientôt son plus mortel ennemi.

L'un des assistants de Ben, un homme dans la trentaine tout vêtu de noir, les attendait.

— Ils ne devraient plus tarder, dit-il.

Jack hocha la tête. Le regard rivé devant lui, il distingua des silhouettes qui embarquaient à bord de la chaloupe. Il ne lui fallut pas beaucoup d'efforts pour identifier Wallingford et Justin. Surtout Justin, qui se tenait debout au milieu de l'embarcation, et semblait si impatient d'arriver qu'il paraissait prêt à se jeter à l'eau pour gagner le rivage à la nage. C'en était presque comique. Finalement, son père dut lui donner l'ordre de s'asseoir.

Impatient lui aussi d'en découdre, Jack serra la main sur le sabre de Morgan. Avec un peu de chance, tout serait terminé avant que Lori n'ait fini de prendre son petit déjeuner. Et avant que Kit ne se réveille pour apprendre qu'il était désormais orphelin.

Dès que la chaloupe fut près de la jetée, Justin sauta à terre.

— Gredin ! Bâtard ! s'écria-t-il en chargeant Jack sabre à la main.

Jack dégaina son arme et para le coup avec sang-froid.

— Ce n'est pas contre vous que je dois me battre, dit-il.

— Oh que si !

Jack fut obligé d'esquiver deux autres coups.

— Ne m'obligez pas à vous tuer, espèce d'imbécile.

Justin s'empourpra violemment.

— Poltron ! Vous ne serez jamais assez courageux pour me tuer.

— Oooh ! fit Jack, ironique. Mon Dieu, quelle insulte !

Il écarta Justin de son chemin pour s'intéresser à l'amiral qui observait la scène la mine soucieuse. Cela faisait bien longtemps que Jack ne l'avait pas revu, mais il portait son uniforme avec la même arrogance que dans son souvenir.

— Alors, c'est comme ça que vous vous battez ? lui lança Jack. Vous envoyez un gamin mourir à votre place ?

Wallingford resta muet tandis que Justin se jetait de nouveau sur Jack. Celui-ci, exaspéré, riposta violemment. Surpris par la force de l'assaut, Justin bascula à la renverse et lâcha son arme avant de s'écrouler par terre.

Tue-le ! murmura une voix à l'oreille de Jack.

Il hésita, cependant.

Justin en profita pour se relever et récupérer son arme. Il remonta à l'assaut, mais sa belle assurance s'était envolée. Il avait compris qu'il ne réussirait jamais à battre son adversaire.

Tout le monde, autour d'eux, était arrivé à la même conclusion. Ce n'était plus qu'une question de minutes avant que Jack ne mette fin au duel en tuant le jeune homme.

— Non ! s'écria soudain une voix.

Jack se retourna sur-le-champ. Lori, que Morgan avait prise à bras le corps pour la retenir, ne pouvait s'approcher des deux combattants. Mais des larmes coulaient sur ses joues.

— Arrêtez ! Je vous en supplie, arrêtez immédiatement !

L'angoisse de la jeune femme était trop sincère pour ne pas bouleverser Jack.

Une part de moi l'aimera toujours, lui avait-elle dit à propos de Justin. Il comprit alors qu'il ne pouvait pas tuer ce qu'aimait Lori, quelles qu'en soient les conséquences.

Il planta sa lame dans le sable.

L'étonnement de Justin aurait été comique si Jack, par ce geste, ne venait pas de se condamner au gibet.

Le souffle court, suant abondamment, Justin plaqua sa lame sur la gorge de Jack.

— À genoux, porc.

Jack croisa tranquillement les bras sur sa poitrine.

— Je ne me suis jamais incliné devant personne. Si vous voulez me tuer, vous devrez me tuer debout.

— Non, Justin ! cria à nouveau Lori. Ne lui fais pas de mal.

Médusés, les deux hommes regardèrent dans sa direction. Morgan se décidant à la relâcher, elle courut vers eux.

— Qu'as-tu dit ? demanda Justin quand elle les eut rejoints.

Lori essuya ses larmes d'un revers de manche.

— Ce n'est pas lui ! dit-elle en tirant le bras de Justin pour l'obliger à éloigner sa lame de la gorge de Jack. Ce n'est pas Black Jack Rhys.

Wallingford s'approcha à son tour.

— Que dites-vous, ma chère ?

Lori reprit sa respiration avant de répondre.

— Black Jack Rhys est mort. Et... cet homme m'a sauvée de ses griffes.

— Lori... commença Justin d'une voix menaçante.

La jeune femme se tourna vers lui.

— Pourquoi irais-je raconter cela, si ce n'était pas la vérité ? rétorqua-t-elle avec tout l'aplomb dont elle était capable.

Justin n'était décidément pas convaincu. Jack sentit qu'il allait l'accuser publiquement de mensonge.

Mais Wallingford, après avoir examiné Jack en détail, demanda à la jeune femme :

— Alors, qui est-ce ?

— Ja... Jacob Dudley, inventa Lori.

Jack trouva ce nom horrible. N'aurait-elle pas pu trouver quelque chose d'un peu plus viril ?

— Dit-elle vrai ? lui demanda Wallingford.

Jack hésita sur la réponse à donner. Lori avait pris d'énormes risques en mentant à un officier britannique au profit d'un hors-la-loi. Et si Jack tenait toujours à sa vengeance, il voulait aussi protéger la jeune femme.

C'est ce désir qui l'emporta.

— Je n'irais pas traiter une lady de menteuse.

— Moi non plus, affirma Justin en rengainant son sabre. Maintenant que je vous vois mieux, je me rends compte que je me suis trompé. Vous n'êtes pas l'homme du Sanglier couronné.

— Tu en es sûr ? demanda Wallingford à son fils.

— Sûr et certain.

Ben s'esclaffa.

— Évidemment, que ce n'est pas Black Jack Rhys ! Vous n'êtes donc pas au courant que j'ai juré de pendre ce forban, si jamais il ose mettre un pied sur mon île ?

Jack enrageait. Ben n'était vraiment pas obligé de venir appuyer le mensonge de Lori. Maintenant, il serait vraiment difficile de ressusciter Black Jack Rhys.

— Eh bien, intervint Wallingford, Justin, récupère ta fiancée, et vous, ajouta-t-il en s'adressant à Jack, suivez-moi. J'aimerais avoir une discussion avec vous.

Jack se raidit.

— Je ne pense pas que ce soit nécessaire.

— Ce n'était pas une requête, mon garçon. Et je vous suggère d'obéir.

Jack faillit lui répliquer d'aller rôtir en enfer, mais un seul regard en direction de Lori le calma. La jeune femme semblait plus inquiète que jamais, et Jack était presque sûr d'avoir vu de l'amour dans ses yeux.

Mais ça devait être son amour pour Justin, évidemment.

Celui-ci entraînait déjà Lori vers la chaloupe ; Jack dut faire appel à toute sa volonté pour ne pas courir la lui arracher.

— Ne vous inquiétez pas, lui dit Wallingford. Mes hommes vous ramèneront à terre dès que nous en aurons terminé.

Comme si je pouvais vous faire confiance, songea Jack.

Il suivit néanmoins l'amiral qui repartait lui aussi vers la chaloupe.

Le cœur lourd, il vit Justin aider Lori à monter à bord, puis s'asseoir à son côté dans une attitude très protectrice. Une nouvelle fois, Jack dut se contenir. C'était *lui*, qui aurait dû occuper la place de Justin.

Ce qu'il ne comprenait pas, c'est pourquoi Lori l'avait sauvé. Au fond, il aurait préféré qu'elle n'en fasse rien. S'il s'était fait tuer sur la plage, il ne souffrirait pas autant maintenant.

Incapable de regarder le couple en face, il s'assit dans l'embarcation de manière à leur tourner le dos.

Le trajet jusqu'au navire se fit en silence.

Une fois à bord, Lori fut conduite dans une cabine, tandis que Jack suivait Wallingford jusqu'à son bureau. C'était une pièce très conventionnelle, avec une grande table et des chaises, pour accueillir les réunions d'officiers. Le soleil pénétrait à flots par les fenêtres grandes ouvertes et rendait plus chaleureuses les boiseries en chêne.

Wallingford ferma soigneusement la porte avant de se tourner vers Jack.

— Pourquoi n'as-tu pas tué Justin, tout à l'heure ?

— Parce que, malgré toute la haine que je vous porte, je ne pouvais me résoudre à tuer mon frère, répliqua Jack.

Les mains croisées dans le dos, Wallingford s'approcha de lui.

— Est-ce la seule raison ?

— C'est la seule, en tout cas, que j'aie l'intention de vous donner.

Wallingford hocha la tête, comme s'il méditait les propos de Jack, avant de demander :

— Et pourquoi Lori a-t-elle menti pour te protéger ?

Jack croisa les bras sur sa poitrine.

— Comment le saurais-je ? Je n'ai jamais rien compris aux femmes.

L'amiral soupira lourdement.

— Je me doute que tu ne vas pas me croire, Jack, mais je regrette sincèrement ce que je vous ai fait, à toi et à ta mère.

Jack s'esclaffa.

— Vous avez raison. Je ne vous crois pas.

Les yeux embués, Wallingford dut s'éclaircir la voix, avant de reprendre :

— Je voulais que tu saches que je l'ai réellement aimée. Et... toi aussi.

S'imaginait-il vraiment que Jack allait le croire ? Comment osait-il débiter de tels mensonges !

— Vous nous aimiez tellement que vous nous avez abandonnés.

— Non, plaida Wallingford. J'ai été *obligé* de vous abandonner.

Que voulait-il dire ? s'interrogea Jack bien que cette nuance n'eût plus grande importance, désormais.

— Quelle différence ? objecta-t-il. Sinon que cette présentation des choses doit sûrement vous soulager de votre culpabilité.

Wallingford affronta son regard et, pour la première fois, Jack n'y vit plus la moindre trace d'assurance.

— Je ne t'ai pas fait venir ici pour te demander pardon, Jack. Je sais que je mérite ta haine. Et Dieu sait combien je me déteste moi-même !

L'émotion de l'amiral commençait à troubler un peu Jack.

— Pourquoi nous avez-vous abandonnés ? voulut-il savoir.

— Parce que Charlotte avait découvert votre existence, à toi et à ta mère. Elle menaçait de me quitter et d'emmener Adrian et Justin avec elle.

Jack en resta bouche bée. Ce monstre les avait abandonnés sans le moindre soutien, uniquement parce que son épouse risquait de lui ravir ses deux fils légitimes ?

— Quoi ? explosa-t-il, incrédule.

— J'étais terrifié, Jack. Elle pouvait me ruiner.

Jack avait tellement envie de le frapper qu'il n'aurait su dire ce qui le retenait.

— Alors, vous avez préféré nous ruiner, nous.

— Je n'avais pas le choix, insista l'amiral comme s'il voulait absolument ranger Jack à son point de vue. Je savais que si je gardais Margaret en Angleterre, j'irais tôt ou tard frapper à sa porte. Ma seule chance de m'en sortir était de l'emmener dans un endroit où je savais que je ne retournerais jamais.

— Je comprends, maintenant, fit Jack en le saisissant à la gorge. Vous nous avez envoyés en enfer parce que vous n'étiez qu'un lâche. Je devrais vous y expédier à mon tour.

Cramoisi, Wallingford se débattait pour écarter les mains de Jack.

— Tu n'as pas besoin de te donner cette peine, répliqua-t-il, la respiration difficile. Je vis déjà en enfer depuis cette époque. Pas une journée, pas une heure ne s'est écoulée sans que je ne pense à vous deux.

Sans lâcher sa gorge, Jack le plaqua contre le mur. Il attendait maintenant que son père expire son dernier souffle. Et tout serait terminé, enfin.

— C'est pour cela que vous m'avez chassé d'un coup de pied, quand je vous ai supplié de racheter ma liberté pour une guinée.

Wallingford ferma les yeux.

— Mon Dieu, Jack, ce n'était pas mon intention ! Mais tu m'as surpris. J'ignorais que tu te trouvais là. Quand je t'ai vu, face à moi, j'ai réagi sans réfléchir.

— Je ne vous le pardonnerai jamais.

— Je m'en doute. Mais si ça peut te rassurer, je vais bientôt mourir.

Jack desserra l'étau de ses mains.

— Comment cela ?

— C'est la vérité, expliqua Wallingford en prenant les mains de Jack dans les siennes. Mes poumons sont gravement malades. Voilà déjà un moment que je crache du sang, et les docteurs m'ont assuré qu'il ne me restait plus longtemps à vivre. C'est pourquoi je voulais te parler aujourd'hui. J'ai pris des dispositions en ta faveur.

Jack le relâcha. Il ne savait plus très bien quoi penser. L'envie de tuer son père était toujours là, mais il éprouvait à présent d'autres sentiments, plus confus.

Une chose était sûre, cependant. Jamais il n'accepterait quoi que ce soit de cet homme. Et surtout pas maintenant. Cela donnerait trop à Wallingford le sentiment qu'il pouvait mourir en paix.

— Je ne veux pas de vos dispositions. Et je n'en ai pas besoin.

Wallingford remit de l'ordre dans son costume.

— Je m'en doute. Tu as dû te bâtir une petite fortune, en volant celle des autres.

— Il se trouve que j'ai appris très tôt à voler, pour ne pas mourir de faim. À qui la faute ?

Wallingford accusa le coup. Puis, se reprenant, il continua :

— Bon, revenons au principal. Je sais que cela ne suffira pas à apaiser ma conscience, mais il fallait que je te couche sur mon testament.

Jack eut un sourire ironique.

— Et que pensera la bonne Charlotte de tout cela ?

Wallingford redressa les épaules.

— Je me moque de ce qu'elle pourra dire ou penser. Elle m'a assez empoisonné la vie comme ça. Pourquoi crois-tu que je continue à sillonner les mers alors que je suis malade ? C'est pour ne pas rester à la maison, à l'avoir sur le dos.

Jack ne put s'empêcher de trouver cela drôle. Après tout, il y avait une justice, finalement.

— Tu ressembles à ta mère, quand tu souris.

Jack redevint grave aussitôt.

— Voudrais-tu répondre à une question ? le pressa Wallingford.

Jack n'en revenait pas. Qu'allait-il oser lui demander ?

— Pourquoi m'as-tu attiré ici ? voulut savoir l'amiral.

— Je voulais vous tuer.

— Je vois. Après toutes ces années, tu cherchais la paix de ton âme.

Jack ne pouvait pas le laisser dire cela.

— Vous ne comprendrez jamais rien, répliqua-t-il, furieux. Vous m'avez tout pris : ma sécurité, mon enfance, ma mère, et enfin ma dignité. Et il y a huit mois, vous avez anéanti un navire répondant au nom de la *Colombe*. Vous en souvenez-vous ?

— Oui, très bien. C'était un vaisseau servant les Patriotes. J'ai fait ce que je devais faire pour protéger la Couronne. Pourquoi me parles-tu de ce bateau ?

— Parce qu'il y avait à bord le seul père que j'aie jamais eu, et que vous l'avez tué.

Une larme roula sur la joue de Wallingford.

— Je suis désolé, Jack. Je l'ignorais.

Jack se trouva désarçonné par tant de sincérité.

Wallingford alla à son bureau et ouvrit l'un des tiroirs. Il en tira une dague à manche d'ivoire qu'il posa sur le sous-main.

— Vas-y. Tue-moi. Je l'ai sans doute bien mérité.

Jack s'approcha. À l'instant où il allait s'emparer de la dague, il suspendit son geste.

Lori l'avait racheté par son honnêteté et son intégrité. Il ne voulait pas que son père puisse gâcher cela.

— Vous n'en valez pas la peine.

Wallingford soupira de soulagement.

— Mon rôle est terminé, Jack. J'espère seulement qu'un jour, tu trouveras assez de clémence dans ton cœur pour oublier un peu de la haine que tu ressens pour moi.

— On dit que tout est possible, avec le temps, répliqua Jack.

Là-dessus, il quitta la pièce sans un regard en arrière.

— Pourquoi as-tu menti, Lori ? demanda Justin dès qu'ils se retrouvèrent dans la cabine assignée à la jeune femme.

Lori lui caressa la joue. Pauvre Justin. Brave Justin. Il avait maigri, et des cernes ombrageaient ses yeux.

— Tu t'es inquiété pour moi, n'est-ce pas ?

Il posa ses deux mains sur les épaules de sa fiancée.

— Évidemment. J'avais perdu l'appétit et le sommeil, tellement je redoutais ce que te ferait ce monstre.

Lori se sentit tout à coup très coupable. Justin s'était rongé d'angoisse, pendant qu'elle prenait du bon temps...

— Jack n'est pas si terrible, tu sais.

Justin n'en revenait pas.

— Comment peux-tu dire cela ?

Le cœur lourd, Lori détourna le regard. Elle ne voulait pas faire de mal à Justin, mais il faudrait pourtant bien lui révéler la vérité.

— Veux-tu toujours m'épouser ? lui demanda-t-elle.

— Bien sûr que oui. Pourquoi...

Il s'interrompit et devint écarlate.

— Si ce gredin a osé poser la main sur toi, je jure de le...

— Saigner à blanc ? le coupa Lori qui ne put retenir un sourire. Excuse-moi, Justin, je ne voulais pas me moquer. Seulement je vous ai vus combattre et, bien que je t'aime toujours, je...

Justin comprit d'un coup. Ses prunelles exprimèrent soudain un mélange d'incrédulité et d'horreur.

— Oh, non, Lori ! Dis-moi que ce n'est pas vrai.

— Je voudrais bien, Justin. Mais je l'aime, lui aussi.

Son visage s'assombrit.

— Et tu l'aimes au point de me rejeter ?

Lori baissa les yeux.

— Je ne te rejette pas, Justin. C'est juste que...

Il posa un doigt sur ses lèvres pour la réduire au silence.

— N'en dis pas plus. Je ne souhaite pas l'entendre. J'ai compris, sur la plage, ce que tu ressentais à l'instant où tu m'as imploré de ne pas le tuer. Sait-il ce que tu éprouves pour lui ?

Lori n'osa pas croiser son regard.

— Je ne crois pas, non.

— J'espère au moins qu'il t'aime ?

— Je le voudrais bien.
Justin la serra dans ses bras.
— Oh ! Lori... Tu sais combien je tiens à toi, mais je mentirais si je ne t'avouais pas que je me sens soulagé d'apprendre tout cela.
Elle n'en crut pas ses oreilles.
— Soulagé ?
— Oui ! Soulagé de savoir que tu ne désires plus m'épouser.
— Mais... pourquoi ?
Il lui sourit.
— Je ne suis pas l'homme qu'il te faut, Lori. Je le sais depuis toujours, mais tu avais l'air de tellement tenir à ce mariage que je n'ai pas voulu te décevoir. Crois-moi, tu n'aurais pas été heureuse avec moi. Je suis quelqu'un de plutôt casanier, qui aime bien sa tranquillité, alors que toi, tu es ravissante et tu as toujours adoré le mouvement. C'est d'ailleurs un peu pour cela que je t'aime tant. Mais nous ne sommes pas faits pour vivre ensemble. Je suis convaincu que mon ronron quotidien serait vite venu à bout de ta patience.
La gorge serrée par l'émotion, Lori lui rendit son sourire.
— Tu es un homme merveilleux, Justin.
Il soupira.
— Mais pas assez merveilleux pour toi. Allez, file d'ici, maintenant, avant que je ne change d'avis ! Va retrouver ton pirate.
— Merci, Justin.
Il lui embrassa le bout du nez.
— Dis-lui d'être bon avec toi. Sinon... sinon, je me verrai forcé de le saigner à blanc.
La jeune femme éclata de rire.
Justin lui ouvrit la porte et elle sortit.

Quand Lori remonta sur le pont, Jack s'apprêtait à embarquer dans la chaloupe. Oubliant son rôle de lady, elle courut vers lui et lui saisit le bras.

— Hello, capitaine !

Il ne put dissimuler sa surprise.

— Que fais-tu ici ?

Lori hésita. Quelque chose n'allait pas. Jack semblait bouleversé, comme perdu.

— Je viens avec toi.

Jack regarda autour de lui, avant de secouer la tête.

— Non. Tu n'es pas faite pour vivre avec moi.

— Si !

— Lori, essaie d'entendre raison, pour une fois. Rentre chez toi.

— Mais Jack...

Il s'écarta d'elle.

— Non, rien du tout. Je ne te veux plus avec moi. Et je n'attends rien de toi, sinon que tu me laisses tranquille.

Lori sentit ses yeux s'embuer, mais elle refusa de fondre en larmes. Elle ne voulait pas lui montrer à quel point ses paroles la blessaient.

Puis soudain, la colère la gagna. Elle avait sauvé la vie de Jack et c'était là toute sa récompense ?

Que le diable l'emporte !

— Bon, très bien. Va-t'en. Tu as raison : je serai mieux chez moi. Au moins, j'y serai en sécurité contre les hommes dans ton genre.

Jack croisa son regard. Une lueur étrange brilla furtivement dans ses prunelles, mais il s'éloigna sans un mot et quitta le navire.

Dans un premier temps, Lori ne put croire qu'il s'en allait réellement. Ce n'est que quelques minutes plus tard, en le voyant descendre à terre, qu'elle réalisa pleinement ce qui lui arrivait.

Jack l'avait quittée.

Il ne l'aimait donc pas. Alors qu'il était tout pour elle, elle ne représentait absolument rien pour lui.

18

Jack préféra ne pas regarder en arrière. Il sentait que Lori le suivait des yeux et savait que, s'il se retournait, il n'aurait plus la force de la quitter.

Mais tu dois le faire, lui répétait sa conscience.

Alors, il le faisait. Parce que Lori méritait bien mieux que ce qu'il pourrait jamais lui offrir.

Il agissait pour son bien à elle. Elle était faite pour vivre dans le monde qu'elle avait toujours connu, entourée de gens qui savaient comment aimer quelqu'un. De gens qui savaient...

Jack n'alla pas au bout de ses pensées. La rencontre avec son père l'avait bouleversé plus qu'il n'osait se l'avouer.

Ce dont il avait le plus besoin, pour l'instant, c'était d'un peu de tranquillité pour réfléchir. Et tenter de remettre de l'ordre dans ses idées.

Deux jours plus tard, Lori n'était toujours pas ressortie de sa cabine. La jeune femme était minée par le chagrin, et il lui était très difficile de retenir ses larmes devant Justin. Il se montrait si gentil, si attentionné...

Pourquoi diable ne faisait-il pas battre son cœur comme Jack y était parvenu ?

Durant ces deux jours, alors que le bateau de l'amiral avait depuis longtemps levé l'ancre et faisait route vers Charleston, Lori avait eu largement le temps de s'apercevoir que Jack ne s'était pas trompé : elle n'aurait jamais été heureuse avec Justin. Certes, au début de leur mariage, tout aurait bien fonctionné. Mais au bout d'un moment, leurs différences de caractère auraient eu raison de leur union.

Comme lui avait souvent répété sa grand-mère : *C'est une chose d'aimer un homme, et c'en est une autre de vivre avec lui.*

— Oh, Jack... murmura-t-elle, le cœur lourd. Pourquoi n'as-tu pas pu m'aimer ?

Elle était assise à son bureau et essayait de dessiner l'homme qui la hantait nuit et jour.

— Lori ? appela Justin en frappant à la porte.

La jeune femme cacha son dessin dans un tiroir.

— Oui ?

Il ouvrit la porte et passa la tête par l'entrebâillement.

— Viens sur le pont. Il y a un spectacle qui devrait t'intéresser.

Elle fronça les sourcils.

— Comment ça ?

Justin avait la mine d'un enfant qui aurait du mal à garder un grand secret.

— Monte te rendre compte par toi-même.

Perplexe, elle le suivit sur le pont.

Les canonniers étaient tous à leur poste, cependant que l'amiral Wallingford scrutait l'horizon avec sa lunette. Suivant la direction de son regard, Lori aperçut un galion qui filait toutes voiles dehors et semblait vouloir les rattraper.

Or, ce n'était pas n'importe quel galion : c'était celui de Morgan.

— Ils viennent de hisser le drapeau blanc, amiral ! cria la vigie.

L'amiral abaissa sa lunette et se tourna vers Lori.

— Dois-je ordonner qu'on leur tire dessus ? demanda-t-il.

— Non ! se récria-t-elle.

— Je me doutais que vous protesteriez, répliqua l'amiral, amusé.

S'adressant à ses hommes, il leur ordonna :

— Soyez prêts à vous défendre, mais ne tirez pas tant que je n'en donnerai pas l'ordre.

— Oui, amiral ! répondirent-ils à l'unisson.

Intriguée, Lori regarda le galion se rapprocher d'eux. Comment l'amiral pouvait-il savoir qu'il ne s'agissait pas d'une attaque ?

Comme s'il avait deviné ses pensées, Wallingford vint lui chuchoter à l'oreille :

— J'ai aperçu Ja... Jacob, sur le pont.

Lori le regarda, incrédule.

Il savait !

Elle eut un moment de panique. Justin l'avait-il trahie ? Mais dans ce cas, pourquoi l'amiral avait-il ordonné à ses hommes de ne pas tirer tout de suite ?

— Vous lui tendez un piège ? demanda Lori qui ne voyait pas d'autre explication.

L'amiral secoua la tête en signe de dénégation puis s'éloigna pour rejoindre son second.

Lori n'y comprenait rien.

Bientôt le *Roxanna* arriva à leur hauteur.

— Permission de monter à bord ! cria Jack depuis le pont du galion.

Lori retint son souffle.

— Permission accordée, répondit l'amiral après quelques instants.

Jack lança un grappin qui s'accrocha au mât de misaine, et il vola littéralement du pont du galion à celui du vaisseau amiral, pour atterrir à quelques mètres de Lori.

La jeune femme le trouva plus beau que jamais. Ses longs cheveux dorés, libérés de leur catogan, encadraient son visage si masculin. Il portait un pantalon noir, des bottes très hautes noires aussi, et une chemise en lin blanc ouverte au col.

Lori dut lutter contre son envie de se jeter dans ses bras et de l'embrasser. Cependant, elle n'oubliait pas qu'il lui avait tourné le dos deux jours plus tôt. Et elle avait sa fierté.

Jack vint se planter juste devant elle.

— Tu m'en veux, n'est-ce pas ? dit-il.

— Qu'est-ce qui te fait penser cela ? rétorqua-t-elle, cinglante. J'adore qu'on m'abandonne, figure-toi.

Puis, d'un ton soupçonneux, elle lui demanda :

— Pourquoi es-tu venu ici ?

Il sourit, de ce sourire irrésistible qui avait toujours enlevé tous ses moyens à la jeune femme, et lui prit la main.

— Si je pouvais gagner ses faveurs, cette ravissante dame me donnerait tant de bonheur que je n'aurais plus besoin d'espérer quoi que ce soit d'autre.

— Qu'est-ce que tu racontes ?

Il plongea ses prunelles dans celles de Lori.

— Noble dame, je vous implore de m'accepter comme votre serviteur. Je jure d'obéir à tous vos ordres et de me montrer toujours sincère et humble, joyeux et galant.

Puis, mettant un genou en terre, il ajouta :

— Je vous aime, Lorelei. Épousez-moi, et je vous promets de ne plus jamais vous faire de mal. Ni de laisser quiconque vous importuner.

Lori était assaillie de mille émotions en même temps. Ce moment était presque trop beau pour être réel.

Un peu dérouté, Jack la regarda.

— Alors, tu ne dis rien ?

— Que veux-tu que je te dise ?

— Que tu m'aimes aussi, par exemple. Ce serait une bonne chose, parce que je te ferai remarquer que j'ai l'air d'un parfait idiot, agenouillé devant toi, pendant qu'une bonne centaine de matelots nous observent.

Lori éclata de rire. Cependant, malgré tout son bonheur, elle ne voulait pas que Jack s'en tire aussi facilement, après ce qu'il lui avait fait subir l'autre jour.

Elle feignit de méditer longuement sa réponse.

— Tu sais, commença-t-elle finalement, que je te trouve insupportable d'arrogance...

Jack se rembrunit tandis que Lori savourait son triomphe.

— Mais aussi... irrésistible, ajouta-t-elle après un instant. Oui, irrésistible, c'est le mot.

Il avait en partie retrouvé le sourire.

— Et c'est tout ?

Lori haussa les sourcils.

— Il devrait y avoir autre chose ?

— Tes yeux disent que oui.

— Ah bon ? Alors, disons aussi que je t'aime. Que je t'aime plus que tout au monde.

Tout sourire, Jack se releva et la prit dans ses bras pour l'embrasser.

— Je suis désolé de t'avoir quittée, murmura-t-il. Mais je te jure de ne plus jamais recommencer.

Lori abandonna sa tête sur son épaule. Elle serait volontiers restée ainsi, dans les bras de Jack, pour le reste de ses jours, mais l'amiral s'approcha d'eux.

— Je suppose que vous vous joignez à nous pour terminer la traversée jusqu'à Charleston ? demanda-t-il à Jack.

Celui-ci relâcha la jeune femme.

— Non, dit-il. C'est Lori qui va se joindre à nous.

L'amiral hocha la tête.

— Je comprends.

Jack ne répondit rien. Il alla récupérer le grappin dont il s'était servi pour venir, et prit Lori par la main.

— Que fais-tu ? lui demanda-t-elle en le voyant le lancer en direction du mât du galion.

— Je te ramène à la maison, dit-il.

Passant un bras autour de sa taille, il ajouta :

— Accroche-toi !

— Mais, tu ne vas pas faire ça !

Il le fit pourtant.

Resserrant son étreinte autour d'elle, Jack s'élança pardessus le bastingage. Tous deux enlacés, ils volèrent vers le bateau de Morgan. Lori ne se sentit rassurée que lorsqu'elle sentit enfin le pont du galion sous ses pieds.

— Jack Rhys, je te jure que...

— Jacob, la coupa Jack. Une fée s'est penchée sur Jack Rhys et a fait de lui un nouvel homme, qu'elle a baptisé Jacob Dudley.

— Tu n'as pas l'air de vraiment aimer ce nom.

Il haussa les épaules, fataliste.

— Disons que j'aurais préféré quelque chose qui sonne plus masculin. Mais ce qui me console, c'est que tu vas devenir Mme Jacob Dudley.

— C'est une chose acquise, en effet.

19

Six mois plus tard

Jack se figea un instant sur le seuil de la chambre de son père. Le majordome qui l'avait accompagné redescendait déjà dans le hall.

Jack ne savait pas très bien pourquoi il était là – sinon parce que Lori lui avait demandé de faire la paix avec son père et que, pour elle, il était prêt à toutes les concessions.

Debout devant la fenêtre, Adrian, le fils aîné de Wallingford, se tourna dans sa direction. Quant à Justin, assis près du lit, il semblait avoir vu un fantôme.

— Que faites-vous ici ? demanda-t-il d'un ton accusateur.

— Laissez-nous, ordonna Wallingford à ses deux fils, d'une voix qui avait perdu presque toute autorité. Je souhaite m'entretenir avec lui.

— Mais, père... objecta Justin.

— Obéissez-moi !

Ils s'exécutèrent de mauvaise grâce. Dès qu'Adrian eut refermé la porte derrière eux, Jack s'approcha du lit.

— Tu es venu me voir mourir et t'assurer que le diable m'emporterait ?

— Non, répondit Jack. Je suis venu faire la paix avec vous.

— C'est vrai ? demanda Wallingford incrédule.

En proie à des émotions contradictoires, Jack serra les poings.

— Je pense qu'il ne sert à rien que je vous haïsse encore. Comme dit Lori, le passé est le passé, et le mieux à faire est de le laisser derrière nous.

Son père toussa un long moment, dans un mouchoir rougi de sang. Quand il eut retrouvé son souffle, il fit signe à Jack de s'approcher un peu plus encore.

Jack obtempéra avec réticence. C'était pénible de voir d'aussi près l'anéantissement d'un homme qui avait toujours incarné la force et la volonté. Même si Jack avait passé presque toute sa vie à le haïr.

— Tu ne peux pas imaginer mes remords, murmura l'amiral. Ah ! comme j'aurais voulu posséder la vaillance de ta mère ! Malgré les rumeurs et les ragots, elle restait droite et fière, soutenue par l'amour qu'elle me vouait. J'aurais dû lui rendre la pareille, mais je n'ai pas eu le courage d'affronter la ruine de ma situation, de...

Jack se raidit. Les vieilles blessures se rouvraient déjà.

Son père toussa de nouveau.

— Je suis heureux de voir que tu n'as pas répété mon erreur, reprit-il. Tu ne peux pas savoir combien j'ai été fier de toi, lorsque tu t'es agenouillé devant Lori pour lui déclarer ton amour. Tu es devenu l'homme que je n'ai jamais pu être.

Ce compliment inattendu désarçonna Jack. Que pouvait-il bien répondre à cela ?

— Je suis sûr que tu es venu à cause d'elle, poursuivit son père. Tu lui as parlé de nous, n'est-ce pas ?

— Oui. J'ai décidé de n'avoir aucun secret pour elle.

L'amiral hocha la tête.

— Les femmes ne ménagent jamais leur peine, lorsqu'elles considèrent que quelque chose est juste. J'imagine qu'elle a dû beaucoup batailler pour te convaincre de venir, mais je suis bien content qu'elle y ait finalement réussi.

Bizarrement, Jack commençait à s'en féliciter lui aussi.

— Je vous pardonne, père, lâcha-t-il soudain.

Ces quelques mots avaient eu du mal à franchir la barrière de ses lèvres, mais ils suffirent à lui ôter un poids immense des épaules.

Mais je ne comprendrai jamais pourquoi vous avez fait cela. Ni comment vous avez pu le faire.

— Appelle tes frères.

Jack obéit.

Une fois qu'ils furent tous assemblés dans la chambre, autour du lit, l'amiral expliqua, en souriant :

— Voilà un spectacle que j'aurai attendu toute ma vie.

Puis, se tournant vers Justin, il ajouta :

— Ouvre le tiroir du bas de mon bureau. Tu y trouveras un parchemin scellé.

Justin s'exécuta, dénicha le parchemin, et revint vers le lit. Wallingford se saisit du parchemin et le tendit à Jack.

— C'est pour mes petits-enfants, dit-il. Je veux qu'ils aient au moins une part de ce que j'aurais dû laisser à leur père.

Ému, Jack prit le document.

Son père en profita pour lui étreindre furtivement les doigts puis il rendit son dernier souffle.

Adrian et Justin fondirent en larmes. Ils venaient de perdre le père qu'ils avaient toujours aimé.

Troublé, Jack sortit discrètement de la chambre.

Assise devant la fenêtre du salon, Lori profitait des derniers rayons du soleil pour peindre encore un peu. C'était un nouveau portrait de Jack – son fruit préféré.

Le père de la jeune femme s'était d'abord montré hostile à son nouveau gendre. Heureusement, après quelques jours de conflit ouvert, Lori avait finalement réussi à lui faire accepter Jack.

Il faut dire que celui-ci avait un peu aidé à la manœuvre, en menaçant le père de Lori de représailles s'il ne se décidait pas à lui serrer franchement la main.

Encore amusée par ce souvenir, elle jeta un regard circulaire autour d'elle. Le salon était vaste et la maison immense. Jack l'avait achetée pour eux au moment de leur mariage. Lori espérait la peupler bientôt d'enfants – surtout depuis que Kit, désireux de naviguer avec Morgan, les avait quittés.

Jack avait d'abord mal pris le choix de son fils, mais il avait fini par lui donner son accord. Morgan avait promis de prendre bien soin du garçon, et de le ramener à la maison au moins deux fois par an. Lori espérait qu'il tiendrait parole.

Elle entendit la porte d'entrée s'ouvrir.

Avant qu'elle n'ait eu le temps de se lever, Jack la rejoignait déjà dans le salon. Il avait le visage sombre.

Lori devina immédiatement.

— Il est mort ?

Jack hocha la tête.

La jeune femme se précipita vers lui et il la prit dans ses bras.

— Je suis désolée, Jack.

Pour toute réponse, il la serra un peu plus fort contre lui. Plusieurs minutes passèrent ainsi, avant que Jack ne se décide à relâcher son étreinte.

— Merci de m'avoir obligé à y aller, dit-il.

Lori lui étreignit les mains. Elle était heureuse que cette ultime confrontation ait pu avoir lieu.

— Tu te sens mieux, n'est-ce pas ?

— D'une certaine manière, oui. Soulagé. J'ai le sentiment qu'à présent, le passé ne pourra plus me rattraper.

— Je suis si contente pour toi !

Jack fouilla dans sa poche pour en tirer un parchemin scellé qu'il lui tendit.

— Qu'est-ce que c'est ? demanda-t-elle.

Jack haussa les épaules.

— Il tenait à me le donner.

— Et tu ne l'as pas ouvert ?

— J'ai pensé que tu aimerais en avoir l'honneur.

Lori s'empressa de briser le sceau et déplia le parchemin. Sa lecture lui procura un mélange de colère, de tristesse, de soulagement et de joie.

— Eh bien ? demanda Jack quand elle eut terminé.

Elle hésita un instant, mais comprit qu'elle ne pouvait lui cacher la vérité.

— Le père de ta mère avait plusieurs fois écrit à l'amiral pour le supplier de te ramener en Angleterre, expliqua-t-elle. Il n'avait pas d'autre héritier, semble-t-il. Et quand il est mort, il y a huit ans, il t'a tout laissé.

— Quoi ? murmura Jack.

— Oui, confirma Lori. L'amiral raconte qu'il n'a jamais eu le cœur d'avouer à cet homme ce qu'il t'avait fait. Et comme il ne savait pas comment t'informer de ton héritage, il a géré l'argent et les propriétés en ton absence.

Jack sentit la colère le gagner.

— Il a pris grand soin de tes biens, le rassura-t-elle. Non seulement il les a fait fructifier, mais il te lègue également une partie non négligeable de sa propre fortune.

— S'imagine-t-il que...

— Jack, l'interrompit Lori. Il est mort, à présent. Ce qu'il pouvait penser n'a plus d'importance.

Jack soupira.

— Je suppose que tu as raison.

Lori lui rendit le parchemin.

— Tu es un homme riche, maintenant, Jacob Dudley.

Il s'esclaffa.

— Je l'étais déjà.

Serrant Lori dans ses bras, il demanda :

— Mais dites-moi, madame Dudley... si je n'étais qu'un pauvre matelot sans le sou, m'aimeriez-vous quand même ?

— Oh non, monsieur. Jamais de la vie !

Jack lui fit les gros yeux.

— Embrasse-moi, idiot !

— Vos désirs sont des ordres, milady.